회랑정
살인사건
回廊亭殺人事件

회랑정 살인사건

히가시노 게이고

임경화 옮김

알에이치코리아

등장인물

기리유 에리코 30대 여성. 다카아키 회장의 비서.

사토나카 지로 기리유 에리코와 회랑정 화재사건에 휘말린 인물.

혼마 기쿠요 일흔 살 노파. 다카아키의 학교 선배인 혼마 시게타로의 부인.

이치가하라 다카아키 이치가하라 집안의 장남. 사업가.

이치가하라 소스케 이치가하라 집안의 셋째. 대학교수.

후지모리 요코 이치가하라 집안의 넷째. 다카아키의 이복 여동생.

이치가하라 나오유키 이치가하라 집안의 막내. 다카아키의 이복 남동생.

이치가하라 기요미 이치가하라 집안의 차남 부인.

이치가하라 다케히코 소스케의 아들.

이치가하라 유카 기요미의 딸.

후지모리 가나에 요코의 딸.

고바야시 마호 회랑정 지배인.

후루키 변호사 다카아키의 고문 변호사.

아지사와 히로미 후루키 변호사의 비서.

야자키 경감 회랑정 사건 현장의 책임자.

다카노 형사 야자키 경감을 돕는 젊은 형사.

회랑정 지도

A
주인공
A-1

기요미

B

요코

소스케

발자국

⊗

⊗

나오유키
C-1

유카
C-3

C

다케히코
C-2

연못

가나에

D

종업원 기숙사

본 관

차례

1
지옥 같은 그날의 기억

×

    나는 노파다. 곧 일흔 살이 되는 노파…….

    표를 건네고 개찰구를 나오자 약간 긴장이 풀렸다. 괜찮을 거라고 생각하면서도 사람들이 알아차리면 어쩌나 하는 생각에 전철 안에서는 줄곧 고개를 숙이고 있었다. 학생으로 보이는 맞은편의 청년은 할머니한테는 별 관심이 없다는 듯 만화 잡지를 읽는 데 온통 정신이 팔려 있었지만.

    이 정도의 일로 긴장해서는 안 된다. 자신감을 갖고 당당히 행동해야 한다. 그러면 아무도 의심하지 않을 것이다.

    매표소 옆에 거울이 있었다. 나는 슬쩍 거울 앞에 서봤다. 아무리 봐도 기품 있는 할머니의 모습이다.

    자신감만 잃지 않으면 된다.

    나는 마음을 가다듬고 역 앞을 바라보았다. 그다지 큰 역은 아니다. 로터리 비슷한 것이 있긴 하지만 노선버스라고 부를 만한 것이 없다는 건 이미 알고 있었다. 좀 더 교통이 편리하면 관광객이 늘 텐데요, 라는 내 말에 다카아키 씨는 세속적이지 않은 게 이곳의 장점이라면서 웃곤 했다.

택시 승강장이라고 쓰인 간판이 너무 녹슬어서 과연 택시가 오기는 할까, 하고 내심 불안했는데 10분쯤 기다리자 개인택시 한 대가 로터리로 들어왔다. 백발의 택시기사는 인상이 좋아 보였다.

"일원정(一原亭)으로 가주세요." 내가 말했다.

"일원정이라면…… 아아, 알겠습니다."

택시기사는 미터기를 작동시키고 나서 고개를 살짝 내 쪽으로 돌렸다.

"그 료칸(일본의 전통 숙박 시설 - 옮긴이), 지금은 휴업 중인데…… 알고 계십니까?"

"예, 알고 있습니다. 사고가 있었다죠."

"화재가 났었죠. 벌써 반년이나 지났네요. 자세한 건 잘 모르지만 그 료칸으로서는 불운했다고밖에 볼 수 없는 사건이었다고 하던데……." 입이 가벼워 보이는 택시기사는 거리낌 없이 말을 하다가 룸미러로 나를 보더니 눈치를 살피며 물었다. "손님, 혹시 그곳 관계자이십니까?"

"주인을 좀 알아요."

"그럼 제가 설명할 필요도 없었군요."

"하지만 일원정에 가는 건 처음이라서요."

"그렇군요. 하긴 단골들은 일원정이라고 부르지 않고 회랑정(回廊亭)이라고 부르죠."

"회랑정요?"

"몇 개 동(棟)이 길게 복도로 이어져 있어서 그런 명칭이 붙었다고 하더군요."

"그렇군요."

"유명한 곳이랍니다. 많은 인원을 수용할 수는 없지만 유명한 작가 등이 장기 투숙도 하거든요. 저 같은 사람도 한 번쯤 묵고 싶지만 요원한 얘기죠, 뭐." 그렇게 말하고 택시기사는 호쾌하게 웃었다.

"불이 난 걸로 주위에서도 화제가 됐었나요?"

"그럼요. 좀 특이한 사건이었으니까요." 거기까지 말하고 택시기사가 갑자기 말투를 바꾸었다. "사실 자세한 내용은 저도 잘 모릅니다. 지금은 말끔히 수리를 해서 원래 모습을 되찾았다고 하니 걱정하실 필요는 없을 겁니다."

그가 당황하면서 그렇게 말한 것은 입을 잘못 놀렸다가 나중에 회랑정으로부터 원성을 들을지도 모른다고 생각했기 때문일 것이다.

이윽고 택시는 산길로 들어섰다. 비포장길이 이어졌다. 민가가 적어지는 대신 나무들이 무성했다.

좀 더 들어가자 좁은 샛길이 몇 개 나왔다. 각각의 입구에

11

는 료칸 간판이 걸려 있었다. 그 샛길을 모두 지나자 맨 끝자락이라고 할 만한 곳에 '회랑정'이라고 쓰인 새 간판이 나타났다. 간판 끝에 작은 글자로 '일원정'이라고도 적혀 있다.

료칸 바로 앞에서 택시를 세우고 내렸는데 아무도 나오는 사람이 없었다. 나는 일본풍으로 지은 현관으로 들어서며 인기척을 냈다. 잠시 후 발소리가 들리더니 안에서 여자 지배인이 나타났다.

나는 자신도 모르게 몸이 굳어지는 것을 느꼈다. 첫 번째 관문이다. 여기를 돌파하지 못하면 아무것도 시작할 수 없다.

"혹시 기쿠요 부인이세요?" 지배인이 양손을 가지런히 모으고 물었다.

나이가 쉰 살 가까이 되었을 텐데 짙은 화장 덕분에 30대라 해도 믿을 정도로 보였다. 나는 가벼운 질투를 느꼈다.

"예, 혼마 기쿠요입니다."

기품 있는 자세를 유지하면서 나이에 걸맞게 노쇠한 분위기를 연출해 내야 한다. 이 순간을 위해 거울 앞에서 얼마나 연습을 했던가. 결국 완벽하게 재현해 내지는 못했지만.

잠시 사이를 두었다가 지배인이 환하게 웃으며 말했다.

"어서 오십시오. 먼 길 오느라 많이 피곤하시죠."

그 표정을 보고 나는 해냈다고 생각했다. 지배인은 아무런 의심도 하지 않았다.

내가 신발을 벗고 안으로 들어가자 지배인이 미소 띤 표정을 유지하고 말했다.

"바로 방으로 안내해 드리겠습니다. 기쿠요 부인께서는 각별히 좋은 방을 내드리라는 부탁을 받았습니다."

"감사합니다." 나는 일단 고맙다고 인사한 뒤 웃으며 말을 이었다. "그런데 방에 대해 개인적으로 부탁드리고 싶은 것이 있습니다만……."

"어머, 그러세요? 어떤 부탁이신지……." 지배인은 약간 당혹스러운 표정을 지었다.

"별건 아닙니다만……." 나는 웃는 얼굴로 고개를 숙인 뒤, 약간 무게를 잡고 나서 고개를 들었다. "실은 전에 우리 바깥양반한테 여기에 묵었을 때의 얘기를 들은 적이 있답니다. 그때 묵었던 방에서 바라본 경치가 멋있다고 해서 이번에 저도 꼭 그 방에 묵었으면 합니다."

"아아, 그 말씀이시군요. 그렇다면 원하시는 방에 묵게 해드려야죠. 어떤 방이죠?" 눈가에 약간 불안한 기색을 띠며 지배인이 물었다.

"'A-1'이라고 들었습니다만……."

내 대답에 지배인은 몹시 당황했다. "아, 그 방요? 부인께서 원하신다면 저희야 상관없습니다만……."

아마도 지배인의 머릿속에서는 여러 생각이 소용돌이치고

13

있을 게 분명했다. 잠자코 손님의 부탁을 들어줄 것인가, 아니면 나중에 일이 복잡해지지 않도록 지금 바로 사정을 설명해 줄 것인가. 'A-1'방은 그만큼 골치 아픈 존재인 것이다.

나는 지배인의 고민을 덜어주기로 했다.

"일전에 발생한 사고 때문이라면 걱정 마세요. 그걸 알면서도 'A-1'에 묵게 해달라고 부탁드리는 거니까요. 택시기사 얘기를 들어보니 지금은 깔끔하게 수리를 했다고 하던데요."

이 말이 효과를 발휘한 모양이다. 지배인은 안도의 한숨을 내쉬었다.

"알고 계셨습니까? 하지만 정말 괜찮으시겠어요? 수리를 한 뒤로도 그 방에 묵은 손님은 한 분도 안 계셨는데……."

"그런 사소한 것까지 일일이 신경 쓰다가는 이 나이까지 살 수 없죠. 걱정 마시고 안내해 주세요."

그제야 지배인은 고개를 끄덕였다.

"알겠습니다. 그럼 안내해 드리겠습니다. 물론 'A-1'방도 손님들이 언제든지 이용하실 수 있도록 만반의 준비를 갖추고 있습니다."

"무리한 부탁을 드려 죄송합니다." 나는 살짝 고개를 숙였다.

지배인의 안내를 받으며 나는 방으로 향했다. 하지만 굳이 안내를 받지 않더라도 훤히 알고 있는 건물이다. 대지 한가운데 정원이 있고, 그 정원을 중심으로 네 개의 별관과 본관이

초승달 모양으로 지어져 있다. 별관에는 본관에서 멀리 떨어진 순서대로 'A', 'B', 'C', 'D'라는 명칭이 붙어 있고, 또한 각각의 방은 'B-2', 'C-3' 식으로 구분되어 있다. 따라서 내가 원한 'A-1'은 맨 끝 별관에 있는 방인 셈이다.

본관과 각각의 별관은 긴 복도로 이어져 있는데, 이 복도 측면에는 창문 여러 개가 나 있어 주위의 경치를 바라볼 수 있다. 그래서 본관에서 맨 끝에 있는 'A-1'까지 가려면 왼쪽의 정원을 바라보면서 복도를 시계 반대 방향으로 돌면 된다. 정원에는 커다란 연못이 있는데 복도의 일부는 이 연못을 건너는 다리 역할도 겸한다.

별관 몇 개를 지나 우리는 맨 끝에 있는 'A'동까지 걸어갔다. 이곳에는 두 개의 방이 있는데 'A-1'은 정원과 면해 있었다. 지배인의 안내를 받으며 방 안으로 들어가자마자 새로 깐 다다미 냄새가 코를 자극했다.

"환기 좀 시킬까요?"

냄새가 마음에 걸렸는지 지배인이 그렇게 물었지만, 나는 거절했다. 3월의 공기는 아직 차갑다. 그것보다 나는 한시라도 빨리 '밀폐된 방'에서 혼자만의 시간을 갖고 싶었다.

지배인은 방에 구비된 비품과 전화기 사용법 그리고 목욕탕은 언제든 이용할 수 있다는 것 등을 대충 설명한 뒤, 편히 쉬라는 인사를 하고 나가려 했다. 나는 일단 고개를 끄덕이고 나서 지배인을 불러 세웠다.

"이치가하라 집안사람들은 아직 아무도 도착하지 않았나요?"

"예. 하지만 곧 도착할 겁니다. 저녁 식사 시간이 6시 30분으로 되어 있거든요."

시계를 보자 5시가 조금 지나 있었다.

"식사하시기 전에 온천에 들어가는 건 어떠세요? 이 시간대에는 큰 욕조도 혼자서 느긋하게 사용하실 수 있을 텐데요."

"그래요. 마음이 내키면 그렇게 하겠습니다."

대답은 그렇게 했지만 유감스럽게도 이번에는 온천을 즐길 여유가 없었다.

지배인은 다시 한번 편히 쉬라고 말한 뒤 물러갔다. 나는 발소리가 완전히 사라진 것을 확인하고 문을 잠갔다.

장지문을 열고 툇마루에 나가 유리창 너머로 주변 경치를 바라보았다. 나무의 색깔이 가을에서 봄으로 바뀐 것을 제외하면 그날과 거의 똑같은 풍경이었다. 행복의 절정에 있던 그날과. 그런데 지금 내 기분은 어떤가. 마치 더러운 걸레 같아서 쥐어짜면 구정물이 뚝뚝 떨어질 것 같다.

나는 방으로 돌아와 장지문을 꼭 닫았다. 이제 어디에서도 내 모습을 볼 수 없을 것이다. 그렇게 생각하자 온몸의 힘이 빠져나갔다. 나는 그 자리에 털썩 주저앉았다. 아무튼 여기까지는 왔다. 앞으로의 일을 생각하면 이 정도의 일로 지쳐서는 안 되지만, 한 치의 오차도 없이 계속해서 노파 연기를 하는 것은 정신적으로 여간 힘든 일이 아니었다.

가방을 끌어당겨 안에서 손거울을 꺼냈다. 둥근 거울을 조심스럽게 들여다보자 그 속에 백발 노파의 얼굴이 비쳤다. 뺨은 늘어져 있고 눈가에는 주름이 자글자글하다. 아무리 잘 봐도 예순 살 아래로는 보이지 않을 것이다. 그 객관적인 사실이 다시금 용기를 주었지만 약간 쓸쓸한 기분이 드는 것도 부정할 수는 없었다.

지배인 말로는 저녁 식사가 6시 30분부터 시작된다고 했다. 그때 이치가하라 집안사람들과 대면하게 될 것이다. 다카아키 씨 장례식 때도 지금 이 모습으로 만나긴 했지만, 그때는 어수선한 상황이라 사람들 주의도 산만했다. 하지만 오늘은 그렇지 않다.

식사를 하러 나가기 전에 얼굴 화장을 다시 하는 게 좋을 것이다. 목욕도 해두는 게 나을지 모른다. 그래야 누군가가 목욕탕에 들어가자고 권해도 거절할 구실이 있다.

욕실로 들어가 욕조에 따뜻한 물을 받는 동안 화장을 지웠다. 순식간에 노파의 얼굴이 사라지고 젊은 피부가 드러났다. 서른두 살의 피부다.

하지만 화장을 다 지운 나는 또 다른 우울함에 빠졌다. 이

17

또한 내 얼굴이 아니다. 건강한 피부는 극히 일부고 나머지는 흉한 수술 자국으로 메워져 있다. 텔레비전에 출연해 성형외과의 진보가 눈부시다고 말했던 사람이 어느 대학의 교수였더라. 노파로 변장하지 않았더라도 나를 알아보는 사람은 극소수일 것이다.

이어서 조심스럽게 가발을 벗었다. 멋진 우윳빛 백발 가발이다. 요즘은 여성용 가발을 생산하는 회사도 많고 돈만 지불하면 어떤 요구 사항도 다 들어준다. 나는 혼마 기쿠요 부인의 사진을 들고 가발 회사에 찾아가 사진과 똑같은 머리를 만들어달라고 말했다. 담당자는 의심스러워하면서도 내 요구를 들어주었다. 영화 소품에 사용될 거라고 자기 멋대로 해석한 듯했다.

원래는 내 머리를 염색하려고 했다. 가발을 쓰면 언제 탄로날지 모르기 때문이다. 미용사에게 넌지시 물어봤더니 불가능한 일은 아닌 것 같았다. 두 번 정도 탈색하면 연한 금발 느낌의 머리가 완성되는데, 거기에 연한 파란색으로 염색을 하면 완벽한 백발은 무리지만 은발은 가능하다고 했다. 나는 큰 결심을 하고 미용사가 말한 대로 실행에 옮겼다. 하지만 결과는 비참했다. 색깔이 빠지긴 했지만 머리카락은 부석부석해지고 두피는 붉게 짓무르고 말았다. 파란색으로 염색을 해도 자연스러운 백발과는 거리가 멀었다. 나는 머리카락을 전부

잘라버렸다.

그래서 결국 가발을 쓰게 되었지만, 모양새가 기대 이상이어서 웬만해서는 알아차리지 못할 것 같았다. 처음부터 이렇게 했어야 했다.

욕조에 물을 다 받은 다음, 기모노를 벗었다. 전라로 거울 앞에 서서 서른두 살 여자의 마른 몸을 바라본 뒤, 몸을 약간 틀어 등을 비쳐 보았다. 등에도 흉한 화상 자국이 지도에 그려진 섬처럼 남아 있다. 이 상처를 잊어서는 안 된다. 증오를 누그러뜨려서는 안 된다.

욕조에 몸을 담그고 손발을 쭉 뻗었다. 기회가 있을 때 휴식을 취해야 한다. 앞으로 언제 또 이런 기분에 젖게 될지 모르니까.

두 손으로 몸 구석구석을 정성스럽게 어루만졌다. 손가락이 빈약한 가슴에 닿는 순간 마음속에 뭔가 무거운 것이 번져 나갔다. 이 가슴을 애무한 남자는 단 한 명뿐이었다.

지로, 나의 지로.

그와 함께했던 나날을 나는 영원히 잊을 수 없다. 내 인생에서 가장 행복한 시기였다.

하지만 나는 고개를 흔들었다. 그 꿈같은 추억은 동시에 최악의 기억으로도 이어졌다.

그 지옥 같은 날의 기억.

2
나와 함께 있던 남자

×

악몽을 꾸었다. 내용은 기억나지 않지만 악몽이었다는 것
만은 확실하다. 나는 심하게 가위에 눌렸다.

잠을 깬 것은 누군가가 나를 불렀기 때문일까? 눈을 뜨자
바로 앞에 간호사의 얼굴이 있었다.

"기리유 씨, 기리유 씨."

간호사는 천천히 내 이름을 불렀다. 나는 몽롱한 정신으로
병원에 있는 것 같다고 짐작했다.

"여기가…… 어디죠? 대체 무슨 일이 있었던 건가요?"

겨우 내뱉은 말은 도저히 내 목소리라는 생각이 들지 않을
정도로 잠겨 있었다.

간호사는 동정심 가득한 얼굴을 옆으로 살짝 돌렸다.

"기억 안 나세요? 뭐라고 위로의 말씀을 드려야 할지…….
하지만 이제 괜찮을 거예요. 선생님이 수술을 잘해주셨으니
까 곧 회복될 거예요."

위로의 말씀? 수술? 간호사가 도대체 무슨 말을 하는지 이해가 되지 않았다.

나는 일어나려고 했다. 하지만 심한 통증이 온몸을 훑고 지나가 일어날 수 없었다.

간호사는 당황하며 모포를 다시 덮어주었다.

"무리하면 안 돼요. 곧 선생님이 오실 거예요."

"왜……."

그렇게 물으려는 순간, 내 얼굴이 붕대로 감겨 있다는 사실을 깨달았다. 그리고 그 붕대 아래로 묵직한 통증이 느껴졌다.

"아아, 내 얼굴…… 어떻게 된 거죠?"

"아무것도 아니니 걱정 마세요. 자, 진정하세요."

"내 얼굴을 보여주세요. 도대체 어떻게 된 거예요?"

내가 몸부림을 치자 간호사는 진정시키려고 애썼다.

"괜찮아요, 정말 괜찮아요. 수술이 무사히 끝났으니까 걱정하지 않으셔도 돼요."

마침 병실을 찾은 담당 의사도 간호사와 함께 나를 진정시키려고 했다. 하지만 남자의 얼굴을 본 순간, 또 다른 기억이 되살아났다.

"아아, 맞아. 지로는? 지로는 어디 있죠? 나와 함께 있었는데. 지로…… 지로를 만나게 해주세요."

"진정하세요. 흥분하시면 안 됩니다." 안경 쓴 의사가 날카롭게 말했다.

　나는 정신을 차리고 몸에서 힘을 뺐다. "도대체 무슨 일이 있었던 거죠……."

　"전혀 기억이 안 나십니까?"

　의사는 거북스러워했다. 내가 스스로 기억해 내기를 바라고 있는 것이다.

　나는 기억을 더듬었다. 희미한 어둠 속에서 붉은 점이 떠올랐다. 이윽고 그 붉은 점이 커지더니 활활 타오르는 불길로 변했다. 불길은 나를 삼키려고 했다. 뜨거운 열과 연기 그리고 건물이 무너지는 소리. 바로 옆에 누군가가 있었다. 지로였다. 나는 울부짖으며 그를 껴안았다. 내 몸이 불에 타더라도 이 사람만은 지켜야 한다고 생각했다.

　기억이 하나둘 되살아났다. 나한테 무슨 일이 일어났는지 명확히 떠올랐다.

　"그는…… 나와 함께 있던 남자는 어떻게 됐죠?"

　나는 의사의 얼굴을 쳐다보았다. 안경 뒤에서 그의 눈빛이 흔들리더니 나를 외면했다. 나는 곧 사태를 파악했다.

　"아아……."

　나는 베개에 얼굴을 묻었다. 애처로운 모습을 보이고 싶지 않지만 오열이 새어나오는 것은 어쩔 수 없었다. 의사와 간호사가 무의미한 위로의 말을 건네지 않는 게 그나마 위안이 되었다.

사토나카 지로의 시체를 본 것은 그로부터 이틀 뒤였다. 시체를 볼 수 있게 해준 것은 병원 측이 아니고 경찰 쪽이었다. 그 무렵 나는 이미 냉정을 되찾아 그날 밤 일어난 일에 대해 객관적인 분석을 마친 상태였다. 그래서 형사가 나를 찾아왔을 때도 별로 놀라지 않았다.

"사토나카 지로를 알고 계시죠?"

딱딱하고 위엄 있는 얼굴의 중년 형사가 침대 옆에 앉더니 사무적인 말투로 물었다. 지로의 이름에 경칭을 붙이지 않는 게 거슬렸다.

"예, 알고 있어요."

"어떤 관계였습니까?"

"애인이었어요."

그리고 "소중한 사람이었습니다." 하고 덧붙이자 형사는 살짝 고개만 끄덕였다.

"그날 밤, 사토나카 지로가 방에 온 것은 몇 시였습니까?"

"잘 모르겠어요. 아마 한밤중이었을 거예요."

"왜 모르는 거죠?"

"자고 있었으니까요."

"그 말은, 사토나카가 올 줄 몰랐다는 거군요."

"예, 몰랐어요."

나는 단호하게 대답했다. 이런 질문을 받았을 때 어떻게 대답하는 게 좋을지, 형사와 만나기 전에 꽤나 고민을 했었다. 그리고 이렇게 대답하는 것이 최선이라는 판단을 내렸다.

"하지만 기리유 씨가 회랑정에 묵는다는 얘긴 했었군요."

"예, 말해줬어요."

"사토나카와 얘기를 나눴습니까?"

"아뇨."

"그럼, 당신을 만나서 무얼 했죠?"

나는 머뭇거렸다. 심리적인 효과를 노린 행동이었는데, 형사는 쉽게 속아 넘어갔다. 그는 내가 망설인다고 판단한 모양이다.

"이 질문은 나중에 다시 하죠. 그건 그렇고, 화재가 난 것을 기억하고 계십니까?"

"단편적으로요."

"그럼, 기억하고 있는 부분만이라도 말씀해 주십시오."

형사는 다리를 바꿔 꼬더니 얘기하라는 듯 손짓을 했다.

"잠을 자고 있는데 이상한 열기가 느껴져서 눈을 떴더니, 주위가 화염에 휩싸여 있었어요. 무슨 일이 일어난 건지 도무지 모르겠더라고요. 일단 도망가야 한다는 생각이 들어 잠에 취한 상태에서 일어났어요. 하지만 어떻게 탈출했는지는 기억이 잘 안 나요."

이 이야기는 거의 사실이다.

"그때 사토나카는 옆에 있었습니까?"

"네. 옆에서 자고 있었어요. 왜 그가 거기에 있는지 이상하게 생각했지만 깊이 생각할 여유가 없었어요."

"그랬군요. 그래서……."

형사는 다시 한번 내 얼굴을 바라보았다.

"지금은 어떻습니까? 왜 사토나카가 당신 옆에서 잤는지 짐작 가는 게 있습니까?"

나는 눈을 내리깔고 잠시 사이를 두었다가 형사의 눈을 쳐다보았다.

"글쎄요……. 그 화재와 연관이 있는 건가요?"

"그런 것 같습니다." 형사는 수긍했다. "사토나카는 당신이 묵고 있는 방에 불을 지른 후, 자신도 약을 먹고 자살한 것으로 추정됩니다."

예상대로였다. 역시 경찰은 모든 범행을 사토나카 지로가 저질렀다고 보고 있다.

"그 사람이 왜…… 왜 자살을 한 거죠?"

내가 질문하자 형사는 연신 눈을 깜박거리더니 뒤통수를 긁적거렸다.

"실은, 사토나카가 어젯밤에 교통사고를 일으켰습니다."

"사고를?"

"뺑소니였습니다. 사토나카의 아파트로부터 몇 킬로미터 떨어진 국도에서 노인을 치었습니다. 노인은 머리를 세게 부딪혀 즉사했고요."

나는 잠자코 있었다.

"사고 현장에 차량 파편이 떨어져 있어서 바로 차종을 알아낼 수 있었는데, 회랑정 옆에 버려진 사토나카의 차와 일치했습니다. 그리고 자세히 알아본 결과, 동일한 차량인 것으로 확인되었습니다."

"그러니까, 그 사람이 사고를 내고 도망쳤다가 죄책감 때문에 자살했다는……."

"그것보다 언젠가는 잡힐 거라는 두려움이 컸던 것 같습니다. 그러면 아까 질문으로 돌아가죠."

이번에는 제대로 대답을 해달라는 듯 형사는 한층 목소리를 높였다.

"사토나카 지로가 한밤중에 당신 방에 숨어 들어와 무엇을 했습니까? 솔직히 대답해 주십시오."

나는 입술에 침을 발랐다. 경찰의 속셈을 알고 싶었다. 경솔하게 대답했다가 허점을 보이면 계획이 수포로 돌아간다.

그러자 형사가 말했다. "기리유 씨를 진찰한 의사한테 들었습니다만, 이 병원에 실려왔을 때 목덜미에 내출혈 흔적이 있었다고 하더군요. 이에 대한 설명도 함께 해주셨으면 합니다."

나는 살짝 눈을 감았다. 거기까지 알고 있을 줄이야. 이렇게 된 이상 얄팍한 잔꾀를 부릴 필요는 없을 것이다.

"잘 모르겠어요."

나는 천천히 고개를 저으며 아직 붕대가 감겨 있는 얼굴을 두 손으로 감쌌다. 고뇌에 싸인 여자를 연기한 것이다.

"자고 있는데 갑자기…… 고통스러워서 정신을 차려보니 누군가가 목을 조르고 있었어요."

"상대방의 얼굴을 봤습니까?"

"아뇨. 어두웠던 데다 눈을 떴을 때는 의식이 몽롱한 상태였습니다."

"그래요?"

형사는 실망하는 기색이 역력했다. 만약 내가 여기서 그 사람이 사토나카 지로였다고 말한다면 사건은 거의 해결된 것이나 다름없다. 그러나 내가 상대의 얼굴을 못 봤다고 해서 수사 방침이 바뀌는 것은 아니었다.

이윽고 형사는 마음을 가다듬은 듯 말했다. "죄송한 말씀이지만, 사토나카 지로가 기리유 씨와 동반자살을 하려 했다…… 그렇게 결론지어도 될 것 같습니다만……."

나는 침묵을 지켰다. 예상했던 대답이기 때문이다. 하지만 아무런 반응도 보이지 않는 건 부자연스럽다는 것을 깨닫고,

몹시 당황해하며 과장스럽게 우는 시늉을 했다.

"죄송합니다." 형사가 다시 한번 말했다.

형사는 그럴 필요 없다고 했지만 나는 사토나카 지로의 시체를 직접 봐야겠다고 고집을 부렸다. 내 눈으로 직접 확인하지 않고서는 결단을 내릴 수 없었다.

지로의 시체는 경찰서 시체안치소에 있다고 했다. 부검을 한 모양이다. 나는 여전히 얼굴에 붕대를 감은 상태였지만 침대에서 일어나는 데는 별 무리가 없었다. 그래도 만약의 경우를 대비해서 담당 간호사가 따라왔다.

"사토나카가 사고를 낸 것은 어젯밤 8시경이었던 것 같습니다." 차 안에서 형사가 설명해 주었다. "그 뒤 사토나카가 어떤 행동을 했는지는 저희로서도 알 수 없습니다. 다만 그가 일하고 있는 자동차 정비공장에 들른 것만은 확실합니다. 흔적이 남았으니까요. 그다음 기리유 씨가 묵고 있는 료칸으로 향했고, 방에 숨어든 시각은 새벽 2시경으로 추정됩니다."

"그날 밤 저는 11시쯤 잠자리에 들었어요."

내 말에 형사는 고개를 끄덕였다.

"사토나카가 왔을 때 잠들어 있었다고 하셨죠. 사토나카는 기리유 씨의 목을 조르고 움직임이 없자 죽은 걸로 생각하고, 방에 불을 지른 뒤 자신도 약을 먹고 죽은 겁니다. 사고를 내고 절망한 나머지 자살하는 건 그리 이상한 일은 아니죠. 가족이나 애인과 동반자살을 하는 것도 마찬가지입니다."

"무슨 약을 먹었나요?"

"시안화수소입니다. 사토나카가 공장에 들른 건 그 약품을 훔치려고 그랬던 것 같습니다. 정비공장에는 청산가리 같은 게 상비되어 있으니까요."

"왜 나한테는 그것을 먹이지 않았을까요?"

"아마도 자고 있었기 때문일 겁니다. 자는 사람을 일부러 깨워 약을 먹이는 것보다는 목을 조르는 편이 손쉬울 거라고 생각했겠지요."

손쉽다?

하지만 그 선택은 틀렸다. 목을 조르는 방법은 불확실하다. 내가 죽지 않았다는 게 그 증거다. 일시적으로 정신을 잃었을 뿐이다. 그리고 화염에 휩싸였는데도 이렇게 살아 있다.

"빨리 잊는 게 좋을 겁니다." 결론을 맺듯이 형사가 말했다.

나를 동정하는 걸까?

시체안치소는 경찰서 지하에 있었다. 어둡고 먼지 냄새가 나는 방이었다. 경관 두 명이 작고 조악한 관에 들어 있는 사토나카 지로의 시체를 가져왔다.

"진화 작업이 빨라서 화상은 적은 편입니다. 얼굴 같은 데도 깨끗하고요. 안 그랬으면 보여드리지도 않았겠지만."

형사의 설명을 멍하니 들으면서 나는 관 속을 들여다보았다.

사토나카 지로의 시체가 거기 있었다.

내 마음을 지탱하던 뭔가가 툭, 하고 절망적인 소리를 내며 끊어졌다. 나는 그대로 바닥에 주저앉았다. 형사들이 뭐라고 하는 것 같았지만 내 귀에는 들어오지 않았다.

울지 않으려고 했지만 흐르는 눈물을 주체할 수가 없었다. 나는 소녀처럼 엉엉 소리를 내어 울었다. 울면서 마음속으로 다른 사람에게는 들리지 않는 절규를 터뜨렸다.

사토나카 지로는 살해당했다.

나의 지로는 이제 세상에 없다.

3
이치가하라 집안사람들

×

　목욕을 마치고 기모노를 입은 뒤, 정성스럽게 화장을 했다. 아니, 변장이라는 표현이 맞을지도 모른다. 많은 연습을 거듭한 덕분에 잔주름의 위치와 형태까지 정확하게 재현할 수 있었다.

　앞으로는 화장을 다 지우지 않는 게 좋을지도 모르겠다. 익숙해졌다고는 해도 이런 변장을 처음부터 다시 하려면 적지 않은 시간이 걸린다. 갑자기 누가 방에 찾아오지 않는다는 보장도 없다.

　노파로 바뀐 나는 장지문을 열고 바깥 경치를 바라보았다. 반년 전에 왔을 때도 이렇게 바라본 적이 있다. 물론 그날은 진짜 내 모습, 기리유 에리코의 신분으로 이 방에 묵었다.

　그리고 옆에는 이치가하라 다카아키 씨가 있었다. 다카아키 씨는 야윈 손을 내 어깨에 얹고 중얼거렸다.

　"이 경치를 보는 것도 이게 마지막일지 모르겠군."

"사장님, 그렇게 마음 약한 말씀 마세요. 사장님보다 연세 많은 분들도 현역에서 열심히 일하고 계시는걸요."

내가 나무라듯 말하자, 그럼 좀 더 분발해야겠다면서 다카아키 씨는 쓸쓸한 웃음을 지어 보였다. 모든 것을 깨달은 듯한 얼굴이었다. 당연히 자신이 언제쯤 죽을지도 알고 있었을 것이다.

그런 생각에 잠겨 있는데 노크 소리가 났다. 문을 열자 밖에 이치가하라 소스케가 서 있었다.

"이거 늦어서 정말 죄송합니다. 길이 좀 막혀서요."

마르고 신경질적인 얼굴을 한 남자는 딱딱한 미소를 지으며 허리를 구부렸다. 중늙은이라고 불러도 무방한 나이일 텐데, 올백으로 넘긴 머리카락이 검어서인지 아직 40대로 보였다.

나도 억지웃음을 지으며 고개를 숙였다. "이렇게 멋진 곳에 초대해 주셔서 정말 감사합니다."

"아닙니다. 아무쪼록 편히 즐기시기 바랍니다."

"모두 도착했나요?"

"예. 가족들도 함께 도착했습니다. 로비로 같이 나가시죠. 곧 식사 시간도 될 텐데."

"그러게요……. 그럼 인사도 나눌 겸 가볼까요."

가방을 들고 소스케와 함께 로비로 향했다. 복도를 걸으면서 그는 혼마 시게타로 씨에 관한 얘기를 시작했다. 시게타로는 소스케의 죽은 형인 이치가하라 다카아키 씨의 친한 선배이자 현재 내가 변장하고 있는 혼마 기쿠요의 남편이었다.

"혼마 씨가 돌아가셨을 때 형님이 얼마나 비통해하셨는지 모릅니다. 아직 배울 게 많은 분인데 일찍 세상을 떴다면서 안타까워하셨죠. 저도 혼마 씨 얘기를 형님한테 많이 들어서 존경하고 있었는데, 무척 유감스럽습니다."

존경은 무슨. 나는 속으로 비웃었다. 사업가인 형의 도움으로 대학교수가 된 것은 그렇다 치고, 무엇 하나 되갚은 적 없는 소스케이다. 그런 사람이기에 다카아키 씨에게 혼마 씨가 얼마나 소중한 존재였는지 이해할 리 없다. 만약 형의 마음을 이해했다면 혼마 씨의 장례식 정도는 참석했을 것이다.

그러나 그런 속마음은 내색하지 않고 황송해하는 척했다.

"이 얘기를 들으면 그 사람도 기뻐할 겁니다."

"혼마 씨의 죽음이 형님에게도 충격이었던 것 같습니다. 혼마 씨가 세상을 떠난 지 1년도 못 돼서 형님이 쓰러지신 걸 보면 말입니다."

"그러게요. 입원하신 기간이……."

"1년 2개월입니다. 나중에 의사한테 들었는데, 그 정도면 오래 버티신 거라고 하더군요. 그 기간 동안 공적으로도 사적으로도 많은 일이 있어서 힘드셨을 텐데 말입니다."

"그러고 보니 다카아키 씨도 화재가 났을 때 이곳에 계셨다고 들었는데······ 그 사건도 충격이 컸겠네요."

"말도 마십시오. 정말 비극적인 사건이었죠. 불이 난 곳이 아마 'A-1'이었을 텐데······."

말을 하고 나서 소스케는 그곳이 지금 내가 묵고 있는 방이라는 걸 알아차린 듯 당황해하며 덧붙였다.

"아, 깔끔하게 수리했으니 안심하셔도 될 겁니다."

"전 전혀 신경 쓰지 않는답니다. 좋은 방이라 무척 마음에 드는걸요."

"그렇게 말씀해 주시니 감사합니다."

로비로 나가 보니 이치가하라 집안사람들이 마치 자기 집 거실인 것처럼 편안한 자세로 쉬고 있었다.

그들은 테이블 두 개를 차지하고 있었다. 그중 한 테이블로 소스케가 다가갔다. 거기엔 남녀 두 명이 앉아 있었다. 나는 한번쯤 본 적이 있는 얼굴이지만, 그들은 혼마 기쿠요라는 여성을 만난 적이 없을 것이다.

소스케가 나를 소개하자 바로 앞에 앉아 있던 남자가 자리에서 일어났다.

"큰형님한테 얘기는 들었습니다. 먼 길 오느라 힘드셨죠."

"동생인 나오유키입니다. 지금 형님 회사에서 일하고 있죠." 소스케가 옆에서 덧붙였다.

"이미 들어서 알고 있습니다. 혼자 회사를 경영하느라 많이 힘드시죠?"

"그렇긴 한데, 뭐 그럭저럭 해나가고 있습니다."

실질적으로 이 남자가 다카아키 씨의 사업을 물려받은 셈이다. 최근까지 미국 지사에서 근무했던 관계로 나도 두세 번밖에 만나지 못했다. 그 또한 꽤 오래전의 일이라 그가 내 얼굴을 기억하고 있을 가능성은 희박했다. 하긴 기억한다고 해도 성형수술을 받은 데다 노파로 변장한 나를 알아보지는 못할 것이다. 그래도 이 남자는 조심하는 게 좋다. 다카아키 씨와는 이복형제로 나이도 스무 살 이상 차이가 나지만 형 못지않게 탁월한 안목을 지녔다는 얘기는 내가 회사에 다닐 때 자주 들었다.

"실은 전에 부인을 뵌 적이 있습니다." 단정한 얼굴에 온화한 미소를 지으며 나오유키가 말했다.

나는 움찔했다. "어머…… 그래요?"

"혼마 씨 조문을 갔을 때 뵈었습니다. 미국으로 돌아갈 예정이었는데, 일정을 하루 늦추고 평상복 차림으로 갔었죠. 물론 부인과 얘기를 나누진 못했지만요."

"아아, 그러셨군요. 일부러 와주셨다니 감사합니다."

나오유키가 혼마 씨의 조문을 갔다는 것은 예상 밖이었다. 겨드랑이에 땀이 흘러내렸다.

"아닙니다. 그보다 미국까지 답례품을 보내주셔서 감사했습니다. 지금도 잘 쓰고 있습니다."

"아니에요. 약소한 거라……."

부의에 대한 답례품을 말하는 것 같은데, 기쿠요 부인이 나오유키에게 무엇을 보냈는지 나로서는 알 수 없었다. 빨리 화제를 바꿔야 할 것 같았다. 여차하면 나이 든 것을 핑계 대고 깜박 잊은 것처럼 행동하는 방법도 있기는 하지만.

그런 생각을 하고 있는데, 나오유키가 화제를 바꾸었다.

"그런데 전에 뵈었을 때하고 약간 분위기가 바뀐 것 같네요. 건강해 보인다고 할까. 그래요, 젊어지신 것 같습니다."

"무슨…… 별 말씀을. 그럴 리 있겠어요. 요즘에는 거울을 볼 때마다 한숨을 짓는걸요."

노부인의 수줍은 미소를 연기했는데 잘되었을까? 목소리가 부자연스러웠다는 건 스스로도 느낄 수 있었다. 역시 이 남자는 조심해야겠다.

"이쪽은 기요미 형수님입니다. 다카아키 형님 밑으로 형님이 한 분 더 계셨는데 그 형수님이시죠."

타이밍 좋게 소스케가 끼어들었다. 내가 인사를 하자 기요미는 앉은 채 고개만 까딱했다. 기요미의 남편은 다카아키 씨보다 3년 먼저 세상을 떠났다. 그러므로 이치가하라 집안과의 직접적인 인연은 없어진 셈이지만, 그 거만함은 남편이 살아 있을 때와 달라진 게 없었다. 지금도 나오유키와의 대화가 길어져서 자신이 무시당했다는 느낌을 받았는지 굉장히 불쾌해했다.

소스케는 나를 옆 테이블로 데려갔다. 여자 세 명에 젊은 남자 한 명이 앉아 있다.

"여동생 요코입니다. 매제는 일 때문에 못 왔다고 하네요."

소스케가 세 명 중 가장 나이가 많은 여성을 소개해 주었다. 마흔 살이 넘었을까? 외모가 약간 이국풍이라 갈색으로 염색한 긴 머리가 어울리는 편이었다. 요코는 자리에서 일어나 정중히 인사했다.

"안녕하세요, 처음 뵙겠습니다."

"네, 안녕하세요."

요코와 나오유키는 다카아키 씨나 소스케와는 어머니가 다르다. 그래서 형제인데도 약간 나이 차이가 난다.

이어서 소스케가 아가씨 두 명을 가리켰다. "이쪽이 여동생 딸 가나에, 이쪽은 형수님 딸 유카입니다."

안녕하세요, 하며 유카가 미소를 지었고, 가나에는 고개를 살짝 숙여 인사했다. 유카는 아주 풍족한 환경에서 자란 온화한 성격의 아가씨라는 분위기가 풍겼다. 그에 반해 가나에는 어딘지 모르게 자유분방한 매력이 느껴졌다. 전혀 상반된 이미지를 가진 두 사람이지만, 공통점이 있다면 둘 다 미인 축에 든다는 것이다. 이제 이런 아가씨들에게 질투심을 느끼는 것도 우스운 일이라고 자신을 타이르며, 기품 있는 노부인의 모습으로 인사를 했다.

소스케가 소개하기도 전에 젊은 남자가 자리에서 벌떡 일어났다. "이치가하라 다케히코라고 합니다. 지금 연극 쪽 일을 하고 있습니다."

목소리가 씩씩했다. 상당히 호남형의 청년이지만 허우대만 좋을 뿐 머리에 든 건 없을 것 같다는 게 이전부터 내가 느낀 인상이었다. 말이 좋아 연극과 관련된 일이지, 친구들과 어울려 신선놀음를 하고 있을 뿐이다. 그런 것으로는 생활이 안 돼서 아직도 부모님의 도움을 받으며 살고 있다.

"제 아들입니다. 스물일곱이나 되었는데 아직 안정된 직업이 없어서 고민이죠."

소스케가 자식 사랑에 눈먼 팔불출 부모 같은 표정으로 말했다. 자기가 다카아키 씨에게 줄곧 의존해 왔던 만큼 자식이 빈둥거려도 걱정되지 않는 모양이다.

나는 요코가 권한 의자에 앉았다. 소스케는 자신이 해야 할일을 마쳤다는 표정으로 나오유키와 기요미가 있는 테이블로 갔다.

"모처럼 친척들이 모이신 자리에 제가 끼어도 되는 건지 모르겠네요."

내 말에 요코가 손사래를 치며 말했다.

"아니에요. 저희는 자주 만나는 편이라 가끔 손님이 계신게 기분전환도 되고 좋은걸요."

"그러세요?"

"그럼요. 신경 쓰지 마세요."

"난 만약에 이게 단순한 가족 여행이었다면 절대 오지 않았을 거야." 가나에가 유카와 다케히코 쪽을 보면서 짓궂게 말했다. "이젠 여기도 질렸고, 사실 주위에 놀러 갈 만한 곳도 없잖아. 하지만 이번에는 이벤트가 있다고 해서 온 거라고."

"난 여기가 마음에 드는데. 그래서 여러 번 와도 괜찮아." 유카가 조용한 말투로 말했다.

"나도 좋아. 요즘에는 이런 료칸이 별로 없으니까." 다케히코가 말했다.

"다케히코 오빠는 유카 언니가 있는 곳이라면 어디라도 괜찮은 거 아닌가?" 가나에가 곁눈으로 흘겨보면서 말했다.

아무래도 비꼬는 말인 것 같은데, 다케히코 본인은 싱글벙글거리고 있다. 유카는 짐짓 모르는 체했다. 나는 젊은 남녀의 관계를 추측해 보았다.

"아무튼 이벤트가 없으면 난 여기 안 왔을 거야. 실은 언니도 그쪽에 관심이 있는 거 아냐?" 가나에가 말했다.

"별로. 내가 신경 쓴다고 어떻게 되는 것도 아닌데 뭘." 유카는 무릎 위에 펼쳐진 잡지에 시선을 준 채 대답했다.

"그럴까? 나는 중대한 사건이라고 생각하는데. 막대한 유산의 향방이 드디어 내일 밝혀지는 거잖아. 앞으로의 장래와 엄청나게 연관된 인생 최대의 이벤트라고. 결혼 따위와는 비교가 안 돼."

"가나에, 그 이벤트라는 말 좀 그만둘 수 없니? 교양 없게 그게 뭐야?"

도저히 못 참겠다는 듯 요코가 작은 목소리로 주의를 주었다. 하지만 철없는 행동을 나무라는 게 아니라 돈에 너무 집착한다는 인상을 주고 싶지 않은 게 본심일 것이다. 가나에는 어깨를 으쓱하더니 혀를 쏙 내밀었다.

4

유언장

×

다카아키 씨가 처음 유언장 얘기를 꺼냈을 때를 기억하고
있다. 그가 입원한 지 한 달쯤 지났을 때였다. 그는 마치 세상
돌아가는 얘기를 하듯 너무도 담담하게 말했다. 이제 슬슬 준
비를 해야겠군, 이라고.

"그렇게 마음 약한 말씀 마세요." 나는 애써 밝게 말했다.

"하지만 유언장을 작성해 놓는 건 찬성이에요. 그 유언장
이 몇십 년 뒤에 공개될지 모르겠지만요."

내 말의 뜻을 깨달은 듯 그는 미소를 지었다.

"유언장의 내용은 대략 정해져 있네. 하지만 몇 가지 큼직한
문제가 남아 있고, 앞으로 내용이 바뀔 가능성도 있으니까."

"당연하죠."

"자네한테도 폐를 끼칠지 모르겠군. 각오하고 있게."

"알겠습니다."

이 '폐'의 의미를 그 당시에는 깊이 생각하지 않았다. 다카

아키 씨도 구체적인 의미를 갖고 한 말이 아닐 거라고 생각했다. 하지만 그렇지 않다는 것을 나는 몇 주 뒤에 알게 되었다.

"아직 한 줄도 써놓지 않은 상태에서 이런 말을 하는 게 우습지만, 유언장을 공개하는 데 몇 가지 조건을 붙여야겠어."

"뭔데요?"

"먼저 내가 죽고 나서 최소한 한 달 동안은 공개하지 말 것. 이것은 혼란을 피하기 위해서야. 그리고 공개는 유언장과 관련된 사람들이 모두 모인 장소에서 할 것. 관계없는 사람이 섞여 있거나 관계자가 한 명이라도 빠지면 안 됨. 단, 대리인은 인정함."

"하지만 유언장을 읽어보지 않는 한, 누가 관계자인지 알 수 없잖아요."

"관계자의 이름만큼은 미리 후루키 변호사에게 알려줘야겠지. 장소는 회랑정이 좋겠어. 거기라면 불필요한 잡음이 생기거나 하진 않겠지." 그러고 나서 쓸쓸하게 눈을 내리깔았다. "내 묘지는 핫사와 온천 쪽에 쓸 예정이야. 그 작은 절, 자네도 알 테지."

"예, 알고 있어요."

"그 절은 회랑정 부근에 있으니까 유언장을 공개하기 전에 모두 함께 와서 선향(線香) 정도는 피워주겠지."

나는 유언장을 회랑정에서 공개하는 이유가 거기 있다는

걸 깨달았다. 모두가 유언장에만 정신이 팔려 그것을 쓴 주인공을 잊어버리지는 않을까 걱정하고 있는 것이다. 다카아키 씨에게 그렇게 유약한 면도 있다는 걸 오랫동안 옆에서 지켜본 나는 알고 있었다.

"그건 그렇고 유언장 내용 때문에 골치가 아프군." 그는 침대에 누운 채 머리를 긁적였다. "아무리 둘러봐도 미덥지 못한 사람들뿐이라 어떻게 분배해야 좋을지 모르겠어. 이럴 때 아내라고 부를 만한 사람이 있으면 좋을 텐데……. 그렇다고 이제 와서 재혼할 수도 없는 노릇이고."

그의 망설임이 훤히 들여다보였다. 나는 무슨 말이든 해야 할 것 같았다. 하지만 어떤 말을 해도 공허하게 들릴 것 같아 잠자코 있을 수밖에 없었다. 그 역시 더 이상 아무 말도 하지 않았다.

5

저녁 식사

×

"오래 기다리셨습니다. 식사 준비가 다 되었으니 안으로 들어가시죠."

지배인의 목소리에 나는 정신이 들었다.

벌써 시간이 그렇게 됐나, 하는 표정을 지으며 소스케 일행이 자리에서 일어나기 시작했다.

"그럼, 저희도 갈까요?"

요코의 말에 이끌려 나도 일어났다.

식사 준비가 된 곳은 이치가하라 집안사람들이 모여 밥을 먹기에 적당한 크기의 일본식 방이었다. 다만 식탁 밑은 다다미가 깔려 있지 않고, 호리고타쓰(방바닥 한가운데를 네모나게 파고 그 안에 화로를 넣는 난방 장치 – 옮긴이)처럼 다리를 펴고 앉을 수 있도록 되어 있었다. 이것은 다카아키 씨가 제안한 것으로, 외국 손님들도 불편하지 않도록 배려한 것이다.

소스케가 당연하다는 듯 상석에 앉고, 나머지 사람들은 적당히 자리를 잡고 앉았다. 맨 끝에 앉으려던 나는 안쪽으로 더 들어가라는 나오유키의 말에 옆으로 한 자리만 이동해서 앉았다. 그리고 그가 맨 끝자리에 앉았다. 나오유키 옆에 앉고 싶지 않았지만 이렇게 된 이상 어쩔 수 없었다.

특별한 얘기 없이 바로 식사가 시작되었다. 서양식 코스 요리처럼 순서대로 일본식 요리가 나왔고, 고기 요리도 나왔다. 술은 처음엔 맥주와 향토주뿐이었지만 유카와 가나에의 요구로 차가운 화이트와인도 준비되었다. 그래서 나도 와인을 마셨다.

택시기사 말대로 현재 이 회랑정은 휴업 상태였다. 화재가 발생한 까닭도 있지만 경영자인 다카아키 씨가 죽는 등 안 좋은 일이 연이어 일어났기 때문이었다. 지배인을 제외한 다른 종업원들은 회랑정에서 약간 떨어진 곳에 있는 같은 계열의 호텔로 옮겨갔다. 그래서 이번 모임을 위해 요리할 사람을 그 호텔에서 불러온 것 같았다. 그 때문에 일손이 남아서 그런지 음식을 내올 때마다 지배인이 얼굴을 내밀었다. 그때마다 나오유키가 두세 마디씩 말을 건넸고, 지배인도 상냥하게 대꾸했다.

"저 여자도 내심 신경이 쓰일 거야. 상속이 어떻게 될지."

지배인이 물러가자 요코가 가벼운 독설을 내뱉었다.

"당연하지 않겠냐? 내일이면 새 주인이 정해질 텐데. 경우에 따라서는 해고될 수도 있고." 소스케가 젓가락으로 집은 음식을 입으로 가져가면서 대꾸했다.

"마호 씨는 지배인으로서 훌륭해요. 누가 경영을 하게 될지 모르지만 해고할 필요는 없을 것 같은데요." 나오유키가 변호하듯 말했다.

그래서 나는 지배인의 이름이 마호였다는 것을 떠올렸다. 성(姓)은 고바야시다.

"나오유키, 네가 회랑정을 맡게 되면 마호 씨는 지배인 자리를 유지할 수 있겠구나." 소스케가 말했다.

하지만 그 말 속에는 그렇게는 안 될 거라는 의미가 내포되어 있었다.

"저는 료칸 경영엔 관심 없어요."

나오유키는 약간 기분이 상한 듯 술을 단숨에 들이켰다. 그래서 내가 잔을 채워주었다.

"저 여자, 큰오빠하고 그렇고 그런 사이였을걸요." 요코가 목소리를 죽이며 말했다.

이런 화제는 놓칠 수 없다는 듯 가나에가 끼어들었다. "어머, 그래요?"

"난 전혀 몰랐는데. 언제 얘긴데요?"

"아주 오래전 일이야."

"특별히 여자를 밝히는 타입은 아니었지만 형님도 보통 남자들하고 똑같았으니까. 그렇지 않냐, 나오유키?"

"글쎄요, 나야 옛날 일은 잘 모르니까요. 하지만 만약 그렇다 해도 지배인으로서의 능력과는 상관없는 얘기 아닌가요?"

동의를 구하는 소스케의 물음에 나오유키는 냉담하게 대답했다.

"제 생각도 그래요. 그런데 그런 저속한 얘기는 오늘 밤만이라도 피하는 게 좋지 않을까요?"

갑자기 기요미가 끼어들었다. 그러곤 와인을 한 모금 마시더니 "아아, 맛있어." 하며 일부러 들으라는 듯 중얼거렸다. 기요미의 강한 빈정거림에 요코는 불쾌감을 드러냈다.

"전 큰아버지가 결혼을 하신다면, 상대는 그 비서 언니일 거라고 생각했어요."

내가 깜짝 놀랄 만한 발언을 한 이는 지금까지 침묵을 지키고 있던 유카였다. 다른 사람들도 약간 놀란 것 같았다.

"유카, 그런 얘긴 그만둬라." 곧바로 기요미가 나무랐다.

"어머, 어때요? 고인의 추억을 얘기하는데, 고상한 얼굴로 딱딱한 얘기만 하면 재미없잖아요."

방금 전 기요미가 빈정거렸던 걸 반박하듯 곧바로 요코가 대꾸했다.

"유카, 계속해 봐. 비서라면 기리유 에리코 씨를 말하는 거니?"

"예, 맞아요."

"하지만 나이 차이가 너무 많지 않나? 기리유 씨 나이가 서른 살이 조금 넘었던 것으로 알고 있는데."

요코가 그렇게 말하자 가나에가 눈을 반짝이며 대화에 끼어들었다.

"엄마, 무슨 소리예요? 요즘 신분 상승을 위해 할아버지뻘 되는 사람과 결혼하는 여자들이 얼마나 많은데."

"유카, 무슨 근거라도 있는 거냐?"

소스케가 묻자 유카는 긴 속눈썹을 내리깔고 입을 열었다.

"큰아버지한테 직접 들은 적이 있어요. 그 언니와 10년쯤 일찍 만났다면 프러포즈를 했을 거라고 하셨어요. 농담처럼 말씀하셨지만 진심이었던 것 같아요."

이 말이 내 마음을 혼란스럽게 했다. 다른 사람들도 어느 정도 충격을 받았는지 저마다 한마디씩 했다.

"형님이 그런 말씀을 하셨다고? 전혀 눈치 못 챘는데." 소스케는 과장스럽게 팔짱을 끼며 중얼거렸다.

"그러고 보니 짚이는 게 있긴 해요." 요코는 뭔가를 떠올리는 듯한 표정으로 연신 고개를 끄덕였다. "그 두 사람을 보고 있으면 사장과 비서의 관계를 넘어선 뭔가가 있었어요. 가나에 말처럼 기리유 씨가 신분 상승을 노렸을지도 모르죠. 오빠는 오빠대로 젊은 여자와 함께 있는 걸 즐겼을 수도 있고요."

"글쎄요, 저도 기리유 씨를 몇 번 본 적이 있지만 솔직히 여성적인 매력은 제로였던 것 같은데." 지성 제로인 다케히코가 말했다.

잘난 체하는 다케히코의 코를 납작하게 만들어주고 싶었다.

그때 고바야시 마호가 또 들어오는 바람에 얘기는 중단되었다. 이 기회에 화제가 바뀌기를 바랐는데, 마호가 나가자 소스케가 다시 그 얘기를 꺼냈다.

"나오유키, 넌 무슨 얘기 들은 거 없냐? 형님과 기리유라는 그 비서에 관해서 말이다."

소스케의 물음에 나오유키가 고개를 들었다.

"그 비슷한 얘기를 넌지시 비치신 적은 있어요." 나오유키가 유리컵을 손에 들고 말했다.

"그 비슷한 얘기?"

"재혼 얘기요."

"재혼? 언제쯤?"

"1년 정도 됐어요."

"그렇다면 형님이 입원한 뒤잖아. 죽을지 살지도 모르는 마당에 그런 생각을 하시다니, 형님도 참."

"오히려 남은 시간이 많지 않다는 걸 알기 때문에 진지하게 재혼 생각을 하신 게 아니겠어요? 배짱이 두둑한 형님이라도 마음이 약해졌을 거예요. 머리맡에서 당신을 돌봐줄 아

49

내가 필요했던 겁니다."

"큰아버지 같은 분도 결국 평범한 남자였다는 건가?" 다케히코가 고개를 흔들었다.

아무것도 모르는 주제에. 나는 속으로 욕을 했다. 너같이 줏대 없는 인간이 다카아키 씨의 고통을 알 리 있겠어.

"만약 오빠가 마음만 먹었다면, 그 상대는 돈에 궁색하지는 않았을 거야. 그렇잖아, 형식적이라도 결혼을 했다면 오빠 유산이 그 여자한테 상속되었을 테니까." 요코가 납득했다는 표정으로 말했다.

소스케는 그래, 하고 중얼거리고 나서 나오유키를 쳐다보았다.

"그래, 형님이 너한테 무슨 의논을 했는데?"

"뭐 그냥 재혼에 대해 어떻게 생각하느냐고 물으셨어요. 그래서 아무래도 구체적인 상대가 있다는 생각이 들어서 여러 가지를 물어봤죠. 형님이 기리유 씨를 마음에 두고 있는 게 분명한 것 같았어요."

"역시 그랬구나. 넌 그때 뭐라고 대답했는데?"

"좋을 대로 하시라고 그랬죠. 제가 뭐라고 말할 수 있었겠어요?"

나오유키가 그렇게 말하자, 소스케는 노골적으로 못마땅한 표정을 지으며 입을 다물었다. 만약 소스케에게 의논했다면 전혀 다른 대답을 했을 것이다.

"만약 그렇게 됐다면 더 복잡해졌을지도 몰라요." 가나에가 자리에 어울리지 않게 밝은 목소리로 말했다. "그렇잖아요. 만약 큰외삼촌이 그 언니와 결혼했다면 대부분의 유산이 그쪽으로 갔을 거예요. 그렇게 되었다면 오늘 이렇게 모일 필요도 없었을걸요? 그런 의미에서는 그 동반자살 사건을 고맙게 생각해야겠네요."

정곡을 정확히 찌르는 말이었다. 몇 사람이 깜짝 놀라며 숨을 죽였고, 다음 순간 무거운 침묵이 흘렀다.

6
연애에 대한 동경

×

이치가하라 다카아키 씨의 마음을 몰랐던 건 아니다. 그러나 나는 모르는 체했다. 프러포즈를 받았다 해도 아마 거절했을 것이다. 신분 상승이라는 흔해 빠진 말로 형용할 수 없을 만큼 막대한 재산이 들어온다 해도.

나는 다카아키 씨를 존경했다. 사업가로서 그는 정확하고 냉철한 두뇌를 모두 가동시켜 신속하게 행동하는, 그야말로 인간 컴퓨터였다. 때로는 냉혹하다는 생각이 들 정도였다. 하지만 그런 그도 상대가 숫자가 아닌 인간일 경우에는 전혀 달랐다. 가식적이지 않은 너그러움과 모든 것을 수용하는 넓은 포용력을 갖고 있었다. 그의 비서로 지낸 세월은 6년에 지나지 않지만, 그의 곁에서 나는 인간에 대해 많은 것을 배웠다.

그러나 나는 그를 남자로 바라보지는 않았다. 상사로서, 언제까지나 존경하고 싶을 뿐이었다. 그리고 좀 더 솔직히 고백하자면 나는 나의 여성적인 매력을 평가해 주는 남자를 원했다. 계산이 아니라 정열로 나를 구원해 줄 남자를. 이미 성불구자였던—본인이 그렇게 말했다.—다카아키 씨는 그답게 냉정히 판단한 결과, 젊음과 미모를 겸비한 여자보다 자기 지시를 정확하게 따를 수 있는 사람에게 '아내'라는 이름을 부여하고자 했던 것에 불과했다. 그는 나에게서 여성을 원하지 않았던 것이다.

내가 이런 것에 얽매이는 이유는 나 자신의 연애 경험이 일천하다는 것과도 무관하지 않다. 사실 일천하다는 말은 어폐가 있다. 거의 없다고 해도 과언이 아니다. 물론 내가 일방적으로 연정을 품은 적은 있지만, 그런 감정들은 항상 선향의 불꽃처럼 힘없이 꺼져갔다. 내 마음을 고백한 것이 아니므로 실연이라고 할 수도 없을 것이다. 나 혼자 가슴 설레다가 이내 상처를 받았을 뿐이다.

하지만 입사해서 1년쯤 지났을 무렵, 정말로 내 마음을 고백하려고 생각한 적이 있다. 진부하지만 밸런타인데이 때 고백하려고 했다. 상대는 직장 선배였다. 나는 업무를 친절하게 가르쳐주는 그 선배에게 완전히 빠져 있었다. 그날 나는 직접 만든 초콜릿을 책상 서랍에 넣어두고 그에게 내 마음을 전할 기회만을 노렸다.

그러나 결국 고백하지 못했다. 그전에 생각지도 않은 장애물이 생겼던 것이다. 아니, 장애물이라는 말은 적절한 표현이 아닐지도 모른다.

혼자서 들떠 있는 나에게 찬물을 끼얹은 것은 동료 여사원이었다. 그날 점심시간에 그 여사원은 재미있는 것을 손에 넣었다면서 종이 한 장을 꺼냈다. 그것은 여사원들을 평가한 표였다. 하지만 흔히 말하는, 업무에 대한 평가표가 아니었다. 항목은 '외모'와 '성격' 두 개뿐이었다. 평가자는 남자 사원들로, 그중에는 내가 연정을 품고 있던 선배의 이름도 들어 있었다. 남자들은 별걸 다 하는 것 같아, 하고 그 여사원이 말했다. 표를 보았더니, 그 여사원은 상위에 랭크되어 있었다. 특히 외모에 대한 점수가 높았다. 그렇기 때문에 은근히 자랑스럽게 내보였을 것이다. 나는 기대 반 두려움 반으로 내 점수를 보았다. 예상대로 평가는 비참했다. 하지만 나를 더욱 절망시킨 것은 '그 선배'가 매긴 점수였다. 성격은 5점 만점에 3점, 외모는 1점이었다.

기리유 에리코, 외모 1점.

그날 퇴근하는 길에 초콜릿을 전철역 쓰레기통에 버렸다. 눈물이 나오려는 것을 필사적으로 참았다. 그리고 대신 집에 와서 엉엉 소리 내어 울었다.

엄마는 풍만한 가슴과 고운 피부를 갖고 있다. 하지만 나는 그런 여성적인 매력을 하나도 물려받지 못했다. 가슴은 빨래판처럼 밋밋하고 피부는 거칠었다. 그런데 얄궂게도 아버지의 못생긴 얼굴만은 쏙 빼닮았다. 어렸을 때 사람들은 나를 자주 남자애로 오인했고, 그런 상황은 커서도 크게 변하지 않았다. 게다가 내 얼굴은, 가령 내가 남자라 해도 여성들이 호감을 갖는 쪽은 아닐 것이다.

밤새도록 울고, 나는 결심했다. 더 이상 연애를 꿈꾸어서는 안 된다. 나와는 인연이 없는 거라고 생각하자. 하늘은 나에게 미모 대신 지성을 주었다. 앞으로는 그 지성을 닦는 데 정진하자. 그리고 연애를 동경하는 마음은 가슴속 깊이 묻어두고, 절대로 다른 사람이 눈치채게 해서는 안 된다.

다음 날부터 나는 변했다. 그 첫 단계가 아픔을 참으며 꼈던 콘택트렌즈 대신 성적 매력이 전혀 느껴지지 않는 메탈 안경을 쓰는 것이었다. 옷차림도 바꾸었다. 나한테 어울리지는 않았지만 그래도 유행에 맞춰 입었던 여성스러운 옷은 옷장 속에 집어넣고, 입사 시험을 볼 때나 입는 딱딱한 정장 차림을 하고 다녔다.

그리고 노력했다. 업무가 끝난 뒤 외국어를 배웠고, 여러 강습에 나가 몇 가지 자격증을 땄다. 이윽고 동료들 사이에서 고립되었지만 무능한 사람들이 질투하는 거라고 생각하며 무시했다.

운이 좋았던 건 상사들이 바보가 아니었다는 것이다. 그들은 내 능력을 정당하게 평가해 주었다. 그 결과 나는 이례적인 인사이동을 경험했다. 몇몇 임원들 밑에서 일한 뒤, 사장인 이치가하라 다카아키 씨의 비서로 임명된 것이다. 사장이 직접 지명했다는 게 나를 더욱 기쁘게 했다.

이런 식으로 나는 못생긴 외모를 발판 삼아 최고의 스피드로 계단을 올라갔다. 그러나 나는 인정해야 했다. 연애에 대한 동경이 마음속에 여전히 자리 잡고 있다는 것을. 이치가하라 다카아키 씨는 내 능력을 내다보고 비서로 지명했다. 그리고 똑같은 이유로 나를 아내로 선택하려고 했다. 하지만 나는 이 경우에서만큼은 다른 근거를 원했다. 만약 그가 나를 조금이라도 여자로 바라봤다면 그의 아내가 되는 것을 거부하지 않았을 것이다.

하지만 이 또한 공허한 가설에 지나지 않는다. 만약 다카아키 씨가 여성성을 보고 선택했다면, 주저 없이 회랑정의 지배인인 고바야시 마호에게 청혼했을 것이기 때문이다. 나는 그들의 관계를 알고 있다. 고바야시 마호는 다카아키 씨에게 애인과 같은 존재였다. 일찍 아내를 잃은 슬픔을 달래기 위해 고바야시 마호를 곁에 두었던 것이다. 하지만 그 이상은 아니었다. 그 때문에 그가 성불구자가 되면서 고바야시 마호의 애인으로서의 임무는 끝이 났다.

이러한 사정 때문에 1년 반 전 병으로 쓰러진 다카아키 씨는 나를 아내로 맞이하는 걸 구체적으로 생각하게 되었을 것이다. 나는 그의 의사를 정확히 감지하고 있었다.

그는 자신이 암에 걸렸다는 것과 더 이상 가망이 없다는 걸 알고 있었다. 죽음을 앞둔 그가 가장 염려했던 건 자신이 이룩해 놓은 것이 앞으로 어떻게 될까, 하는 것이었다. 그는 그것을 자신이 가장 신뢰할 수 있는 사람에게 맡기려고 한 것에 불과했다.

7

복수의 첫걸음

×

디저트가 나오고 식사도 거의 끝나가고 있었다. 얘깃거리가 떨어졌는지 시끌벅적했던 분위기도 차분히 가라앉았다. 나는 마침 잘됐다고 생각했다.

"여러분께 물어보고 싶은 게 있습니다."

내 말에 전원이 동작을 멈추고 나를 쳐다보았다. 유일한 외부인인 내가 무슨 말을 꺼낼까, 하는 얼굴들이다.

"다름이 아니라, 아까도 잠깐 얘기가 나왔던 기리유 에리코 양에 관한 겁니다."

"기리유 씨요? 기쿠요 부인도 기리유 씨를 아세요?" 소스케가 의외라는 듯 물었다.

"자세한 건 모르지만 아마 기리유 씨가 기쿠요 부인과 연락하는 역할을 했을 거예요. 그렇죠?" 내 옆에 있던 나오유키가 물었다.

"예, 맞아요."

"그랬군요. 그런데 기리유 씨가 어쨌는데요?"

"떠올리고 싶지 않은 일이겠지만, 에리코 양은 이 료칸에서 사고를 당한 뒤 자살한 걸로 알고 있습니다."

정말로 떠올리기 싫은 기억인 듯 대부분의 사람이 순간 눈을 내리깔았다. 그러나 그런 반응과는 전혀 대조적인 목소리가 날아왔다.

"그거, 단순한 화재가 아니에요." 가나에였다.

주위 사람들이 떨떠름한 표정을 짓든 말든 가나에는 계속 말을 이었다.

"동반자살이었어요. 교통사고를 낸 기리유 씨 애인이 함께 자살하려고 했던 거래요. 그 애인은 죽었지만 기리유 씨는 기적적으로 살아났죠. 그때 우리도 여기 묵고 있었는데 정말 굉장했어요."

모두 어색한 표정을 짓고 있다. 나는 가나에에게 미소를 지어 보였다.

"그 얘긴 나도 알고 있어요. 신문에서 읽었으니까요."

"알고 계셨구나."

"사고가 난 며칠 뒤, 에리코 양도 자살했죠. 애인의 죽음과 끔찍한 화상……. 그런 것에 커다란 충격을 받아 자살했을 거라고 경찰은 판단한 것 같던데……."

"그것 말고 다른 이유가 있습니까?" 소스케가 못마땅한 표

59

정으로 물었다.

이제 와서 그 얘기를 꺼내봤자 무슨 소용이냐고 생각하는 것 같았다.

"저도 다른 이유는 짐작이 안 갑니다. 하지만 유서가 없지 않았나요?"

"유서를 쓸 계제가 아니었겠죠. 제정신이 아니었을 테니."

그렇게 말하면서 기요미가 앞에 있는 그릇들을 포개기 시작했다. 이런 얘기는 빨리 끝내자는 뜻인 듯하다.

나는 호흡을 가다듬고 모든 사람을 빙 둘러본 뒤 말했다. "실은 에리코 양의 유서가 있었습니다."

예엣, 하고 놀라는 목소리가 몇 사람의 입에서 흘러나왔다. 나는 품에서 편지봉투보다 약간 큰 봉투 하나를 꺼냈다.

"에리코 양이 죽고 나서 2~3일쯤 지났을 때 이 편지가 도착했어요. 보시다시피 보낸 사람 이름은 기리유 에리코라고 되어 있습니다."

"그러네요. 어렴풋하지만 필적도 맞는 것 같네요." 나오유키가 봉투를 들여다보며 말했다.

"에리코 양의 필적이 틀림없어요."

나는 그렇게 단언한 뒤, 봉투 안에서 편지 한 장과 약간 작은 봉투를 꺼냈다. 작은 봉투는 아직 개봉하지 않은 채였다.

"편지에는 자살을 결심한 에리코 양의 심경이 적혀 있습니다. 읽어들 보세요."

나는 편지를 바로 옆에 있는 나오유키에게 건넸다. 진지한 눈빛으로 그것을 읽다가 깜짝 놀라며 그가 고개를 들었다.

"뭐라고 쓰여 있는데 그래?" 소스케가 안달이 난 듯 물었다.

"잠깐만요. 지금부터 제가 읽을게요." 나오유키는 등을 꼿꼿이 세웠다. "이 편지가 도착할 무렵, 저는 이미 이 세상 사람이 아닐 거예요. 우체통에 편지를 집어넣은 뒤 바로 자살할 거니까요. 제가 왜 자살을 했는지 세상 사람들이나 경찰은 깊이 생각하지 않겠죠. 앞서 있었던 동반자살 사건이 기억에 남아 있는 만큼 애인 뒤를 따라 자살했다느니, 정신적 충격이 너무 컸기 때문이라느니, 적당한 이유가 몇 가지 떠오를 테니까요. 하지만 사실은 그런 이유 때문에 죽음을 선택하는 게 아니에요. 그 동반자살 사건 뒤에는 그리고 제가 죽음을 선택한 배경에는, 좀 더 복잡하고 깊은 사정이 있습니다. 다만 이 시점에서는 그 사정에 대해 말씀드릴 수가 없습니다. 그것을 밝히려면 거기에 알맞은 때와 장소가 필요하거든요. 하지만 제가 죽어버리면 진실을 전할 길이 없기 때문에 실례를 무릅쓰고 기쿠요 부인에게 부탁을 드리고자 합니다. 동봉한 작은 봉투는 개봉하지 마시고 보관해 주세요. 짐작하시겠지만 그 봉투 안에는 진실을 밝힐 문서가 들어 있습니다. 이것을 이치가하라 다카아키 씨의 유언장이 공개될 때까지만 맡아주세요. 다카아키 씨가 아직 살아 계시는데 무슨 소리냐며 이상하게 여기실지 모르지만, 실은 다카아키 씨의 병환은 심각해서 길어야 1년밖에 살지 못한다는 얘기를 의사한테 들었습니다. 그리고 다카아키 씨의 유언장 공개는 적당한 때와 장소를 선택한 뒤, 한정된 사람들 앞에서만 행해질 거예요. 아마 부인께서도 그 자리에 참석하게 될 겁니다. 그래서 이렇게 부탁드리는 겁니다. 그 자리에 이 봉투를 꼭 갖고 가셔서, 유언장을 공개하기 전 모두 앞에서 개봉한 뒤 이 편지를 읽어주세요. 그때 비로소 왜 제가 죽음을 선택했는지, 왜 이 같은 부탁을 드렸는지 모두 밝혀질 거예요. 그리고 이 봉투의 존재에 대해서는 그전까지 비밀로 해주세요. 기묘한 부탁이라고 여기시는 게 당연하다고 생각합니다. 하지만 제가 이런 부탁을 드릴 수 있는 분은 부인밖에 없습니다. 아무쪼록 잘 부탁드립니다. X년 X월 X일. 혼마 기쿠요 귀하. 기리유 에리코 올림.”

나오유키가 편지를 다 읽은 뒤에도 한참 동안 아무도 입을 열지 않았다. 가나에조차 긴장한 기색이 역력했다. 무슨 소리도 내면 안 될 것 같은 분위기 때문인지, 중간에 들어온 마호도 문 앞에 앉은 채 미동조차 하지 않았다.

“그렇게 된 겁니다.”

내가 입을 열자 얼어붙은 것 같았던 표정들이 일제히 풀렸다. 먼저 소스케가 말했다. “놀랐는걸. 기리유 씨가 이런 편지를 써놓았을 줄이야."

"그렇긴 하지만 충분히 가능한 일이라고 생각해요." 나오유키가 편지지를 고이 접어 나에게 건네며 말했다. "나하곤 별로 접촉이 없었지만 큰형님께 들은 바로는, 기리유라는 그 비서, 꽤나 야무졌던 걸로 알고 있어요. 다른 여자가 그런 동반자살 사건을 겪고 자살했다면 이상하게 여기지 않았겠지만, 기리유 씨가 허무하게 죽음을 선택했다는 얘기를 듣고 난 사실 좀 놀랐어요."

"큰오빠도 도저히 믿을 수 없다고 했어." 요코도 옆에서 거들며 말했다.

"와아, 되게 궁금하다. 대체 그 봉투 안에는 무슨 내용이 쓰여 있을까?"

이제 긴장이 풀린 듯 가나에가 흥미진진한 얼굴로 내 손을 쳐다보았다.

"어떻게 하시겠습니까, 부인? 형님 유언장은 내일 후루키 변호사가 와서 공개하는 걸로 되어 있지만 그 유서는 내일이든 오늘이든 별 차이는 없을 것 같은데, 지금 이 자리에서 개봉하는 게 어떨까요?"

"지금 이 자리에서……요?"

그렇게 말한 뒤, 나는 모두의 표정을 재빨리 살폈다. 이 중에는 분명 유서가 공개되는 걸 꺼리는 사람이 있을 것이다.

유서의 내용을 짐작하고 있을 테니까. 개봉을 제안한 소스케는 용의자에서 제외해도 좋을까? 아니, 교활한 연기일 수도 있다. 막상 개봉하려고 하면 이런저런 이유를 대며 말릴지도 모른다. 다른 사람들의 표정을 살펴보니 대체로 소스케의 제안을 지지하는 듯한 표정을 짓고 있다. 가나에는 호기심으로 눈에 핏발이 설 정도였다. 하지만 대조적으로 유카는 별 관심이 없다는 듯 자신의 손을 물끄러미 내려다보고 있었다.

"그래서는 안 될 것 같습니다. 형님 유언장을 공개할 때 개봉하라고 일부러 지정해 놓기까지 했잖습니까? 고인의 의사를 존중해야 할 것 같은데요."

내가 명확한 대답을 하지 않자 나오유키가 먼저 말했다.

"별 차이 없지 않아? 어차피 앞으로 스물네 시간 안이면 전부 밝혀질 텐데."

"그러니까 그 얼마 안 되는 시간을 기다리면 되죠. 기쿠요 부인은 몇 개월도 기다리셨는데."

"그야 그렇지만."

동생에게 말로 밀리자 소스케는 떨떠름한 표정을 지으며 입을 다물었다.

"정말 기묘한 얘기네요." 약간 눈살을 찌푸리고 고개를 갸웃거리며 요코가 중얼거렸다. "그런데 동반자살 사건과 기리유 씨의 자살 이면에 있는 복잡한 사정이란 게 뭘까?"

"대단한 일이 아닐 수도 있어요. 괜히 폼 잡는 것일 수도 있다고요." 기요미가 자기는 별 관심이 없다는 표정으로 말했다.

하지만 이런 사람이야말로 속으로는 호기심이 무럭무럭 일고 있을 게 틀림없다.

"그 남자 이름이 사토나카였지, 아마?" 소스케가 팔짱을 끼면서 입을 열었다. "기리유 씨 애인이었던 모양인데 도대체 뭐 하는 남자였을까? 기리유 씨보다 훨씬 어렸던 것 같은데."

"자동차 정비공장 직원이라고 했어요. 기리유 씨도 차를 갖고 있었던 모양인데, 그런 관계로 알게 된 것 아닐까요? 다만 약간 의외였던 건, 나야 기리유 씨를 잘 모르지만 그래도 그렇게 어린 애인이 있는 줄은 몰랐어요. 큰오빠도 몰랐던 것 같던데." 요코가 바로 대답했다.

"그런 것 같더구나. 하지만 본인이 애인이라고 했으니 사실이겠지. 그런데 왜 동반자살 사건에 음모가 있다고 했을까? 본인도 애인에게 목이 졸려서 죽을 뻔했다는 걸 알고 있을 텐데."

"기리유 씨가 그런 말은 하지 않았어요. 누군가가 목을 졸랐다고 했을 뿐이지. 상대방 얼굴을 확실히 못 본 것 같던데요. 목을 조른 사람이 사토나카라고 지목한 것은 경찰이에요. 사건의 전후 상황을 보고 끌어낸 결론일 거예요."

"그럴지도 모르지만 그런 결론에 특별히 문제가 있는 건 아니잖아." 너무 꼬치꼬치 따지지 말라는 듯이 소스케가 불쾌하게 말했다.

"어쩌면 그 점이 중요할지도 몰라요. 기리유 씨 목을 조른 사람이 애인인…… 사토나카라고 했는데, 만약 그 남자가 아니었다면 어떻게 되는 거죠? 그 사건은 근본부터 잘못된 게 되는 거라고요."

"도대체 무슨 소릴 하는 거냐?" 소스케가 목소리를 높였다.

"그 사건이 단순한 동반자살로 결론 난 것은 경찰이 그렇게 생각했기 때문이에요. 화재가 났고 그 안에 기리유 씨와 애인이 있었다, 남자는 독극물로 자살하고 기리유 씨는 한밤중에 누군가에게 목이 졸렸다, 그런데 그 남자는 전날 교통사고를 일으켜 사람을 죽였다, 이런 정황들을 보고 경찰이 동반자살이라고 추정한 것에 불과하잖아요."

"난 타당한 추리라고 생각하는데."

"만약 기리유 씨의 목을 조른 사람이 사토나카이고, 그 사실을 기리유 씨가 증언했다면 나도 타당하다고 생각했을 거예요. 하지만 상대의 얼굴을 못 봤잖아요. 난 그게 마음에 걸려요."

"누나는 그 사건이 단순한 동반자살이 아니고 누군가에 의해 계획된 거란 얘기야?" 나오유키의 얼굴이 약간 굳어졌다.

"그런 식으로도 생각할 수 있다는 거야. 사실 전부터 약간

66

마음에 걸렸어. 정말 동반자살이었을까, 하고. 그 사토나카라는 사람의 나이로 볼 때 그런 발상은 좀 무리라는 생각이 들었거든."

예리한 지적이었다. 대부분의 젊은이는 사람을 치어 죽인 것 정도로 자살하려고 하지는 않는다. 하지만 학생들과 접촉이 많은 소스케가 동반자살은 나이하곤 상관이 없다고 무지한 발언을 했다. 그러자 다케히코가 소스케의 발언을 반박했다.

"모르시는 말씀이세요. 고모 말이 맞아요. 애인을 죽일 정도로 배짱 있는 놈이라면 동반자살을 생각하기 전에 어떻게든 그 교통사고에서 발뺌하려고 했을 거예요."

"저도 그렇게 생각해요. 교통사고를 냈다고 죽다니, 그런 바보가 어디 있어요?" 가나에도 동조했다.

아들과 조카가 반대 의견을 내자 소스케는 불쾌한 모양이었다.

"하지만 만약 기리유 씨의 목을 조른 사람이 다른 누군가이고, 기리유 씨가 그 사람 얼굴을 봤다면 왜 그 얘기를 경찰에 하지 않았겠냐?"

"상대방 얼굴을 못 봤다고 했잖아요. 하지만 어떤 근거가 있으니까 그 사건이 조작된 거라고 했겠죠. 다만 그 근거라는 게 경찰을 납득시킬 수 없는 것일 수도 있어요. 다시 말해서 물적 증거가 될 수 없는 거죠. 그래서 경찰에 말하지 않고 다른 형태로 고발하기로 한 걸 거예요. 그게 이 유서가 아닐까요?"

요코가 그렇게 말하면서 내 손에 있는 봉투를 손가락으로 가리켰다.

"말도 안 돼요. 그 동반자살 사건이 조작된 거라고요? 왜 그런 식으로 생각하죠? 차로 사람을 치어 죽인 남자가 애인이 묵고 있는 료칸에 몰래 숨어 들어가 애인을 죽인 뒤 자신도 독극물을 먹고 방에 불을 질렀다, 단지 그뿐이라고요." 시누이의 주장을 깔보듯 이치가하라 기요미는 코웃음을 쳤다.

"그럼 언니는 기리유 씨가 편지로 알리고자 하는 숨은 사정이라는 게 뭐라고 생각하세요?"

"글쎄, 별로 대수로운 게 아닐 거라고 했잖아요."

"그렇게 말하면 알 수가 없죠. 좀 더 구체적으로 말해보세요."

"그런 걸…… 내가 어떻게 알아요?" 기요미는 고개를 옆으로 홱 돌렸다.

요코는 차갑게 웃으며 말했다. "기리유 씨 유서에 모두들 관심을 갖고 있는 것 같아서 제 나름대로 추리를 해봤을 뿐이에요. 하지만 이렇게 추리를 하는 게 마음에 안 든다면 그만두죠."

"마음에 안 드는 건 아니지만 왠지 설득력이 부족한 것 같구나. 기리유 씨가 경찰에 말을 하지 않은 게 아무래도 마음에 걸려. 증거 능력이 떨어지더라도 동반자살을 위장한 사건이라고 생각할 만한 어떤 근거가 있다면 일단 경찰에 말하는 게 일반적이라고 생각하는데." 소스케가 얼굴을 찌푸리며 말했다.

"저도 그 점이 의심스럽긴 해요." 적당한 설명이 떠오르지 않는지 요코도 그렇게 말하고 입을 다물었다.

나는 약간 답답함을 느꼈다. 경찰 손에 맡기는 것보다 자기 손으로 복수하는 걸 선택했을 거라는 생각은 안 드는 모양이다. 하긴 그거야 난 본인이니까 그렇게 생각하는 거고, 기리유 에리코가 이미 죽었다고 믿는 그들도 똑같이 생각하길 바라는 건 무리일 것이다. 죽은 사람은 복수를 할 수 없기 때문이다. 그런데 침묵을 깨뜨리며 가나에가 가벼운 말투로 말했다.

"경찰에 말하는 것보다 유서로 남기는 쪽이 원한을 푸는 거라고 생각했을지도 몰라요."

모두가 깜짝 놀라며 가나에를 주목했다.

"무슨 뜻이야?" 유카가 물었다.

"그렇게 깊은 뜻이 있는 건 아냐. 단지 그 동반자살 사건이 계획된 거라면 기리유 씨가 굉장히 분했을 거라는 생각이 들었을 뿐이야. 그 범인을 경찰이 잡는 정도로는 분이 안 풀릴 만큼 말이야."

나는 이 낙천가를 다시 보게 되었다. 이론적으로 생각하는

69

게 서투른 만큼 감각적으로 예리한 뭔가를 갖고 있는지도 모른다.

"그렇게 생각한다면 개봉 시기를 지정한 부분이 마음에 걸려요. 오빠의 유언장을 공개할 때라고 지정한 이상 유언과 무슨 관계가 있다고 봐야 하잖아요. 가나에 말처럼 원한을 푸는 효과가 있을지도 몰라요. 예를 들어 그 유서의 내용이 밝혀지면 오빠의 유산을 받을 수 없는 사람이 생긴다든가요."

"요코, 말이 너무 지나치구나. 그런 식으로 말하니 마치 동반자살 사건을 꾸민 사람이 우리 중에 있다는 얘기처럼 들리는구나." 소스케가 거칠게 말했다.

"난 그런 가정으로 말하는 거예요. 잘 생각해 보세요. 그때도 이 료칸에 묵었던 건 우리뿐이잖아요."

"범인이 아니, 만약 범인이라는 게 존재했을 때의 이야기지만, 그렇다 해도 범인이 이 료칸에 묵었던 사람 중에 있다고만은 볼 수 없지. 이곳은 외부인이 얼마든지 들락거릴 수 있으니까. 사실 그 사토나카라는 남자도 밖에서 침입한 거 아니냐." 소스케가 말했다.

"그건 큰외삼촌이 잘못 생각하시는 거예요." 가나에가 높고 날카로운 목소리로 말했다. "그때 경찰들이 하는 얘기를 들었는데 불이 났을 때 'A-1'방의 유리창은 전부 닫혀 있었다고 했어요. 열려 있던 건 출입문뿐이었다고요. 그 말은 만약 그게 방화였다면 범인은 밖이 아니라 복도로 도망친 게 되는 거라고요."

뜻밖의 상대로부터 뜻밖의 말을 들은 소스케는 대꾸할 말을 잊은 것 같았다. 가나에는 우쭐해하는 얼굴이었지만 다른 사람들은 거북해하는 게 역력했다.

가나에가 한 말은 사실이었다. 내가 직접 확인한 것은 아니고 형사한테 들은 말이다. 그런 만큼 확실한 정보라고 할 수 있다.

그래서 나는 확신했던 것이다. 범인은 내부에 있다고. 동반자살처럼 위장하고 우리를 죽이려 한 사람은 반드시 이 중에 있다.

"뭐, 어차피 추리에 불과한 얘기예요. 어쨌든 내일이면 알게 되겠죠. 저 안에 쓰여 있을 테니까." 무거워진 분위기를 바꾸려는 듯 요코가 말했다.

요코의 말에 모두의 시선이 다시 한번 내 손에 쏠렸다. 나는 조용한 얼굴로 봉투를 품에 넣으면서 상황이 내 의도대로 진행되는 것에 내심 웃었다.

복수의 첫걸음을 무사히 내디뎠다.

8
자살 계획

×

복수하고 말 테야……..

사랑하는 지로가 이 세상에 없다는 걸 알았을 때 가장 먼저 뇌리를 스친 생각이었다. 사토나카 지로를 죽이고 나까지 없애려 한 범인에게 복수를 하는 거다.

하지만 어떻게 해야 되는 거지?

적에게 접근할 방법은 없는 걸까?

병원 침대에 누워서 나는 생각했다. 하지만 복수보다 먼저 조심해야 할 일이 있다는 것을 깨달았다. 그건 범인이 여전히 내 목숨을 노리고 있을지도 모른다는 것이었다. 내가 목숨을 건진 건 범인도 알고 있을 것이다.

고민 끝에 나는 한 가지 모험을 하기로 했다. 즉, 내 존재를 이 세상에서 없앤 뒤 다시 범인에게 접근하기로 한 것이다.

먼저 담당 간호사에게 자살하고 싶다는 심경을 여러 번 토로했다. 성실한 간호사는 내가 마음 약한 소리를 하면 부모가 아이를 나무랄 때처럼 엄한 말투로 꾸짖었다. 나는 일단 납득하는 척했다가 시간이 지나면 또다시 죽고 싶다는 말을 내뱉었다. 간호사는 진짜로 화를 냈다.

이윽고 나는 자살미수를 연기했다. 손목을 과도로 긋고 수면제를 먹은 것이다. 하지만 전혀 위험하진 않았다. 손목을 그었다곤 해도 피부만 벤 정도였다. 상처는 동맥과 한참 떨어져 있었다. 이 자살 방법의 성공률이 아주 낮다는 것을 어느 책에선가 읽은 적이 있다.

하지만 발견되었을 때는 큰 소동이 일어났고, 내가 정말로 자살을 원하고 있다는 것을 증명하기에 충분했다. 여러 사람이 나를 설득했다. 당시 아직 살아 있던 다카아키 씨한테도 경솔한 행동은 하지 말라는 편지를 받았다. 나답지 않다는 것이 편지의 요지였다. 다른 사람은 몰라도 그를 속인다는 생각에 나는 상당한 죄책감을 느꼈다.

자살미수 사건 이후, 간호사의 감시가 심해졌다. 나는 여전히 죽음에 대한 동경을 입 밖에 냈고, 언제 또 이상한 짓을 할지 모른다는 위험한 분위기를 계속해서 풍겼다.

그리고 퇴원을 며칠 앞둔 어느 날, 마지막 카드를 꺼냈다. 한밤중에 병원을 몰래 빠져나와 걸어서 역으로 갔다. 조그만 역인 데다 새벽 2시가 지난 시각이라 역 앞에는 아무도 없었다. 마침 택시 한 대가 승강장에 서 있었다. 근처에는 밤늦게까지 영업하는 술집이 몇 군데 있어서 취한 손님들이 가끔 택시를 타러 오기도 하기 때문에 그런 승객들을 기다리고 있었을 것이다.

나는 다가가서 뒤쪽 창문을 두드렸다. 택시기사는 졸고 있었는지 벌떡 일어나 문을 열더니, 내 모습을 보고 깜짝 놀란 듯했다. 무리도 아니었다. 나는 얼굴의 상처를 감추기 위해 커다란 마스크와 선글라스를 끼고 있었으며, 계절에 어울리지 않게 스키 모자까지 쓰고 있었다. 게다가 입은 옷은 옅은 색 가운이었다. 밤중에 이런 사람과 만난다면 누구라도 위축될 것이다.

"……곳으로 가주세요."

승차 거부를 할지도 모른다는 생각에 재빨리 택시에 탄 다음 그렇게 말했다. 하지만 마스크 때문에 잘 안 들린 모양이었다.

"뭐라고요?" 택시기사가 되물었다.

나는 다시 한번 확실히 행선지를 말했다. 남쪽으로 10여 킬로미터 떨어진 곳에 있는 작은 곳이었다. 택시기사는 노골적으로 수상쩍어하는 표정을 지었다.

"저기, 지금 이 시간에 그런 곳엘 가신다고요?"

"부탁드릴게요. 거기에서 사람을 만나기로 했거든요. 요금은 얼마든지 드릴게요."

나는 만 엔짜리 세 장을 택시기사 어깨너머로 건넸다.

"하아……."

내 차림이 이상한 데다 꼬치꼬치 캐물어서 골치 아픈 일에 휘말려봤자 좋을 게 없다고 생각했을 것이다. 택시기사는 더 이상 아무 말도 하지 않고 차를 출발시켰다. 나는 행운에 감사했다. 사람에 따라서는 돈으로도 움직일 수 없는 경우가 있다.

택시는 교통량이 적은 국도를 쌩쌩 달렸다. 눈치채지 못하고 있었는데, 비가 살짝 내렸는지 노면이 젖어서 번들거렸다.

야간이라 곳까지는 30분도 안 걸렸다. 나는 주변에 아무것도 없는 도로 중간쯤에서 택시를 세워달라고 했다.

"……이런 곳에서 괜찮겠습니까?" 택시기사가 오랜만에 입을 열었다.

"예. 사람이…… 애인이 올 거예요."

"아아, 그렇다면야." 택시기사는 미소를 지었다.

하지만 애인이라는 말을 아무렇지도 않게 입 밖에 내는 승객을 경박하다고 생각했는지 뺨이 약간 경직되었다.

택시에서 내린 뒤, 나는 바로 그 장소를 떠날 수 없었다. 내가 바다를 향해 걸어가는 것을 보면 택시기사가 사태를 짐작하고 쫓아올지도 몰랐다.

내가 신경 쓰이는 듯했지만 택시기사는 얼마 후 차를 출발시켰다. 미등이 안 보일 때까지 그곳에 서 있었다.

가볍게 한숨을 쉬고 귀를 기울이자 바로 옆에서 파도 소리가 들렸다. 바닷물 냄새도 났다. 휴대용 손전등을 꺼내 불빛에 의지하며 옆길로 들어갔다. 수십 미터쯤 걸어가자 바다에 면한 절벽이 나타났다. 용기를 내서 발을 내딛고 손전등으로 절벽 아래를 비춰보았다. 거친 바위 표면이 파도에 씻겨 번들거렸다. 밤바다는 콜타르처럼 검고 으스스했다.

이대로 뛰어내린다면, 순간 그런 생각을 했다. 차라리 그게 낫지 않을까? 어차피 오래 살고 싶은 마음도 없다. 죽어버리면 지로에 대한 일도 잊을 수 있다.

하지만 크게 심호흡을 하고 어두운 바다의 유혹을 뿌리치듯 고개를 저었다. 죽는 것은 언제라도 가능하다. 하지만 죽을 각오를 하면 두려울 게 없다.

스웨터 위에 걸친 가운을 벗었다. 병원에서 항상 입고 있던 옷이다. 그 가운을 둥그렇게 말아 힘껏 바다로 던졌다. 연분홍색 가운은 바람에 약간 밀리는 듯하더니 이윽고 바다에 떨어졌다. 나는 그 장면에 나 자신을 이입했다. 나는 방금 이곳에서 떨어졌다. 기리유 에리코는 죽었다……

이어서 스키 모자를 벗어 던지고 가지고 온 운동화로 갈아신은 뒤 그때까지 신고 있던 샌들 한 짝을 던졌다. 샌들 또한 병원에서 애용하던 것이다. 그리고 나머지 한 짝은 절벽 가장자리에 두었다.

이 정도면 된 걸까? 너무 위장한 티가 나면 들통날 위험이 있다.

나는 왔던 길을 되돌아갔다. 물론 발자국에 신경을 쓰면서. 신고 있는 운동화는 외출 허가를 받았을 때 몰래 구입한 것이다. 스웨터와 청바지도 마찬가지다.

국도까지 나온 나는 택시를 타고 왔던 길과 반대 방향으로 걷기 시작했다. 몇 킬로미터쯤 걸어가면 가장 가까운 역에 도착할 수 있을 것이다.

내가 신경을 쓴 것은 가끔씩 지나가는 차량의 운전자에게 내 모습이 보이지 않도록 하는 것이었다. 병원을 빠져나와 택시를 탈 때까지는 오히려 사람들에게 목격되는 게 좋지만 지금부터는 누군가에게 내 모습을 보이면 안 되는 것이다. 나는 헤드라이트 불빛이 다가올 때마다 길가에 있는 풀숲에 몸을 숨겼다.

역에 도착했을 때는 새벽 4시가 약간 지나 있었다. 민가라고 생각될 정도로 작은 역사(驛舍)였다. 그래도 대합실 같은 것이 있었는데, 그곳에서 지친 몸을 쉬고 싶었지만 잠깐 열차 시각표만 본 뒤 역사 뒤쪽으로 돌아갔다. 이런 시간에 대합실에 있으면 역무원의 기억에 남을 것이기 때문이다. 사람들 눈에 잘 띄지 않는 장소를 발견한 나는 그 자리에 주저앉아 벽에 등을 기댔다. 오랫동안 걸었기 때문에 온몸이 땀에 젖어 있었다. 가만히 있으면 땀으로 인해 급속도로 체온이 떨어질 것이다. 나는 가슴에 손을 집어넣었다. 그리고 손에 잡히는 천을 잡아당겼다. 땀으로 흥건히 젖은 타월이 나왔다. 이럴 것에 대비해 병원을 나올 때 몸에 감아뒀었다.

깜박 잠이 든 걸까? 정신을 차리자 아침이 밝아 있었고 주위에서 사람들 기척이 났다. 건널목 소리도 들렸다. 열차 운행이 시작된 모양이었다.

나는 마스크와 선글라스를 벗었다. 그 대신 스카프를 꺼내 머리를 감쌌다. 그리고 스웨터를 벗어 블라우스 위로 머플러처럼 목에 둘렀다.

첫차를 보내고 두 번째 열차가 출발하는 시각을 계산하고 있다가 역으로 들어갔다. 자동발매기에서 표를 산 뒤 무표정한 얼굴로 개찰구를 빠져나갔다. 역무원은 나에게 별 관심을 두지 않는 것 같았다.

플랫폼에는 회사원으로 보이는 남녀와 학생들의 모습이 듬성듬성 보였다. 하지만 다른 사람에게는 관심이 없는 것 같고 하나같이 졸린 얼굴로 멍하니 앉아 있었다. 이 무관심은 열차를 탄 뒤에도 이어졌는데, 나로서는 여간 다행스러운 게 아니었다.

이로써 나는 이 세상에서 내 존재를 지워버리는 데 성공했다. 나중에 알게 된 사실이지만 내가 탈출하고 약 한 시간 뒤쯤 병원에서는 난리가 났던 모양이었다. 사람들은 일단 병원 주위를 찾아봤지만 결국 실패하고 경찰에 신고했다. 자살 가능성도 배제할 수 없기 때문에 경찰도 많은 인원을 풀어 수색한 듯했다. 그러나 한밤중에 단서를 찾는 것은 무리였다. 드디어 나로 추정되는 승객을 태웠던 택시를 찾아낸 것은 다음 날 아침 8시경이었다. 경찰은 택시기사의 말을 듣고 내가 내렸다는 곳으로 직행했다. 하지만 그곳에서 발견한 것은 여성용 샌들 한 짝뿐이었다. 그 순간 아마도 경찰은 최악의 상황을 예상했을 것이다.

그 예상이 현실로 나타난 것은 그날 오후였다. 가까운 바닷가에서 여성용 가운이 발견된 것이다. 관계자의 증언으로 그 가운이 기리유 에리코의 것이라고 판명되었다. 또 이틀 뒤에는 털모자가 발견되었다. 샌들 한 짝은 아무래도 바닷속에 가라앉은 듯 마지막까지 발견되지 않았다.

그런 상황과 이전의 행동으로 볼 때, 기리유 에리코는 자살했을 거라는 결론이 내려졌다. 다만 시체가 발견되지 않은 점이 경찰과 관계자들의 마음에 걸렸다. 하지만 결국 사건은 흐지부지 마무리되었다. 더 이상 기리유 에리코의 소재가 밝혀지지 않았을뿐더러 그녀에게는 위장 자살을 할 동기가 없었기 때문이었다.

그날 아침 전철을 탄 나는 몇 가지 교통수단을 이용해 오후에 군마현 마에바시시에 도착했다. 복수를 계획했을 때부터 내가 갈 곳은 여기라고 정했다. 이곳에는 내가 가장 신뢰할 수 있는 혼마 기쿠요 부인이 살고 있었다.

혼마 시게타로 씨는 이치가하라 다카아키 씨의 학교 선배이자 경영에 있어서도 훌륭한 조언자였다. 그렇지만 이치가하라 씨 회사와는 직접적인 관계가 없었다. 혼마 시게타로 씨의 독특한 면이라면, 사람과 돈이라는 '알'을 이용해 경제라는 '판' 위에 장기를 두는 것은 좋아했지만 자기 지위에는 전혀 관심이 없다는 점이었다. 이치가하라 씨도 몇 번이나 그에게 명예직을 주려고 했지만 결국 끝까지 받아들이지 않았다.

그 시게타로 씨가 심근경색으로 죽은 것은 회랑정에서 화재사건이 일어나기 약 1년 전의 일이다. 그의 죽음과 관련해 이치가하라 씨가 가장 걱정한 것은 홀로 남겨진 기쿠요 부인이었다. 재정적으로 도움을 주는 것은 쉬웠지만 친척이 없는 부인을 정신적으로 지탱해 주는 것은 간단한 일이 아니었다. 그래서 이치가하라 씨는 정기적으로 부인을 만나러 가기로 했다. 한 달에 두세 번쯤 될까. 특별히 뭔가를 해주는 건 아니었다. 선물을 사가지고 가서 세상 돌아가는 얘기를 나누다가 돌아오는 게 고작이었다. 하지만 부인은 꽤 좋아하는 것 같았다.

그러다 이치가하라 씨의 건강이 악화되어 나 혼자서만 부인을 찾아가게 되었다. 직접 찾아뵙지 못해 죄송하다는 이치가하라 씨의 말을 전하자 부인은 눈가에 무수히 많은 주름을 새기더니 짓궂게 웃으며 말했다.

"괜찮아요. 사실은 에리코 양만 오는 게 더 좋답니다. 다카아키 씨한테는 미안한 얘기지만, 내가 회사 실적에 대한 얘기를 들어서 뭐 하겠어요. 하품을 참느라 얼마나 힘들었는지 몰라요. 그리고 역시 여자끼리가 편하죠. 이런 할머니도 여자로 생각해 준다면 말이에요."

실제로 기쿠요 부인은 내가 오는 것을 고대하고 있는 것 같았다. 나도 기쿠요 부인과 만나는 게 즐거웠다. 기쿠요 부인의 다양한 추억 얘기는 항상 나에게 따스함과 교훈을 안겨주었다. 대신 나는 기쿠요 부인에게 요즘의 세상 돌아가는 얘기를 들려주었다. 둘 다 요리를 좋아해서 새로운 음식 정보 없어요? 하고 묻는 게 인사였다. 어느 한 사람이 있다고 대답하면 곧장 부엌으로 직행했다. 그리고 함께 새로운 메뉴에 도전했다.

남편을 먼저 보낸 기쿠요 부인이 적적해하는 건 당연했다. 하지만 생각해 보면, 나 역시도 그분한테만큼은 마음을 열었던 것 같다.

지로에 대한 얘기를 한 것도 기쿠요 부인이 처음이자 마지막이었다. 그때까지 기쿠요 부인은 나에게 결혼이나 애인에 대한 얘기를 묻지 않았다. 하지만 애인이 생겼다고 털어놓자 크게 고개를 끄덕였다.

"짐작은 했어요. 요즘 얼굴에서 광채가 났거든."

상대방이 여덟 살이나 어리다고 말하자 부인은 순간 당황하는 것 같았다. 하지만 바로 평소처럼 상냥하게 웃으며 말했다.

"에리코 양이라면 그런 사람이 맞을지도 모르죠."

"응원해 주실 거죠?"

"물론이죠. 한번 데려오세요."

"예, 다음에 같이 올게요." 나는 작은 목소리로 대답했다.

복수를 결심하고 위장 자살에까지 생각이 미쳤을 때, 몸을 숨길 장소는 부인이 있는 곳밖에 없다는 생각이 들었다. 부인이라면 이해해 줄 거라고 믿었던 것이다.

물론 그 동반자살 사건이 누군가에 의해 꾸며진 것이며 내가 복수를 결심하고 있다는 사실은 숨겨야 했다. 기쿠요 부인이 범죄를 용납할 리도 없거니와 부인에게 폐를 끼치고 싶지 않았다. 다만 위장 자살에 대해서는 얘기해야만 했다. 그 이유는 당분간 사람들 앞에서 모습을 감추고 싶다고 설명하면 될 것이다.

그러나 나는 기쿠요 부인을 만날 수 없었다. 아니, 만났지만 얘기를 나눌 수 없었다. 집에서 내가 발견한 것은 거실에 쓰러져 있는 부인의 시체였다.

　부패가 진행되어 악취가 진동하는 시체 옆에는 신문이 펼쳐져 있었다. 나는 그 신문을 보고서야 기쿠요 부인이 왜 죽었는지 깨달았다. 사회면에 회랑정에서 일어난 동반자살 사건이 실려 있었다. 신문기사에는 이름이 나와 있지 않았지만 A씨가 나라는 것을 기쿠요 부인은 알아차렸을 것이다. 부인은 남편과 마찬가지로 심장질환을 앓고 있었다. 기사를 보고 충격을 받은 나머지 발작을 일으켰을 것이다. 내가 입원 중일 때 기쿠요 부인이 한 번도 연락을 해오지 않았다는 게 떠올랐고, 그것을 이상하게 여기지 않은 내 어리석음을 한탄했다.

　나는 한참 동안 기쿠요 부인 옆에서 울었다. 시체가 무섭다는 생각은 전혀 안 들었고 그냥 슬펐다. 누군가에 의해 꾸며진 동반자살 사건은 나에게서 많은 것을 빼앗아 갔다. 이제 나에게 남은 건 아무것도 없다.

　얼마쯤 그러고 있었을까? 누군가가 부르는 소리에 정신이 들었다. 현관에서 소리가 들렸다. 할머니, 계세요…….

　나는 황급히 눈물을 훔치고 충혈된 눈을 감추기 위해 기쿠요 부인의 안경을 쓰고 현관으로 나갔다. 현관엔 이웃으로 보이는 주부가 서 있었다. 여자는 나를 보고 약간 놀라는 눈치였다.

　"어머, 혹시 친척분?" 뚱뚱한 여자가 불쑥 그렇게 물었다.

나는 엉겁결에 그렇다고 대답했다.

"그렇구나. 실은 신문하고 우편물이 쌓여 있어서 걱정이
돼 와봤는데 별일이 없다니 다행이네요."

여자의 말투는 왠지 실망하는 것처럼 들렸다. 순간 진실을
말하고 싶은 마음이 싹 사라졌다.

"오늘 아침까지 저희 집에 와 계셨어요. 걱정을 끼쳐드려
서 죄송합니다."

"아, 그래요……."

여자는 나를 빤히 쳐다보더니 아무 말도 하지 않고 그대로
가버렸다.

이 최초의 거짓말로 나는 어떤 결단을 내리게 되었다. 기쿠
요 부인의 죽음을 숨기자. 그리고 내가 부인으로 변장하고 적
에게 다가가는 거다. 기회는 반드시 올 것이다.

그때부터 수개월 동안 나는 숨을 죽이고 살았다. 다행히 집
에 찾아오는 사람은 없었다. 가끔 전화가 걸려오긴 했지만 부
인이 직접 받아야 하는 상대는 없었다. 나는 가사 도우미라고
칭하고 모든 전화를 받았다. 아무도 의심하지 않았다. 그걸
이상하게 여길 만큼 부인과 친한 사람이 없었던 것이다.

죄송한 일이지만 부인의 시체는 벽장 쪽 마루 밑에 매장했
다. 물론 가정용 시멘트를 개어 바를 때는 특히 마음이 아팠
다. 하지만 그렇게 하지 않으면 악취가 새어 나올 위험이 있

었다. 그날 이후 나는 매일 벽장 앞에 꽃을 갖다 놓았다.

그 당시의 내 일과는 기쿠요 부인에 관한 정보를 머리와 몸에 익히는 것과 변장 연습을 하는 것이었다. 외국 여성 작가의 소설에 노파로 변장한 채 몇 년 동안 생활하는 얘기가 있었다. 나라고 못하라는 법은 없다고 생각했다. 게다가 나는 단 며칠만 속이면 된다.

하지만 변장이라는 것은 생각처럼 쉽지 않았다. 연극이나 텔레비전 드라마의 메이크업과는 차원이 달랐다. 옆에서 봐도 부자연스러운 게 느껴지면 안 된다. 그리고 겉모습을 아무리 잘 속인다 해도 거동이 30대 여자면 의미가 없다. 매일 밤 거울 앞에서 연습했고, 자신감을 키우기 위해 실제로 밖으로 나가 변장의 성과를 시험해 보기도 했다.

그런 생활을 반복하며 4개월쯤 지났을 무렵, 신문기사를 통해 다카아키 씨의 죽음을 알게 되었다. 슬픔과 드디어 때가 왔다는 기분이 동시에 마음을 스쳤다. 나는 기쿠요 부인의 상복을 입고 거의 완성 단계에 다다른 변장을 한 뒤 장례식에 참석했다.

회사장으로 한 차례 더 장례가 치러질 거라고 했는데도, 장례식장에는 일가친척 외에 회사 임원과 사업 관계자들이 꽤 많이 보였다. 그러나 어느 누구도 내가 기쿠요 부인이 아니라는 것을 눈치채지 못했다. 혼마 시게타로는 알고 있어도 기쿠요 부인과 만난 사람은 없었기 때문이다. 물론 내가 기리유 에리코라는 걸 알아차린 사람도 전혀 없었다.

나는 당당히 분향하고 장례식장을 나왔다. 평정을 가장했 지만 심장의 고동은 평소보다 세 배 정도 빨랐다. 긴장 때문 만은 아니었다. 복수해야 할 인간이 여기에 있다고 생각하니 참을 수 없었다.

그렇게 기쿠요 부인의 모습으로 남들 앞에 나서는 것을 무 사히 마쳤지만 문제는 그다음이었다. 어떻게 범인에게 접근 할 것인가? 그런데 기회는 뜻하지 않은 곳에서 찾아왔다.

장례식이 끝나고 1주일 뒤, 이치가하라 소스케에게서 한 통의 편지가 도착했다. 편지에는 다카아키 씨의 유언장 공개 에 대해 적혀 있었다. 사십구일재를 회랑정에서 지낼 예정인 데 유언장과 관련해 기쿠요 부인의 이름이 올라 있으니 꼭 참 석해 달라는 내용이었다. 나는 망설이지 않고 참석 의사를 서 면으로 전했다.

그렇게 해서 나는 긴 여정을 거쳐 다시 이 회랑정에 오게 된 것이다. 이번에는 기리유 에리코가 아닌 혼마 기쿠요의 모 습으로.

9
그날 밤의 이야기

×

이들 중에 범인이 있다. 그래야 앞뒤가 맞다. 하지만 그게 누군지는 모른다.

범인의 정체를 밝히기 위해 나는 한 가지 묘안을 생각해 냈다. 미끼를 이용해서 상대방이 접근하도록 만든 것이다. 그 미끼란, 아까 모든 사람 앞에서 보여줬던 기리유 에리코의 유서다.

범인은 틀림없이 그 유서를 노릴 것이다. 왜냐하면 만약 그 동반자살 사건의 비밀이 폭로되면 자신이 파멸할 거라는 걸 알기 때문이다.

식사가 끝나자 이치가하라 집안사람들은 뿔뿔이 흩어져 자기 방으로 돌아가거나 목욕탕으로 향했다. 나는 로비에서 휴식을 취하기로 했다. 가나에와 유카 그리고 다케히코가 다가오더니 같은 테이블에 앉았다. 자리에 앉자마자 가나에가 입을 열었다.

"할머니는 꺼림칙한 기분 안 드세요? 그 사건이 났던 방에 묵고 계시는 거잖아요."

보통은 피하고 싶은 얘기도 이런 식으로 아무런 거리낌 없이 말할 수 있는 건 역시 가나에의 장점이라고 해야 할 것이다. 나는 살짝 미소를 지었다.

"난 아무렇지도 않아요. 새로 깨끗이 수리도 했고 경치도 멋지던걸요."

"혹시 유령이 나올지도 모르잖아요." 양쪽 팔뚝을 문지르면서 가나에는 몸을 떨었다.

"가나에, 그런 말은 실례야."

유카가 사촌동생의 무례함을 나무라는 눈빛을 했다. 그러나 다른 사람을 배려하는 마음이 아니라 남의 시선을 의식한 계산된 행동인 만큼 의외로 가나에보다 성격이 나쁠지도 모른다.

"유령이라……. 나오면 재미있을지도 모르겠네요. 기리유 씨하곤 모르는 사이도 아니니까."

유령이 아니라 실제 인물이 여기 있다. 그렇게 생각하자 피식 웃음이 나왔다.

"아까 말씀하신 유서 말인데요." 유카가 약간 굳은 표정으로 말을 꺼냈다. "뭐라고 쓰여 있는지 전혀 짐작이 안 가세요?"

"전혀요."

"저는 기리유 씨를 잘 모르지만 할머니 생각에는 작은아버지와 고모가 말씀하신 것처럼 그런 일이 있을 수 있다고 보세요? 그러니까, 동반자살은 위장이고 진실을 고발하는 내용이 유서에 적혀 있을지도 모른다는 얘기요."

"그건 터무니없는 상상일 뿐이야." 나보다 먼저 다케히코가 입을 열었다. "특히 고모는 이야기를 복잡하게 만들어서 즐기는 것 같았어."

"어머, 오빠. 아까는 엄마 편 들어놓고." 가나에가 뾰로통한 표정으로 말했다.

"내가 그랬나?"

"젊은 사람들은 도피성 동반자살 같은 건 생각하지 않는다고 했잖아."

"그야 일반론을 말한 거지."

"그게 그 말이지. 도피성 동반자살이 아니라면 사건이 조작됐다는 얘기 아닌가?"

"가나에, 가만히 좀 있어봐. 난 할머니한테 여쭤본 거야."

유카가 힐책하듯 말하자 가나에는 혀를 쏙 내밀었다. 다케히코도 약간 멋쩍은 표정이다.

나는 미소를 지었다. "나도 그 사건에 대해 아는 거라곤 신문에서 읽은 내용이 전부라, 오히려 내가 더 묻고 싶은데요. 여러분도 그 사건이 일어났을 때 여기에 묵었죠?"

"네. 1년에 한 차례 친척들 정기 모임이 있거든요." 가나에가 대답했다.

"깜짝 놀랐겠군요."

"놀란 정도가 아니에요. 저는 완전히 잠에 빠져 있었는데, 갑자기 요란한 소리가 나서 벌떡 일어났어요. 그때 전 'D'동에서 자고 있었는데 화재가 난 방하고 떨어져 있어 그나마 다행이었지만 엄마는 많이 놀랐을 거예요. 복도를 사이에 두고 바로 옆방이었으니까요. 게다가 혼자셨고."

"아버님은 그때도 안 오셨나 보네요?"

"네. 3년 전까지는 모임에 참석하셨는데 외삼촌들하고 성격이 잘 안 맞는지 나오지 않으세요. 하지만 덕분에 그런 사건에 휘말리지 않았으니 운이 좋은 건지도 모르죠."

가나에는 콧등을 찡그렸다. 가나에의 아버지와는 한두 번 만난 적이 있다. 자수성가한 타입이라 이치가하라 집안 남자들의 거들먹거리는 듯한 태도가 성미에 안 맞을지도 모른다.

어쨌든 그날 이곳에 없었다면 용의선상에서는 제외된다. 그런 면에서는 소스케의 부인도 마찬가지다. 그의 부인은 건강이 안 좋아 요즘은 줄곧 요양원 생활을 하는 모양이다.

"화재가 난 걸 처음 알아차린 사람이 누구죠?" 나는 슬쩍 물어보았다.

"누구였더라?" 가나에가 나머지 두 사람을 쳐다보았다.

"누군지는 잘 모르겠지만, 저는 아버지 목소리를 듣고 불이 난 걸 알았어요. 불이야, 하고 큰 소리로 외치셨거든요."

다케히코가 대답하자 가나에도 동조했다.

"그 소리, 나도 들었어. 그다음에는 정말 난리도 아니었어. 하긴 모두 당황했으니까."

그날의 각자 행동에 대해 자세히 듣고 싶었지만 뭐라 질문해야 좋을지 떠오르지 않았다.

"유카 언니 방도 화재가 난 곳에서 떨어져 있었지, 아마?"

"응. 지금 묵고 있는 'C-3'이었으니까."

"자고 있었어?"

"응. 나도 누군가의 고함을 듣고 깨어난 것 같아."

"어머, 그래? 그런 것에 비하면 방에서 굉장히 빨리 나온 거네." 가나에가 이상하다는 듯 말했다.

"그랬나?"

"내 기억으로는 내가 방에서 뛰쳐나왔을 때 언니는 이미 본관 쪽으로 뛰어가고 있었거든."

"그야 가나에 네가 너무 굼뜨게 행동했겠지."

다케히코가 놀리듯 말하자 가나에가 화난 표정을 지었다.

"그때 가나에 양이 본 사람은 유카 양뿐인가요?" 나는 넌지시 물어보았다.

"모두 본 것 같기도 한데 확실치가 않아서……. 하지만 지

배인 아줌마와 마주친 건 똑똑히 기억해요. 모두 괜찮으냐면
서 뛰어왔거든요."

책임감이 강한 여자답다고 생각했다.

"화새가 나기 전에 무슨 소리를 들었다는 증언 같은 건 없
었는지 모르겠네."

다케히코가 내 질문을 비웃었다. "모두 자고 있었는걸요.
게다가 'A-1'방에서 무슨 소리가 났다 해도 그걸 들을 수 있
는 사람이라고 해봐야 바로 옆방에 묵은 요코 고모뿐인걸요."

"하지만 'A-1'방에서만 소리가 났을 거라고 단정할 수는
없지 않나?"

가나에가 나 대신 반론을 제기했다. 그러자 다케히코가 코
웃음을 쳤다.

"설령 다른 방에서 무슨 소리가 났다고 한들 그게 화재하
고 무슨 상관이지?"

"과연 그럴까? 만약 방화범이 내부에 있었다면 범인이 자
기 방을 드나드는 소리 같은 게 들렸을 수도 있잖아. 모두에
게 한번 물어보는 게 어떨까?"

"가나에!" 유카가 갑자기 강한 어조로 말했다. "그깟 소리
가 무슨 증거가 된다고 그래?"

"맞아. 오히려 모두를 불안에 빠뜨릴 거야."

"난 그저 만약 범인이 내부에 있었다면 무슨 소리가 났을

지도 모른다는 의견을 말했을 뿐인데, 두 사람 다 왜 그러는 거야?"

"이런, 말다툼을 하면 쓰나."

나는 사람 좋은 노파를 연기하며 세 사람을 향해 웃음을 지어 보였다.

"무슨 얘길 그렇게 하고 있어?"

그때 나오유키가 나타났다. 목욕을 하고 나온 듯 머리카락이 젖어 있다.

"목욕을 했더니 기분이 산뜻하네요. 기쿠요 부인도 탕에 들어가는 게 어떠세요?"

"아니에요. 난 식사 전에 했답니다."

"나도 목욕할래."

가나에가 불쾌한 얼굴로 일어섰다. 그러자 그 자리에 나오유키가 앉았다.

"무슨 얘길 그렇게 재미있게 했어?"

그가 웃으며 물었지만 유카도 다케히코도 대답이 없다. 그러자 로비를 나가려던 가나에가 뒤를 돌아보며 말했다.

"동반자살 사건이 일어났던 날 저녁 얘길 했어요. 만약 누군가가 꾸민 일이라면 짚이는 사람이라도 있느냐, 뭐 그런 얘기요."

"흐음, 그 얘기라면……."

별로 내키지 않은 주제인 듯 나오유키는 약간 머뭇거렸다.

"외삼촌은 그날 밤 무슨 소리 같은 거 못 들었어요?"

나오유키의 표정을 못 봤는지 가나에가 물었다. 유카가 무슨 말을 하려는 듯 입술을 달싹거렸지만 그 전에 나오유키가 대답했다.

"아니, 전혀 기억이 없어. 그날 밤에는 잠이 깊이 들었거든."

"그럼 나오유키 씨도 소스케 씨의 고함을 듣고 깨어났나요?"

내가 묻자 그는 입가에 웃음을 지었다.

"그렇습니다. 목소리가 아주 커서 깜짝 놀랐던 기억이 나네요."

"어디에 묵으셨어요?"

"오늘과 같은 'C-1'이었습니다만."

그때 갑자기 유카가 자리에서 벌떡 일어났다. 내가 약간 놀란 표정을 짓자 이번에는 조용한 목소리로 말했다.

"죄송한데 먼저 일어날게요. 저도 목욕 좀 하려고요."

"그래요. 천천히 하고 와요."

"그럼 나도 일어날까?"

유카가 없는 자리는 의미가 없다고 생각했는지 다케히코도 그녀를 따라 로비를 나갔다. 그들을 보내고 나서 나는 나오유키에게 미소를 지어 보였다.

"젊은 사람들하고 얘기를 하니 기분이 좋네요. 게다가 두

숙녀분은 얼굴도 예쁘고."

"그런데 무슨 생각을 하는지 모르겠어요. 방심했다가 큰코 다칠 수도 있죠."

"이런, 말씀이 너무 지나치신 것 같네요."

"진심입니다."

나오유키는 의미심장한 눈빛으로 복도 쪽을 한번 돌아본 뒤 나를 향해 싱긋 웃었다.

"뭐 마실 거라도 드릴까요?"

내가 아무거나 괜찮다고 하자 그는 고바야시 마호를 불러 위스키와 적당한 안주 그리고 따뜻한 우롱차를 가져오라고 했다. 이 남자와 둘만 있는 건 내키지 않지만 지금 자리에서 일어나는 것도 부자연스러울 것이다.

"마에바시는 아직 춥죠?" 그가 물었다.

"예. 하지만 얼마 전 드디어 정원수들도 겨울잠에서 깨어 나기 시작했답니다."

마에바시에는 혼마 부부의 집이 있다. 목조로 된 자그마한 2층집이다.

"가족분이 없다고 들었는데."

"예. 남편이 떠난 뒤로는 줄곧 혼자서 지내왔죠."

평소 기쿠요 부인은 이런 말을 남에게 할 때 자신이 적적해 한다는 것을 상대방이 절대 눈치채지 못하도록 신경을 썼다.

나는 기억 속에 남아 있는 부인의 표정을 흉내 냈다.

"혼자서는 불편하지 않으세요? 일을 봐주는 아주머니라도 고용하는 게 어떠세요?"

"그런 생각을 안 해본 건 아니지만 오겠다는 사람이 없어서요. 그리고 나 역시 믿을 만한 사람이 아니면 여간 조심스러운 게 아니라서."

기쿠요 부인은 항상 그렇게 말씀하셨다. 그리고 이런 말도 덧붙였다.

"사실 혼자인 게 편할 때가 더 많답니다."

"이웃들과의 왕래는 어떻습니까?"

"요즘에는 소원하죠. 요즘 젊은 사람들이 어디 그런 것을 좋아하나요?"

"그렇긴 하지만……."

나오유키는 무슨 말인가를 하려다 말았다. 그렇게 되면 노인들이 자택에서 쓰러질 경우, 이웃이 전혀 눈치를 못 채는 게 아니냐는 말을 하고 싶었을 것이다.

나오유키가 다시 말을 이었다. "그런데 이렇게 마주 앉아 있으니 묘한 기분이 드네요. 이상야릇하다고 해야 할까? 실례되는 말일지 모르겠지만, 저보다 연세가 많은 분과 함께 있다는 생각이 전혀 안 듭니다."

"제가 유치한 성격이라 그런가 보죠."

나는 고개를 숙였다. 똑바로 얼굴을 마주할 자신이 없었다.

"그런 뜻이 아니라, 감추어진 젊음이라고 해야 하나……."

위험 신호다. 그의 관심을 다른 쪽으로 돌려야 한다.

"차가 늦게 나오네요."

내 말에 그는 정신이 든 표정을 지었다.

"그러고 보니 늦네요. 잠깐 다녀오겠습니다."

자리에서 일어서는 그의 뒷모습을 보며 일단 가슴을 쓸어내린 뒤 품에서 손거울을 꺼냈다. 화장이 지워지지 않았는지 체크했다. 다행히 이상한 부분은 없다.

나오유키의 재촉이 효력을 발휘했는지 곧 마실 것이 나왔다. 그는 미즈와리(술에 물이나 얼음을 넣어 묽게 만든 것 - 옮긴이)를 마시면서 미국에서의 직장생활과 일상생활에 대해 빠른 어조로 말했다. 나는 기쿠요 부인이 그랬던 것처럼 약간 고개를 숙이고 미소를 지은 채, 상대방이 편하게 말할 수 있게 가끔 맞장구를 쳐주기도 하고 방해가 되지 않을 만큼 말참견도 했다.

"무슨 얘기를 그렇게 재미있게 나누세요? 제가 끼어도 되나요?"

요코가 다가오더니 나오유키 옆자리에 앉았다.

"나오유키 씨한테 미국에서 지냈던 일을 듣고 있었답니다."

"혹시 여자 얘기는 안 나왔나요?"

놀리듯 웃으면서 요코는 자기가 마실 미즈와리를 만들었다. 나오유키는 쓴웃음을 지었다.

"누난 그쪽 생활이 얼마나 바쁜지 모르니까 그런 농담을 하는 거야. 형님이 사람을 얼마나 거칠게 부리는데."

"큰오빠는 널 위한 거라고 했어. 한 사람의 사업가로 성장하기 위해서는 얼마간의 고생도 해봐야 한다면서."

"얼마간이라고? 그게 얼마간이라면……." 나오유키는 과장스럽게 얼굴을 찡그렸다.

"큰오빠의 활동력은 굉장했잖아. 그래서 이치가하라 집안의 재산을 엄청나게 불릴 수 있었겠지만 죽으면 무슨 소용이야? 어차피 무덤까지 가져갈 수도 없는데."

화제가 다카아키 씨의 유산 쪽으로 옮겨갔다. 물론 요코가 의도했을 것이다.

"상속……이라." 술잔 속의 얼음을 바라보면서 나오유키가 중얼거렸다. "복잡한 얘기군."

"큰오빠는 무슨 꿍꿍이로 유언장을 작성했을까?" 요코는 목소리를 낮추었다.

"꿍꿍이라니, 무슨 말이 그래?"

나오유키는 누나의 말에 쓴웃음을 지었다.

"내 말이 맞지 뭘 그래? 유산 분할을 우리한테 맡기지 않았으니까."

"오히려 잘됐어. 만약 유언장이 없었으면 한바탕 난리가 났을 거야."

"그야 그렇지만 썩 기분 좋은 상황은 아냐. 유산 배분을 보면 큰오빠가 마음에 들어 한 사람과 그렇지 않은 사람이 확연하게 드러날 테니까."

"난 아무래도 상관없어. 주어진 유산만 받을 뿐이지. 큰형님이 아무것도 안 준다면 그 또한 어쩔 수 없지 뭐. 평소의 행실이 마음에 안 들었다는 얘기니까."

잔 속의 얼음을 달그락달그락 움직이면서 나오유키가 나를 보고 웃었다.

"넌 좋겠다. 실질적으로 오빠의 회사를 물려받은 셈이고 이미 나름대로 구축해 놓은 것도 있잖아. 그 정도면 유산을 충분히 받은 거 아닌가?"

"그렇게 말하는 누나도 새삼스럽게 유산에 연연해할 필요 없잖아. 매형 사업이 여전히 잘되는 것 같던데."

"뭐, 그야 그렇지만……."

그렇게 말하고 요코는 고개를 살짝 옆으로 돌리더니 작게 한숨을 쉬었다. 그 표정에서 묘한 경직감이 느껴졌다.

"작은형님도 돈이 궁하진 않으니까 어느 정도 받으면 된다고 생각하지 않을까?"

"그렇지도 않은 것 같아." 요코는 미간을 찡그렸다. "작은오빠가 조만간 나올 모양이야."

"나오다니, 설마……."

"선거지 뭐야. 전에도 그런 얘길 꺼낸 적이 있잖아. 그때는
결국 단념했지만 올해는 정말 나올 모양이야."

"전에는 큰형님 도움을 받을 수 없으니까 단념했겠지."

"큰오빠는 국회의원들도 많이 알고 지내서 가족이 그런 세
계에 들어가는 걸 원치 않았던 거야."

"이젠 큰형님도 안 계시니 기회가 왔다는 건가? 하긴 선거
를 하려면 돈이 많이 들 테니까."

나오유키는 테이블을 손가락으로 톡톡 두드린 뒤 나를 보
며 얼굴을 찡그렸다.

"속물적인 얘기를 들려드려서 죄송합니다. 집안의 치부를
드러낸 것 같아 창피하네요."

"아니에요." 나는 손을 내저었다. "나 같은 사람한텐 너무
먼 얘기라 흥미진진하게 듣고 있습니다. 만약 선거에 나가게
되면 당선됐으면 좋겠네요."

"글쎄요, 어떻게 될지……."

"이제 그만 다른 얘기 하지. 밝은 얘기가 좋겠는데……. 가
나에 혼담 얘기는 어때?"

"어머, 정해진 혼처라도 있어요?"

내가 묻자 요코는 웃으면서 고개를 저었다.

"아직 본인은 결혼할 마음이 전혀 없는 것 같아요. 맞선도 몇 건 들어왔는데 사진도 안 보고 거절하는 상황이라……."

"좋아하는 사람이라도 있는 거 아냐?" 나오유키가 웃으면서 말했다.

"그렇다면 다행이지만 내가 알기론 그런 상대도 없는 것 같아. 하긴 엄마의 감이라는 것도 믿을 게 못 되지만."

요코는 어깨를 으쓱해 보였다. 가나에 같은 딸의 마음을 헤아리는 게 그리 쉬운 일은 아닐 것이다.

"따님이 미인이라 쫓아다니는 남자가 너무 많아서 고민하고 있는 게 아닐까요?" 나는 입에 발린 소리를 했다.

"그렇게 말씀해 주시니 감사합니다. 하지만 유감스럽게도 그렇진 않은 것 같아요. 솔직히 말해서 아직 어린애랍니다. 남편도 가나에가 서른 살쯤은 돼야 제 몫을 해낼 것 같다고 하거든요."

"굉장히 엄하신가 보네요." 나는 노파처럼 입을 오므리고 미소를 지었다.

"가나에보다는 역시 유카가 먼저 가야겠죠. 올케는 아직 곁에 두고 싶어 하는 것 같지만."

"다케히코하곤 요즘 어때? 전에 두 사람을 결혼시키자는 얘기가 있었던 것 같은데."

"글쎄." 요코의 입가에 비웃음이 번졌다. "다케히코가 일방적으로 좋아할 뿐이고, 유카는 마음에 없는 게 아닐까?"

"작은형님은 마음에 들어 하는 것 같던데."

"그야 유카가 시집오면 재산이 두 배로 늘어나니까 그렇지."

요코의 대답에 나오유키가 웃음을 터뜨렸다.

"설마 그렇게 단순하겠어?"

"작은오빠는 단순한 사람이야. 오히려 올케가 보통이 아니지. 올케는 유카를 정재계 쪽으로 시집보내고 싶어 하니까 만약 오빠가 당선이라도 된다면 마음이 움직일지도 몰라. 다만……." 요코는 몸을 앞으로 내밀더니 호기심 어린 눈으로 말했다. "가나에 말로는 유카한테 이미 좋아하는 사람이 있는 것 같대. 누군지는 모르겠지만 다케히코가 아닌 것만은 확실한 모양이야."

"그래? 그 얘긴 금시초문인데."

나오유키는 과장되게 놀란 표정을 짓더니 묽어진 미즈와리에 스카치를 따랐다.

"나오유키 씨는 좋아하는 사람 없어요?" 나는 진심 반 건성 반으로 물었다.

그가 이 나이까지 독신인 게 예전부터 궁금했다.

"유감스럽게 아직 짝을 못 만나서요. 이제는 독신 귀족이라는 말이 어울리지 않는 나이지만 결혼만큼은 어쩔 수가 없네요."

"말은 저렇게 하지만 눈이 높아서 그래요. 기쿠요 부인께서 말씀 좀 해주세요. 넬모레면 마흔인 남동생이 아직 독신이라는 거 남부끄러워서 말도 못 한다니까요."

"어쩌다 불똥이 나한테 튄 거지? 이 얘기도 그리 좋은 주제는 아닌 것 같군." 나오유키가 익살스러운 말투로 말했다.

두 사람은 부모가 같아서 그런지 소스케를 대할 때보다 훨씬 격이 없어 보인다.

나는 화제를 동반자살 사건으로 돌리고 싶은 마음이 굴뚝같았다. 요코의 얘기를 좀 더 듣고 싶었지만 나오유키 앞에서는 왠지 조심스러웠다.

남매의 얼굴을 번갈아 보며 나는 자리에서 일어났다.

"그럼 먼저 실례하겠습니다. 몸이 좀 피곤하네요."

"그러세요. 내일은 일찍 서두르지 않아도 되니까 푹 쉬십시오."

"안녕히 주무세요. 내일이 기대가 되네요." 요코가 한마디 했다.

"두 분도 안녕히 주무세요."

두 사람에게 꾸벅 인사하고 나는 로비를 뒤로했다.

10

준비 완료

×

복도를 지나 방으로 돌아가려다 말고 갑자기 정원으로 나가보고 싶은 마음이 들었다. 정원 곳곳에는 상야등(常夜燈, 밤새도록 켜놓는 등 - 옮긴이)이 설치되어 있어서 발밑을 신경 쓰지 않고 산책할 수 있다. 두 시간 후에는 밤 벚꽃도 즐길 수 있을 것이다.

연못가에 벤치가 있었다. 깨끗한 것을 확인하고 벤치에 앉았다. 연못 수면에 회랑정이 거꾸로 비쳤다. 고개를 들자 바로 정면에 'A'동이 있었다.

갑자기 그때의 공포와 절망감이 되살아났다. 어쩌면 그대로 불길에 휩싸여 아무것도 모른 채 죽는 게 행복했을지도 모른다. 지금의 고통은 죽음보다 괴롭다.

지로. 나의 지로.

그 목소리, 그 미소 그리고 그 젊은 육체. 두 번 다시 내 곁으로 돌아오지 못한다. 내 평생 한 번뿐이라고 해도 좋을 연애는 상상도 할 수 없을 만큼 잔혹하게 끝을 맺었다.

나도 모르는 사이에 눈물이 흘렀다. 지로와의 추억은 아무리 시간이 흘러도 내 마음을 뒤흔들어 놓는다.

서둘러 손수건으로 눈물을 훔치고 있는데 인기척이 났다. 소리 나는 쪽을 쳐다보자 고바야시 마호가 걸어오고 있었다. 이런 시각에 정원에 사람이 있는 것을 보고 약간 놀라는 눈치였다.

"밤경치도 꽤 멋지죠?" 고바야시 마호는 이내 지배인다운 미소를 지으며 말했다.

"예, 실컷 만끽하고 있답니다." 나는 벤치에서 일어났다. "고바야시 씨도 산책 나오셨어요?"

"아뇨, 한번 둘러보는 거예요. 항상 그러는 건 아니지만 오늘 밤은 손님들이 계시니까요."

"수고하시네요."

"그렇게 힘든 일은 아니에요. 산책도 겸할 수 있는걸요."

어쩌다 보니 함께 어깨를 나란히 하고 연못을 내려다보게 되었다. 이 여자에게 나와 지로를 죽일 만한 동기가 있는지 생각해 보았다. 다른 사람들은 있다. 유산이라는 동기. 그러나 이 여자는 우리가 죽는다 해도 얻을 게 아무것도 없다.

굳이 꼽으라고 한다면 질투쯤 될까.

그거라면 생각해 볼 만하다. 고바야시 마호는 처음부터 끝

105

까지 애인으로 머물렀을 뿐 다카아키 씨에게 청혼을 받은 적이 한 번도 없다. 그런데 겨우 6년 정도 그를 보필한 여비서에게 아내의 자리를 빼앗기게 되었다면 충동적으로 죽이고 싶은 마음이 들지도 모른다.

아냐. 하지만……. 나는 고개를 갸웃거렸다. 그 사건은 충동적인 게 아니었다. 교묘하게 계획된 살인이다. 그렇다면 고바야시 마호는 용의선상에서 멀어지는 건가.

"왜 그러세요?"

내가 자기 옆얼굴을 뚫어지게 쳐다봤기 때문인지 마호가 의아해하며 물었다. 아닙니다, 하고 나는 미소를 지었다.

"이 료칸에 오신 지 얼마나 되셨나요?"

"글쎄요, 벌써 그럭저럭 20년쯤 된 것 같아요."

고바야시 마호는 연못 쪽으로 얼굴을 돌렸다.

"줄곧 혼자셨나요?"

"예, 혼자였어요. 다카아키 씨한테는 결혼하게 되면 그만두겠다고 했는데, 결국 그러지 못했지요."

"좋은 사람이 없었나 보네요."

"그것보다 이곳을 맡게 되었을 때 벌써 혼기를 놓친 터라……." 고바야시 마호는 사뭇 재미있다는 듯 웃었다.

"설마요." 나도 억지로 웃어 보였다.

마호는 잠시 그렇게 웃다가 갑자기 진지한 표정으로 연못을 바라보았다. 그리고 긴 한숨을 쉬었다.

"다카아키 씨는 이 료칸을 소중하게 생각하셨어요. 집보다 편하다는 말씀도 하셨죠."

나는 고개를 끄덕였다. 그건 나도 알고 있다. 다카아키 씨가 이곳에 올 때는 대개 나와 함께였다.

"제가 여기 지배인으로 있는 것도 얼마 안 남았는지 모르겠네요. 내일 결과에 따라서는……." 고바야시 마호는 차분히 말했다.

나는 약간 의외라는 생각을 했다. 물론 마호 입장에서는 다음 경영자를 걱정하는 게 당연하지만, 그런 말을 입 밖에 내는 여자는 아닐 거라고 생각했기 때문이다. 내가 이치가하라 집안사람이 아니라 자신도 모르게 본심이 튀어나온 걸까?

"걱정하실 필요 없습니다. 모두 마호 씨를 높이 평가하고 있는걸요. 누가 경영을 하든지 계속 이곳을 맡아달라고 할 거예요, 틀림없이."

"감사합니다." 마호는 살짝 고개를 숙였다. "솔직히 말씀드리면 좀 지쳤어요. 이제 물러날 때가 되지 않았나 싶어요."

"무슨 그런 말씀을……. 단골손님들이 실망하겠어요."

"아니에요. 저 같은 게……." 말을 하다 말고 부끄러운 듯 손을 입에 갖다 댔다. "제가 별소리를 다했네요. 이 얘기는 저희들만 아는 걸로 해주세요."

"예, 그러죠."

우리는 건물로 들어가 좌우로 갈라졌다.

"그럼, 이만 실례하겠습니다. 부탁하실 게 있으면 전화로 불러주세요."

"예, 고맙습니다. 안녕히 주무세요."

고바야시 마호와 헤어진 뒤 복도를 지나 내 방으로 돌아왔다. 방에 들어오자마자 문을 잠근 뒤 휴우, 한숨을 쉬며 바닥에 주저앉았다.

긴 시간이 무사히 지나갔다.

모든 것이 순조롭게 진행되고 있다. 내 정체를 알아차린 사람은 아무도 없는 것 같았다. 그리고 거의 모든 사람과 접촉할 수 있었다.

남은 일은 상대방의 반응을 기다리는 것뿐이다. 정체불명인 상대방의 반응을. 그 사람은 반드시 오늘 밤 행동을 개시할 것이다. 내일이 되면 기회가 없어지기 때문에.

시계를 보았다. 아직 11시가 조금 넘은 시각이다. 그러나 일흔을 눈앞에 둔 노파라는 걸 감안하면 잠자리에 드는 게 당연한 시각이기도 하다. 나는 잠옷으로 갈아입고 머리맡에 봉투를 두었다. 기리유 에리코의 유서다.

출입문은 잠그지 않기로 했다. 적은 문이 잠겨 있을 걸 예상하고 마스터키를 훔쳐내겠지만, 만약 입구에서 쩔쩔매는 모습을 다른 사람이 보기라도 하면 일이 복잡해진다. 열린 문은 범인에게 제공하는 서비스라고 해두자.

이번엔 가방을 열고 안에서 소형 비디오카메라를 꺼냈다. 8밀리미터 비디오카메라여서 최대 두 시간까지 녹화가 가능하다. 전원 코드를 콘센트에 꽂고 본체를 다시 가방에 넣은 뒤, 렌즈 부분을 밖으로 내놓고 방 입구 쪽을 찍을 수 있도록 위치를 조절했다. 그 상태에서 녹화 스위치를 켜고 렌즈를 가리지 않도록 주의하며 가방 위에 타월을 걸쳐놓았다. 코드 위에는 방석을 놓아 위장했다.

"준비 끝." 스스로를 납득시키는 의미로 중얼거렸다.

한 치의 실수도 없을 것이다.

작은 전등만 켜놓고 이불 속으로 들어갔다. 이 정도의 불빛으로도 촬영이 가능하다는 것은 이미 확인해 두었다.

새 이불에서는 독특한 냄새가 났다. 비디오카메라 작동하는 소리가 희미하게 들리는 게 마음에 걸렸지만 비디오카메라를 설치해 뒀다는 사실을 모르면 냉장고 돌아가는 소리라고 생각할 것이다. 각오한 일이다. 이제 와서 물러설 수도 없다.

눈을 감았지만 도저히 잠을 잘 수 있는 정신 상태가 아니었다. 긴장으로 마음이 흥분되었다. 물론 당연한 일이다. 잠을 잘 상황이 아닌 것이다.

어둠 속에서 가만히 있으니 그때의 일이 생각났다. 한밤중에

109

느닷없이 목을 졸렸을 때의 일이. 그 순간 내 청춘은 끝났다.

지로를 처음 만났을 때부터 시작된 아주 짧은 청춘이······.

11

나의 지로

×

"에리코 씨는 꼭 카운슬러 같아요." 영화관을 나오자 지로
가 재미있다는 듯이 말했다.

"어머, 그래요? 어떤 면이요?"

"영화 속 등장인물들의 대사를 고개를 끄덕이며 듣던데요.
마치 상담을 받아주는 사람처럼."

"어머, 봤어요?" 나는 나이에 어울리지 않게 부끄러워했다.
"버릇이에요. 드라마 같은 걸 보면서도 무의식중에 고개를
끄덕이거든요."

"그 모습을 상상하니 왠지 섬뜩한데요."

"너무 심한 거 아니에요?"

함께 한바탕 웃고 나서 내가 물었다.

"카운슬링받은 적 있어요?"

"예." 그는 거의 표정을 바꾸지 않고 말했다. "고아원에서
요. 열다섯 살 때였을 거예요. 한창 나쁜 짓만 하고 다니던 때

였는데, 안 되겠다 싶었는지 원장 선생님이 카운슬러를 데리고 왔더라고요."

"어떤 나쁜 짓을 했는데요?"

"여러 가지요. 학교 비품을 몽땅 전당포에 갖다주고 그 돈으로 경마를 하기도 했어요. 특별히 돈이 필요했던 것도 아닌데 그냥 선생님들이 싫어할 만한 일을 일부러 하고 다녔지요. 절대 성실하게는 안 살 거야, 뭐 그런 이상한 고집이 있었거든요."

"카운슬러는 뭐라고 했어요?"

"알 수 없죠. 우리한테는 알려주지 않았으니까요. 하지만 그날 이후로 원장 선생님이 굉장히 잘해주셔서 갑자기 왜 이러지, 하고 이상하게 생각했던 기억이 있어요."

"틀림없이 원래는 착한 애예요, 라고 말했을 거예요."

"설마, 그런 말을 했겠어요?" 지로는 머리를 긁적였다.

그와 걷고 있으면 젊은 여자들이 힐끗힐끗 쳐다보는 걸 느낄 수 있었다. 그만큼 그는 눈에 띄는 존재였다. 지로는 자기 처지와는 대조적으로 좋은 집안에서 자란 듯한 단정한 용모를 가졌고, 패션 잡지에 나와도 손색이 없을 만큼 다리가 길었다. 주위 사람들이 너무 빤히 쳐다보면 외모에 자신이 없는 나는 왠지 위축되기도 했지만 한편으로 뿌듯한 기분이 드는 건 사실이었다.

지금까지 애인이 없었느냐고 물은 적이 있다. 그는 없었다고 대답했다.

"고졸인 데다 가족도 없고 장래성도 없는데 어떤 여자들이 좋아하겠어요."

"그런가?"

"그럼요. 그보다 에리코 씨는요? 애인 많았겠죠?"

어떻게 대답해야 할지 몰라 망설였다. 이 나이가 되기까지 연애 경험이 전혀 없다고 말하는 건 좀 그랬다. 그러나 나는 결국 솔직히 대답했다.

"없었어요. 당연하잖아요. 요즘 세상에 나처럼 아무 매력도 없는 여잔 드물 테니까."

그러자 그는 납득이 안 간다는 얼굴로 그렇지 않다고 대답했다. 그리고 씩 웃더니 말을 이었다.

"하지만 기분 좋은데요. 그렇다면 내가 첫 번째 애인이 되는 건가요?"

"애인…… 그래요."

이 말을 들은 나는 기뻐서 어쩔 줄 몰랐다.

애인.

너무도 감미로운 느낌. 지금까지 나와는 인연이 없다고 생각했던 단어.

그를 위해서라면 죽어도 좋다고 진심으로 생각했다. 나에

게서 그를 빼앗으려고 하는 사람은 그 누구라도 절대 용서하
지 않을 것이다…….

12

한밤중의 손님

×

무슨 소리가 희미하게 들려서 눈을 떴다.

이런 멍청한 짓을 하다니. 잠깐 눈만 붙일 생각이었는데 신경을 쓰느라 피로했던 모양이다.

나는 어둠 속에서 눈을 크게 떴다. 장지문이 조용히 움직이는 것을 알 수 있었다. 그 틈으로 희미한 불빛이 새어나왔다.

누군가가 들어왔다.

손에 회중전등을 들고 있다. 불빛이 아주 희미한 것은 타월 같은 것으로 감쌌기 때문일 것이다. 그 빛이 가까이 다가왔다.

나는 눈을 감았다. 눈을 뜨고 있는 것을 들키면 모든 게 수포로 돌아간다.

귀만으로 상대의 기척을 살폈다. 다다미 밟는 소리가 점점 가까워졌다. 심장의 고동이 빨라졌고 소리를 지르고 싶은 충동에 사로잡혔다.

발소리가 멎었다. 내 머리 바로 옆이다. 눈을 뜨고 싶었지만 그럴 수는 없었다. 상대방은 내 얼굴을 바라보면서 움직이고 있을 게 분명하니까.

누구일까? 이 사람은 누구일까?

차라리 지금 일어나서 상대방을 덮칠까, 하는 생각이 불쑥 들었다. 아니, 그러면 안 된다. 잘된다는 보장이 없다. 자칫하다가는 내가 상대방에게 당하고, 요란한 소리를 듣고 다른 사람들이 달려오기라도 하면 모든 게 물거품이 될 것이다. 지금은 꾹 참는 수밖에 없다.

비디오카메라는 잘 작동하고 있을까? 도대체 몇 시쯤 되었을까? 테이프는 두 시간이 지나면 녹화가 안 된다. 범인의 모습이 찍혀 있지 않으면 모든 게 끝장인데.

얼굴 주위의 공기가 갑자기 움직였다. 상대방이 봉투를 집은 모양이다. 또 한 번의 발소리. 이번에는 멀어져 간다.

장지문이 닫혔다. 이어서 출입문을 여는 기척. 달칵, 하고 문 잠기는 소리가 났다.

나는 벌떡 일어났다. 머리맡에 두었던 봉투가 안 보였다. 시계를 보자 새벽 1시 15분을 가리키고 있었다. 이불 속으로 들어간 지 거의 두 시간이 흘렀다.

황급히 가방 안에 들어 있는 비디오카메라를 확인했다. 카메라는 멈춰 있었다. 테이프가 다 돌아간 것이다. 언제 멈췄을까? 시간으로 보면 멈춘 지 그리 오래된 것 같지는 않다.

어둠 속에서 텔레비전에 비디오카메라를 연결하고 테이프를 약간 앞으로 돌린 뒤 재생 버튼을 눌렀다. 만약 범인의 모습이 찍혀 있지 않다면…… 그 생각을 하자 머리가 뜨거워졌다.

화면이 나타났다. 어둠 속, 희미하게 장지문만 찍혀 있다. 범인이 방에 들어오기 전이다.

나는 엄지손가락의 손톱을 물어뜯었다. 여기에 아무것도 찍혀 있지 않으면 이제는 손쓸 방법이 없다. 아아, 이렇게 바보 같은 짓을 하다니. 테이프가 끝나기 전에 새로 갈아 끼울 생각이었는데 하필 깜빡 잠이 들어버렸다.

스스로를 자책하고 있는데 갑자기 화면에 변화가 생겼다. 장지문이 열린 것이다. 나는 마음속으로 환호성을 질렀다.

누군가가 방에 들어왔다. 어두운 데다 각도가 나빠서 얼굴까지는 보이지 않았다. 하지만 이 료칸의 욕실 가운과 체형으로 보건대 여자라는 것은 확실했다.

여자가 카메라 앞을 가로질렀다.

가는 허리. 누구지? 누구일까?

여자가 잠깐 화면에서 사라졌다 잠시 후 뒷모습이 보였다. 하지만 얼굴은 보이지 않았다. 나는 어금니를 악물었다.

장지문이 닫혔다. 테이프가 끝남과 동시에 화면이 꺼졌다. 하지만 그 직전에 여자가 이쪽을 힐끗 쳐다보았다. 나는 서둘러 테이프를 앞으로 돌린 뒤, 그 장면에서 일시정지 버튼을 눌렀다.

　아, 이 사람은……

　그랬구나. 그런 거였구나.

　이 사람이 그때의 범인이란 말인가. 거기에 찍혀 있는 여자
는 이치가하라 유카였다.

13
다잉 메시지

×

나는 새벽 3시까지 기다렸다.

이번에는 한숨도 자지 않았다. 그리고 계속해서 생각했다. 왜 유카가 이 방에 온 걸까?

그 이유를 생각하는 건 어리석은 일인지 모른다. 나는 동반 자살 사건을 꾸민 범인을 찾아내기 위해 기리유 에리코의 유서를 미끼로 상대방을 유인하려 했다. 그 결과 유카가 덫에 걸려들었고 당연히 유카가 범인일 것이다.

물론 동기는 있다. 다카아키 씨의 유산을 빼앗기지 않기 위해서다. 하지만 아무래도 이해가 가지 않았다. 그 예쁘장한 유카가 그렇게 엄청난 일을 저지를 수 있을까?

아니, 내가 너무 많은 생각을 하는 건지도 모른다. 인간은 겉모습만으론 알 수가 없다. 공주님처럼 자라고 얼굴이 예쁘다고 해서 세속적인 욕망이 없는 것은 아니다.

약간 망설이다가 이불 속에서 빠져나왔다. 어쨌든 이대로

밤을 지새울 순 없다. 유서를 훔친 이상, 유카가 그 동반자살 사건과 관련이 있다는 것만은 확실하다.

유카를 위협해서 자백하게 하는 방법이 있다. 지금 이 시각이라면 모두 잠들어 있을 것이다. 손발을 묶고 왜 유서를 훔쳤는지 실토하게 하는 거다. 어쩌면 범인은 따로 있고, 유카에게 유서를 훔치도록 지시했는지도 모른다. 설령 그렇다 해도 안됐지만 유카를 죽여버리자. 공범자도 주범과 똑같은 벌을 받아야 한다. 복수를 결심할 때 나는 마음속으로 그렇게 작정했다.

손발을 묶기 위해 허리끈 두 개를 품에 넣었다. 그리고 열쇠를 가방에서 꺼냈다. 이 료칸의 마스터키와 똑같은 것이다. 원래 다카아키 씨가 갖고 있던 것인데 몇 년 전에 내가 맡았다가 그대로 보관하게 되었다.

두 손에는 흰색 장갑을 끼었다. 지문을 남기지 않기 위해서다. 경찰이 두려운 건 아니지만 잡히기 전에 해야 할 일이 많았다.

변장을 지워야 할지 말아야 할지 잠시 망설였다. 상대방에게 변장하지 않은 얼굴을 보여주고 싶은 마음도 있었다. 하지만 결국 노파의 모습으로 방을 나섰다. 실패는 용납되지 않는다. 이 모습이라면 문제가 생겨 계획을 변경해야 할 경우에도 어떻게든 대응할 수 있을 것이다.

료칸은 쥐 죽은 듯이 조용했다. 조명도 최소한만 켜놓은 상태다. 정적 속에서 복도를 걸어갔다. 발소리를 죽이기 위해 슬리퍼 대신 두툼한 양말을 신었다.

유카가 어느 방에 묵는지는 알고 있다. 화재가 일어났을 때와 같은 'C-3'이라고 식사를 마친 뒤 이야기를 나눌 때 말했다.

긴 복도를 걸어간 뒤, 유카의 방 앞에 섰다. 인기척이 없는지 주위를 둘러보고 열쇠 구멍에 키를 집어넣었다.

달칵, 하는 소리가 심장이 얼어붙을 정도로 크게 들렸다. 나는 다시 한번 주위를 둘러본 다음 문을 열고 안으로 들어갔다. 만약의 경우를 대비해서 문을 잠갔다.

슬리퍼 한 켤레가 가지런히 놓여 있다. 소리가 나지 않게 조심하면서 천천히 장지문을 열었다.

방 안은 희미한 불빛에 싸여 있었다. 작은 램프가 켜져 있다. 그 불빛 아래 이불 한 세트가 깔려 있는 게 보였다. 이불이 볼록한 것은 사람이 누워 있다는 걸 뜻한다.

귀를 기울였다. 숨소리가 들릴 줄 알았는데 들리는 거라곤 바깥에서 부는 바람 소리뿐이었다. 잠을 자고 있는 걸까? 아니면 깬 채로 그냥 가만히 있는 걸까? 일단 마음을 정하고 앞으로 한 걸음 내디뎠다. 삐걱, 하는 다다미 밟는 소리가 심장이 오그라들 정도로 크게 느껴졌다.

유카는 이불 속 깊이 몸을 누이고 있었다. 검은 머리가 보였다. 나는 발소리를 죽이며 바로 옆으로 다가가 허리를 구부렸다.

자고 있는 모양이다. 깨어 있다면 이 정도의 인기척을 느끼고도 가만히 있을 리 없다.

그럼, 어떻게 하지.

먼저 얼굴을 확인해야 했다. 틀림없겠지만 혹시 모르는 일이다. 이불 끝을 잡고 천천히 들춰 보았다.

이치가하라 유카의 얼굴이 거기에 있었다.

유카는 눈을 뜨고 있었다. 엎드린 자세로 목을 틀어 얼굴만 이쪽을 향하고 있다.

이런 상황을 어떻게 표현할 수 있을까? 나는 유카를 보았고 유카는 나를 보았다. 유카도 나도 소리를 내지 않았다. 얼굴 표정도 변화가 없었다. 그런 공백의 시간이 흘렀다.

유카가 당장이라도 소리를 지를 것 같았다. 그것을 막기 위해 두 손으로 유카의 가느다란 목을 잡았다. 그리고 졸랐다. 눈을 감고 힘껏 졸랐다.

뭔가 이상하다고 느낀 건 잠시 뒤였다. 목이 졸리는데도 유카는 아무런 저항을 하지 않았다. 인형처럼 가만히 있었다. 그리고 인형처럼 목이 차갑고 뻣뻣했다.

나는 가만히 눈을 떴다. 다시 유카와 눈을 마주친 나는 소스라치게 놀랐다. 하지만 다음 순간, 그 충격은 다른 것으로 변했다.

나는 당황해서 유카의 목을 조르고 있던 손을 놓았다. 그 바람에 몸의 균형을 잃으면서 뒤로 엉덩방아를 찧었다. 쿵, 하고 소리가 났다.

그런데도 유카의 표정은 변화가 없다. 허공을 바라보고 있을 뿐이다. 침을 삼키려고 했지만 입안이 바싹 말라 있었다.

유카는 죽어 있었다.

내가 죽인 게 아니다. 목을 조를 때 이미 죽어 있었다.

혹시나 하는 생각에 이불을 걷어낸 나는 작게 비명을 질렀다.

유카의 복부가 피로 물들어 있었다. 옆구리에 나이프 같은 것이 꽂혀 있는 게 보였다. 살해당한 것이다.

왜 이런 일이 벌어졌을까? 도대체 무슨 일이 일어난 걸까?

너무도 혼란스러웠다. 어떻게 해야 할지 냉정하게 생각할 수가 없었다.

맨 먼저 떠오른 생각은 유서를 회수해야 한다는 것이었다. 나는 비틀거리며 일어서서 여행가방 안, 옷 주머니, 세면대 등을 샅샅이 뒤졌다. 하지만 봉투는 어디에도 없었다.

나는 그제야 비로소 깨달았다. 방 안은 잔뜩 어지럽혀져 있었다. 나보다 먼저 누군가가 방 안을 뒤진 흔적이었다.

순간 유서가 이 방에 없을지도 모른다는 생각이 들었다. 유카를 죽인 범인이 가져갔다고 생각하는 게 맞을 것이다. 그렇다면 유카는 동반자살 사건의 범인이 아니란 말인가? 그런데 왜 유서를 훔쳤을까?

이렇게 꾸물거리고 있을 시간이 없다. 생각은 나중에 하고 우선 이곳을 빠져나가야 한다. 나는 재빨리 방 안을 둘러보며 내 흔적이 남아 있지 않은지 확인했다. 내가 이 방에 들어왔다는 사실이 알려져서는 안 된다.

이불을 다시 덮으려다 바닥에 유카의 피가 묻어 있는 걸 보았다. 자세히 보니 유카가 왼손으로 쓴 글자 같았다. 알파벳 'N'을 거꾸로 뒤집은 'И'처럼 보였다.

다잉 메시지일까? 이 글자에 범인의 정체가 암시되어 있는 것일까?

그 글자 모양을 눈에 익힌 뒤, 유카의 몸에서 나이프를 빼내 칼끝에 묻어 있는 피를 'И' 위에 덧발랐다. 수수께끼 기호는 이내 알아볼 수 없게 되었다. 나이프는 이불 속에 도로 집어넣었다.

이로써 나만이 유카의 메시지를 알게 된 것이다.

방을 나오려고 출입문 손잡이를 잡았을 때 밖에서 무슨 소리가 났다. 맞은편 방문이 열리는 소리였다. 맞은편은 'C-1'로 나오유키가 묵고 있는 방이다.

이런 시각에 뭘 하고 있는 걸까?

잠시 기다리자 희미하게 들리던 발소리가 이내 사라졌다.

멈춰 서 있기라도 한 걸까? 도대체 뭘 하고 있는 걸까? 불안해졌다. 무심코 밖으로 나갔다가 나오유키와 마주치기라도 하면…….

이렇게 망설이고 있을 때가 아니다. 나는 방 안으로 돌아와 툇마루의 유리창을 조용히 열었다. 게다(일본 사람들이 신는 나막신- 옮긴이)가 놓여 있었지만 그걸 신을 수는 없다. 양말만 신은 발로 땅에 내려섰다. 생각보다 차갑지는 않았다.

하늘이 흐리고 달빛은 없지만 상야등이 유난히 밝게 느껴졌다. 나는 몸을 구부리고 어두운 곳을 골라 잰걸음으로 이동했다. 어디서 누군가가 보고 있지는 않을까, 하는 생각이 들자 마음이 조급해졌다.

중간에 연못을 만났다. 다리를 건너려면 많이 돌아가야 하고 상야등 불빛에 모습이 드러나게 된다. 연못 한쪽엔 군데군데 잘록한 부분이 있었는데 가장 좁은 곳은 폭이 대략 2미터쯤 되어 보였다. 나는 마음을 정하고 멀리뛰기 요령으로 점프를 했다. 생각보다 쉽게 건너뛸 수 있었다. 체력을 기르는 것도 일이라면서 피트니스센터에 다니게 해준 다카아키 씨에게 새삼 고맙다는 생각이 들었다.

그 기세로 'B'동을 지나 'A'동에 도착했다. 만약을 대비해서 내 방의 유리창을 열어둔 것이 주효했다. 방에 들어온 나는 이불 위에 털썩 쓰러졌다.

14

누가 죽였나?

×

소동은 내가 아직 방에 있을 때 일어났다. 사십구일재를 지내기 위해 상복을 입고 있을 때였다. 물론 이 상복이 소용없게 되리라는 것을 나는 알고 있었다.

거칠게 노크를 한 것은 나오유키였다. 그 역시 상복 차림이었지만 넥타이는 매지 않은 상태였다.

"큰일 났습니다." 그의 눈은 충혈되어 있었다. "유카가……죽었습니다."

"예엣……?"

이 순간의 표정을 나는 계속 연습했었다. 초점 없는 눈으로 넋을 잃은 것처럼 입을 벌린 채 모든 동작을 정지했다. 그러고 나서 천천히 고개를 저었다.

"거짓말이죠?"

"유감스럽게도 거짓말이나 농담이 아닙니다. 아무래도 살해당한 것 같습니다."

"살해당했다고요?" 나는 눈을 크게 떴다. "누구한테요?"

나오유키는 고개를 저었다. "아직은 잘 모르겠습니다. 강도 살인이 아닌가 싶은데……. 형수님이 유카를 부르러 갔더니 대답도 없고 문도 잠겨 있기에 정원 쪽으로 돌아가 봤는데……. 유카가 이불 속에 누운 채 죽어 있더랍니다. 지금 형님이 경찰에 연락을 하고 있습니다."

"세상에 그런 일이……."

나는 두 손으로 뺨을 감싸며 눈을 감았다. 그리고 숨을 가다듬는 척했다.

"믿을 수가 없네요."

"저도 마찬가지입니다. 이렇게 말하고 있는 지금도 거짓말 같습니다. 하지만 실제로 일어난 일인걸요. 죄송합니다만 지금 바로 로비로 나오시겠어요? 사십구일재 준비는 안 하셔도 될 거 같습니다. 큰형님께는 죄송한 일이지만 사십구일재를 지낼 때가 아닌 것 같습니다."

"예, 알겠습니다. 바로 가죠."

문을 닫자 온몸에서 힘이 빠져나가는 것 같았다.

괜찮아. 연기는 훌륭했어.

나오유키는 전혀 의심을 하지 않는 것 같았다.

화장을 조금 고치고 로비로 나가자 이치가하라 집안사람들이 거의 다 모여 있었다. 고바야시 마호도 있었다. 이치가하라 기요미만 안 보였다.

나는 가장 앞쪽에 있는 테이블로 다가갔다. 하지만 아무도 나를 쳐다보지 않았다.

모두 침통한 얼굴로 각자의 생각에 빠져 있는 것 같았다. 늘 활달하던 가나에도 오늘 아침만은 구석 자리에 앉아 훌쩍거렸다. 다케히코는 머리를 감싸고 있었다.

"그래요. 일이 아주 복잡하게 됐어요. 그래서 사십구일재도 중단되었어요. 저와 가나에도 언제 돌아가게 될지 모르겠어요. 예, 그래요. 경찰에서는 아직 사람이 안 나왔지만 곧 올 것 같아요. 예, 조심할게요."

요코의 목소리가 유난히 크게 들렸다. 공중전화로 대화를 나누는 상대방은 남편일 것이다. 원래는 오늘 오기로 되어 있었는데 안 와도 된다는 연락을 한 모양이다.

나는 다른 사람에게는 들리지 않도록 주의하면서 작은 목소리로 나오유키에게 물었다. "저기, 유카 양은 어떻게?"

"배를 나이프로 찔렸다고 합니다. 다른 곳에 피가 묻어 있지 않은 걸로 봐서 자다가 습격을 당한 모양입니다."

"저런……."

나는 눈썹을 모으며 너무 안타까워서 목소리도 안 나오는 듯한 연기를 했다.

"유카 방 유리창 하나가 열려 있었다고 합니다. 실내도 어지럽혀져 있었다니까 강도 짓인 것 같습니다."

잠시 후, 소스케가 나타났다. 그 역시 상복 차림이었다. 그 뒤를 약간 마른 중년의 순경이 따라왔다.

"곧 경찰서에서 형사가 올 거니까 모두 여기서 기다리자." 소스케가 지친 표정으로 말했다.

순경이 모두를 둘러보고 나서 소스케에게 물었다. "다 모이셨습니까?"

"형수님은 방에 있습니다. 충격이 커서 쉬고 있습니다."

"그렇겠죠. 무리도 아닐 겁니다." 순경은 고개를 끄덕이고 나서 말했다. "여기를 벗어나지 마십시오. 꼭 자리를 비워야 할 경우에는 저에게 말씀해 주십시오. 아, 물론 화장실 정도는 자유롭게 가셔도 됩니다."

이 말이 떨어지기가 무섭게 요코와 가나에가 화장실로 갔다. 하지만 나머지 사람들은 순경의 목소리 따윈 귀에 들어오지도 않는 것 같았다.

얼마 후, 경찰서에서 수사관들이 여럿 나왔다. 제복을 입은 경관과 형사로 보이는 사복 차림의 남자들이 왔다 갔다 했다. 언뜻 봤을 때는 무질서해 보이지만 그들 나름의 순서에 따라 움직이는 게 분명하다.

제복을 입은 젊은 경관이 지문을 채취해야 한다고 말했다. 모두의 얼굴에 긴장한 빛이 감돌았다. 그것을 누그러뜨리려는 듯 나오유키가 말했다.

"소거법이라고 하는 겁니다. 유카 방에서 나온 지문 중 관계자의 지문을 제외하면 범인의 지문만 남는다는 이치죠."

효과적인 한마디였다. 사람들의 입에서 안도의 한숨이 새어나왔다.

야자키라는 경감이 이 현장의 책임자인 것 같았다. 아직 쉰 살은 안 되어 보인다. 마른 체형인 데다 금테 안경을 쓰고 있어서 그런지 첫인상은 신사처럼 보였지만 안경 너머의 눈은 움찔할 정도로 예리했다. 위압적이라기보다는 학자가 모르모트를 관찰하는 듯한 냉철함이 느껴졌다. 강적인 것 같다……. 나는 불안감을 느꼈다.

"어젯밤에 이상한 소리를 들으신 분 안 계십니까? 아니면 사람 소리라든가요."

야자키가 질문을 던졌지만 아무도 대답이 없었다. 그는 질문의 방법을 바꿨다.

"그렇다면 한밤중에 잠을 깬 분은 안 계십니까? 몇 시든 상관없습니다."

역시 아무도 대답이 없다. 나는 곁눈으로 나오유키를 보며 이상하다는 생각을 했다. 어젯밤 분명 그의 방에서 소리가 났다.

그때 나오유키가 질문을 던졌다. "사건이 일어난 시각은 언제쯤입니까?"

"자세한 건 부검을 해봐야 알겠지만 새벽 1시에게 3시 사이로 추정됩니다."

수사상의 비밀이 아닌지 야자키 경감은 의외로 선선히 대답해 주었다.

"그 시간이라면 자고 있었어."

요코가 혼잣말처럼 작게 중얼거렸다. 나도, 하고 가나에가 따라 말했다.

"잠들어 있는 게 당연한 시간대죠." 그렇게 말하며 고개를 끄덕이던 경감이 고바야시 마호 쪽으로 얼굴을 돌렸다. "최근 이 부근에서 수상쩍은 사람을 본 적은 없습니까? 혹은 그런 소문을 들었다든가요."

회랑정 여자 지배인은 잠시 망설이더니 입을 열었다. "수상쩍다고 할 수는 없지만 가끔 손님이 아닌 사람이 차를 길에 세워두고 료칸 안을 들여다보는 경우가 있습니다. 이 료칸의 독특한 형태 때문에 잡지에 소개되곤 하는데 아마도 이야깃거리로 생각하고 그러는 거겠지만요."

"최근 2~3일 사이에 그런 일이 있었습니까?"

"있었을지도 모르죠. 하지만 제가 목격한 적은 없습니다."

"그런 사람들이 지금까지 문제를 일으킨 적은 없습니까?"

"글쎄요, 사실 그런 행동 자체가 폐를 끼치는 거지만 손님들한테 위해를 가한 적은 없는 걸로 알고 있습니다."

"그런데 어젯밤 여기에 묵은 사람들은 피해자의 친척뿐인 것 같은데, 다른 손님들은 어떻게 된 겁니까?"

"저기, 그건 말이죠……."

소스케가 고바야시 마호를 대신해 현재 이 료칸은 휴업 중이라고 설명했다. 야자키 경감은 다른 종업원의 모습이 안 보이는 것도 그 설명으로 이해한 모양이었다.

"아, 그리고 보니 어제 낮에 불쑥 찾아와서 묵게 해달라는 손님이 있었어요. 휴업 중이라는 사실을 몰랐던 모양이에요. 사정을 설명하고 돌려보내긴 했지만."

"그 사람의 인상착의에 대해 좀 더 자세히 말씀해 주십시오."

야자키 경감은 젊은 형사에게 지시해 고바야시 마호의 설명을 세세히 메모하도록 했다. 고바야시 마호는 그 손님의 이름까지는 몰랐지만 용모나 체형에 대해서는 자세히 기억하고 있었다.

마호의 이야기를 다 듣더니 경감이 누구에게랄 것도 없이 물었다. "어제 다 함께 이곳에 왔습니까?"

"기쿠요 부인만 빼고 그렇습니다." 소스케가 대답했다.

"일단 모여서 차 세 대에 나눠 타고 왔습니다. 도착도 거의 동시에 했고요."

"누가 유카 씨와 같은 차를 탔습니까?"

"저하고 가나에요." 다케히코가 말했다.

경감은 다시 그쪽으로 얼굴을 돌렸다. "중간에 이상한 일은 없었습니까? 예를 들면 유카 씨가 누군가와 만났다든가 평소하고 좀 달라 보였다든가."

"글쎄요, 전 못 느꼈습니다."

다케히코는 침울한 얼굴로 가나에를 쳐다보았다. 가나에도 고개를 가로저었다.

"특별히 이상한 점은 없었어요."

"그렇습니까?"

"저기요." 아주 조심스럽게 요코가 입을 열었다. "유카가 자살했다고 볼 수는 없는 건가요?"

"자살은 아닙니다." 경감은 일언지하에 부정했다. "흉기로 보이는 나이프에 유카 씨의 지문이 묻어 있지 않습니다. 그리고 그 나이프는 유카 씨가 죽은 뒤 몸에서 빼낸 상태였습니다. 게다가 이건 이상한 부분입니다만, 유카 씨 목을 누군가가 조른 흔적이 있습니다. 이 또한 죽은 뒤에 그런 것 같습니다."

심장이 크게 요동쳤다. 내 행위의 흔적도 유카의 몸에 남겨진 것이다.

"나이프로 찌르고, 목까지 조르다니…… 왜 범인은 그렇게까지 했을까요?" 나오유키가 경감에게 물었다.

"모르겠습니다. 그건 제가 묻고 싶은 말입니다."

그 물음에 대답할 수 있는 사람은 나밖에 없을 것이다. 분위기는 다시 무거워졌다. 유카를 찌른 범인조차 지금 경감이 한 말을 듣고 찜찜한 기분이 들었을 것이다.

"어젯밤 유카 씨를 마지막으로 본 사람이 누구입니까?"

"가나에 아니냐? 줄곧 함께 있지 않았어?" 소스케가 말했다.

"목욕을 마치고 각자 방으로 돌아갔어요." 가나에가 대답했다.

"목욕탕에서 나온 시각이 몇 시입니까?"

"11시쯤일 거예요."

"그 후 유카 씨와 얘기를 나눈 사람은 없습니까?"

경감의 질문에 잠시 침묵이 흐른 뒤, 나오유키가 조심스럽게 입을 열었다.

"저일지도 모르겠군요. 11시 30분경에 유카가 제 방에 찾아왔습니다."

"무슨 용건으로요?"

"와인 뚜껑을 따달라고 하더군요. 화이트와인과 병따개를 가지고 와서."

"와인요?" 의외의 대답인 듯 경감은 당황한 표정을 지었다.

"아, 그러고 보니 유카 씨가 주방에 와서 남은 와인이 없는지 물었어요. 그래서 화이트와인과 잔을 주었습니다." 고바야시 마호가 말했다.

"병따개도요." 요코가 옆에서 말했다.

고바야시 마호가 고개를 끄덕였다. "따주겠다고 했더니 자기가 하겠다면서 병따개를 가지고 나갔어요."

"그런데 결국 뚜껑을 못 따서 나오유키한테 부탁한 거군." 소스케가 혼잣말처럼 중얼거렸다.

"그때 유카 씨 모습은 어땠습니까?" 경감이 나오유키를 쳐다보았다.

"평소와 특별히 다른 건 못 느꼈습니다만."

"무슨 얘기를 나눴습니까?"

"시시콜콜한 얘기였습니다. 저도 와인을 조금 마셨는데 얼마 후에 유카는 제 방에서 나갔습니다."

"그렇군요. 뭔가 생각나는 게 있으면 말씀해 주십시오."

그때 형사 하나가 야자키 경감에게 다가와 사진 같은 것을 건네주었다. 그는 그것을 잠깐 쳐다본 뒤 옆 테이블 위에 놓았다.

"유카 씨 복부를 찌른 나이프입니다. 등산 나이프 같은데 혹시 본 적이 있는 분 안 계십니까?"

모두가 몸을 앞으로 내밀었다. 일회용 카메라로 찍은 사진에는 파란색 손잡이가 달린 나이프가 찍혀 있었다. 칼에 묻어 있는 검붉은 피가 선명했다.

"안 계십니까?" 야자키 경감이 다시 한번 물었다.

"처음 보는데." 나오유키가 말했다.

"우리 중에 등산 다니는 사람은 없는 걸로 알고 있습니다. 큰형님이 예전에 잠깐 다녔다는 얘기를 들은 적은 있지만." 소스케도 대답했다.

"본 적이 없는 게 당연한 거 아닌가요? 그건 범인이 가지고 온 거잖아요." 요코가 불만스러운 어조로 말했다.

경찰이 내부인의 소행으로 본다고 생각한 모양이다.

"범인이 꼭 흉기를 준비해 왔다고 단정할 수는 없으니까, 혹시나 하는 마음에서 물어본 것뿐입니다."

관계자를 자극해서 좋을 게 없다고 생각했는지, 야자키 경감은 재빨리 사진을 치웠다.

"방이 어지럽혀져 있었다고 들었는데 없어진 물건이라도 있는 겁니까?" 소스케가 물었다.

"아직 자세한 건 모르겠습니다. 유카 씨 어머니와 물건을 점검할 예정입니다만 아직 상황이 여의치 않은 것 같아서. 다만 저희가 조사한 바로는 지갑 종류가 보이지 않더군요."

그럴 줄 알았다는 듯 몇 사람이 고개를 끄덕였다.

"저기……." 다케히코가 약간 망설이면서 입을 열었다.

경감이 그를 쳐다보았다. "뭐죠?"

"유카가 배를 찔려 살해됐다고 했는데, 다른 데 다친 곳은…… 그러니까 칼로 베인 상처가 아니라……."

나는 그가 무슨 말을 하고 싶은 건지 알았다. 야자키 경감도 눈치챈 듯 고개를 끄덕였다.

"성폭행을 당한 흔적은 없습니다. 적어도 체내에 그런 흔적은 없는 것 같습니다."

관계자들을 앞에 두고 아무렇지도 않게 이런 말을 할 수 있다니 과연 베테랑 형사다웠다. 다케히코는 이 말을 듣고 안도하는 것 같더니 바로 다시 머리를 감쌌다. 유카가 죽은 마당에 성폭행의 유무 따윈 별 의미가 없다는 걸 깨달은 모양이다.

제복 차림의 경관이 다가와서 야자키 경감에게 뭔가 귓속말을 했다.

경감이 소스케에게 말했다. "후루키라는 분이 오셨다는데……."

모두가 일제히 고개를 들었다.

"형님의 고문변호사였던 분입니다. 들여보내 주십시오." 소스케가 대표로 말했다.

야자키는 고개를 끄덕이더니 옆에 있는 경관에게 눈짓을 했다. 경관은 로비를 나갔다.

"가족 여행에 변호사가 오다니 도대체 어떻게 된 겁니까?" 경감의 표정이 약간 험악한 빛을 띠었다.

정작 중요한 얘길 안 한 게 아니냐고 힐책하는 말투다. 소스케는 미안해하며 유언장 공개에 대한 얘기를 설명했다. 그러자 수사 책임자의 눈빛이 변하는 것 같았다. 오랫동안 수사관

생활을 해온 직감이 이번 사건과 유언장 사이에 무언가 관계가 있다고 경고음을 보내고 있는지도 모른다.

아까 그 경관이 두 사람을 데리고 돌아왔다. 앞장서서 걸어오는 깡마른 노인이 후루키 변호사다. 나도 모르게 등을 쭉 폈다.

"이치가하라 씨, 이게 도대체 무슨⋯⋯."

노변호사는 주위를 두리번거리며 소스케 옆으로 갔다.

"저도 도무지 모르겠습니다." 소스케는 힘없이 대답했다.

"유카가 이런 일을 당하리라고 누가 상상이나 했겠습니까?"

"변호사님, 모처럼 와주셨는데 죄송하지만 오늘은 유언장을 공개할 상황이 아닌 것 같습니다." 나오유키가 미안하다는 듯이 말했다.

"아무래도 그런 것 같군요."

"후루키 씨라고 하셨죠?" 옆에서 야자키가 끼어들었다. "좀 여쭤봐도 되겠습니까? 그런데 그쪽은?"

경감이 후루키 변호사 뒤에 서 있는 사람을 쳐다보며 말했다.

"아지사와 히로미라고 합니다. 후루키 선생님 일을 도와주고 있습니다." 히로미라는 조수가 시원시원한 말투로 대답했다.

단정한 얼굴, 탱탱한 피부.

옆에서 가나에가 남자인 그에게 예쁘다, 하고 혼잣말로 중얼거렸다.

"그렇군요. 그럼 두 분은 이쪽으로 오십시오."

야자키 경감은 후루키 변호사와 아지사와 히로미를 데리고 식당 쪽으로 걸어갔다.

그들이 사라지자 로비는 방금 전보다도 더 무거운 침묵에 휩싸였다. 변호사 일행만 다른 곳으로 데려갔다는 게 모두를 우울하게 만든 것이다. 유산상속에 관한 유언장을 공개하기 바로 전날, 관계자 한 명이 살해되었다……. 이것을 우연이라고 간주할 만큼 야자키는 둔감하지 않을 것이다.

무거운 침묵을 참기 어렵다는 듯 고바야시 마호가 일어섰다.

"여러분, 식사는 어떻게 할까요?"

이런 상황에서도 손님들의 아침 식사가 신경 쓰이는 모양이다. 그러나 아무 대답이 없어 마호 혼자만 물에 붕 뜬 기름 같아서 좀 딱해 보였다.

이윽고 나오유키가 대답했다.

"저는 괜찮습니다. 나중에 음료수는 어떨지 모르겠지만 지금은 아무것도 넘어가지 않을 것 같습니다."

"저도 괜찮습니다." 소스케가 말했다.

다른 사람들은 대답조차 하지 않았다. 어쩔 수 없다는 듯 고바야시 마호는 다시 자리에 앉았다.

나는 모두의 기색을 살폈다.

도대체 누구일까?

누구에게 유카를 살해할 만한 동기가 있는지 한 사람씩 생각해 보았다. 이치가하라 기요미는 유카의 친엄마이므로 제외해도 문제없을 것이다. 유카를 좋아했던 다케히코도 마찬가지지만 남녀 사이는 무슨 일이 일어날지 모르는 법이고, 소스케와 요코는 어떨까? 특별히 사이가 좋은 친척들은 아니다. 오히려 밑바닥에 냉기가 흐를 정도니 그 나름의 동기가 있으면 살해할 수도 있을 것이다. 나오유키도 마찬가지다. 가나에는 어떨까? 활달하고 단순한 것처럼 보이지만 실은 사고력이 뛰어난 것 아닐까? 고바야시 마호는? 단순히 피가 섞였다는 이유만으로 막대한 유산을 받게 된 유카에게 질투를 느낀 건 아닐까? 그러나 유산을 상속받는 건 유카만이 아니다.

중요한 것은 유카가 기리유 에리코의 유서를 훔쳤다는 사실이다. 그 일과 살인사건이 무관하진 않을 것이다. 이번 사건은 단순한 강도사건이 아니다.

간과할 수 없는 것은 유카를 살해한 범인 또한 그 유서를 훔치기 위해 벼르고 있었다는 점이다. 그런데 유카가 먼저 훔치는 것을 목격하고 당황해서 유카를 죽인 뒤 유서를 빼앗은 것은 아닐까?

나는 그 범인이야말로 나와 사토나카 지로를 불에 태워 죽이려고 했던 사람이 아닐까, 하고 추리해 보았다. 그렇다면 경찰보다 먼저 그자를 찾아내 복수해야만 한다.

그리고 그자는 틀림없이 이들 중에 있다.

15
사정청취

×

후루키 변호사와 아지사와 히로미가 사정청취를 받는 시간은 실제보다 훨씬 길게 느껴졌다. 도대체 야자키 경감은 무슨 질문을 하고 있는 걸까? 그리고 이번 사건과는 어떻게 결부시키려고 하는 걸까?

무겁고 답답한 공기가 흐르는 가운데 숨 쉬는 것조차 부담스러운 침묵이 이어졌다. 가끔 수사관들이 왔다 갔다 했지만 그들 역시 입을 굳게 다문 채였다.

나는 유카가 남긴 'И'에 대해 생각했다. 이것은 러시아어 글자지만 유카가 그런 의미에서 사용한 것 같지는 않다.

그냥 단순하게, 'N'을 잘못 쓴 걸까? 'N'이라면 나오유키(NAOYUKI)를 가리킨다고 볼 수 있다. 그러나 아무리 죽기 직전이라도 알파벳을 거꾸로 썼을 것 같지는 않다. 다만 신경이 쓰이는 것은 어젯밤 분명히 나오유키의 방문이 열렸다는 점이다. 그것을 숨기는 건 뭔가 있다는 게 아닐까?

'И'에 대해 좀 더 생각해 보기로 했다. 다른 가능성은 없을까? 옆으로 보면 어떨까? 'Z'라고 해도 거꾸로 된 형태다. 숫자 '2'도 아니다.

하지만 'S'라면 가능하다. 만약 'S'를 나타내는 거라면 소스케(SOSUKE)를 가리키는 건가?

다른 건 없을까? 로마자 'VI-6?' 하지만 굳이 로마자를 사용할 필요가 있을까?

그런 생각을 하고 있는데 갑자기 짐승처럼 울부짖는 목소리가 복도에 울려 퍼졌다. 나는 목소리가 들리는 쪽을 쳐다보았다. 기요미가 비틀거리며 로비로 들어오는 모습이 눈에 들어왔다. 눈 화장은 눈물로 얼룩덜룩 번져 있고, 머리카락은 폭풍이라도 만난 것처럼 흐트러져 있다.

모두들 뭐라고 위로의 말을 전해야 할지 망설이는 것 같았다. 그때 기요미가 요코에게 달려들었다.

"돌려줘!" 기요미가 흐느껴 울면서 말했다. "유카를 돌려줘! 당신이 죽였잖아! 다 알고 있어!"

"뭐라고요?" 요코가 눈썹을 치켜 올렸다. "왜 내가 유카를 죽이겠어요?"

"시치미 떼도 소용없어! 다 알고 있으니까. 유카한테 유산을 뺏기는 게 싫어서 죽인 거잖아!"

"언니, 말이 너무 지나친 거 아니에요?" 요코는 날카로운 목소리를 내며 벌떡 일어났다.

그 앞을 나오유키가 가로막았다. "진정해, 누나."

"이거 봐, 이런 소리 듣고 진정하게 생겼니?"

"유카가 죽어서 지금 제정신이 아닐 거야. 형수님도 자신이 무슨 말을 하고 있는지 모를 거라고."

"아뇨! 전 멀쩡해요." 기요미는 목이 쉴 정도로 소리를 질렀다. "저 여자가 죽였어요. 돈 욕심에 죽인 거라고요. 빚을 잔뜩 지고 있으니까 조금이라도 유산을 더 받으려고 유카를……."

"그만하세요."

소스케가 뒤에서 붙잡았지만 기요미는 계속해서 몸부림쳤다. 그러자 자리에서 일어난 가나에가 기요미에게 다가가 뺨을 찰싹 때렸다.

"뭐 하는 짓이니?" 기요미는 더욱 거칠게 날뛰었다.

그때 야자키 경감과 부하 형사가 로비 쪽으로 걸어왔다.

"무슨 일입니까? 그만들 하십시오!" 경감이 버럭 화를 냈다.

형사들이 난폭하게 구는 기요미를 다른 방으로 데리고 갔다. 기요미가 사라지자 요코도 다소 진정이 된 듯 의자에 앉았다. 하지만 아직도 얼굴은 붉게 상기되어 있다.

"도대체 어떻게 된 겁니까?" 야자키 경감이 소스케에게 물었다.

소스케는 약간 망설이는 것 같더니 마지못해 방금 벌어진 일을 말해주었다. 후루키 변호사에게 유산상속에 대한 얘기를 들었기 때문인지 경감은 그다지 놀라지 않았다.

"유산이 많으면 많을수록 다툼도 많아지는 법이죠."

"아니, 다툼이랄 것까지는……." 소스케는 말을 우물거렸다.

"유산 다툼 같은 게 아니에요. 올케 언니가 이성을 잃고 멋대로 생각하는 거라고요." 아직 흥분이 가시지 않았는지 요코의 목소리가 약간 떨렸다. "내가 그런 짓을 할 리 없잖아."

그만 진정하세요, 야자키 경감은 요코를 달래는 손짓을 하며 말을 이었다.

"여러분께 부탁이 있습니다. 지금부터 한 사람씩 얘기를 나눴으면 합니다."

예? 모두의 입에서 불만 섞인 목소리가 새어나왔다. 그 소리가 안 들린다는 듯 경감은 계속해서 말했다.

"경우에 따라서는 상당히 개인적인 질문을 할 수도 있습니다. 하지만 이 모든 게 사건을 해결하기 위한 것이니 아무쪼록 협조 바랍니다. 또한 시간이 꽤 걸릴 것 같습니다. 혹시 여러분 중 급한 용무 때문에 외출해야 하는 분 계십니까?"

주위를 둘러보았지만 아무도 손을 들지 않았다.

"없는 것 같군요. 다행입니다. 그럼 시작하겠습니다. 사정 청취가 끝난 뒤에도 방에 돌아가지 마시고 이 로비에서 대기해 주십시오. 꼭 방에 가야 할 분은 어느 수사관이라도 좋으니 그 이유를 말씀해 주시기 바랍니다."

"잠깐만요. 그렇게까지 할 필요가 있습니까?" 도저히 못 참겠다는 듯 나오유키가 말했다. "뭔가 물어보고 싶은 게 있으면 지금처럼 여기서 질문을 하면 되지 않습니까? 그쪽이 더 오해도 적을 것 같고 무엇보다 빨리 끝날 것 같은데요."

"그건 그렇습니다만 모두 앞에서는 말하기 곤란한 것도 있지 않겠습니까?"

"하지만⋯⋯."

"나오유키 씨, 어쨌든 수사에 대해서는 저희 지시를 따라 주십시오. 부탁드리겠습니다." 경감이 말했다.

말은 조용히 했지만 그 어조에는 거역할 수 없는 뭔가가 담겨 있었다. 긴박감이라고 해야 할까. 나오유키도 더 이상은 물고 늘어지지 않았다.

경감이 개별적으로 질문하기로 한 배경에는 후루키 변호사에게서 들은 정보가 있는 게 분명했다. 그리고 방금 전에 있었던 소동. 막대한 유산상속에 얽힌 내부 인물의 범행이라는 구도를 은밀하게 그리고 있는 건지도 모른다.

변호사 일행이 돌아오자 사정청취 차례를 기다리던 소스케가 물었다.

"변호사님, 무슨 질문을 하던가요?"

146

"먼저 어젯밤부터 오늘 아침까지의 행적을 묻더군요. 알리바이를 확인한 거겠죠." 후루키 변호사는 눈을 가늘게 뜨고 말했다.

이런 경우에는 누구나 범인 취급을 받는다는 걸 알고 있는 얼굴이다.

"다행히 알리바이는 증명되었습니다. 어제는 밤늦게까지 사무실에서 일을 했으니까요. 다른 직원들에게 물어보면 저희 두 사람이 한밤중에 이곳으로 오는 게 불가능했다는 것을 알 겁니다."

아무튼 후루키 변호사와 아지사와 히로미는 유카를 살해한 범인이 아니라는 것이다.

"또 어떤 질문을 하던가요?" 그렇게 빤한 얘기는 듣고 싶지 않다는 얼굴로 소스케가 재촉했다.

"주로 상속에 대한 얘기였습니다. 아직 유언장의 내용은 모르지만 만약 일반적인 배분이 이루어지면 각자의 몫은 어떻게 되는가? 뭐 그런 얘기였습니다."

"그래서 뭐라고 대답하셨습니까?"

"단순히 법률에 따라 나누게 되면 유카 양과 소스케 씨가 전체 유산의 3분의 1씩, 요코 씨와 나오유키 씨가 6분의 1씩 받게 된다고 설명했습니다."

"유카 씨 아버지와 소스케 씨는 돌아가신 다카아키 씨와 부모님이 같지만 요코 씨와 나오유키 씨는 어머니가 다르기 때문에 상속분이 반으로 줄게 됩니다."

아지사와 히로미가 보충 설명을 했지만 요코와 나오유키는 이미 알고 있는 듯 동요하는 기색이 없었다. 대신 가나에가 의문스럽다는 듯 물었다.

"어? 유카 언니가 상속인이 되는 거예요? 기요미 외숙모가 아니고요?"

"유카 씨 아버지가 돌아가셨기 때문에 대습상속이라는 것이 성립되는데 이것은 배우자에게는 적용되지 않습니다." 히로미가 막힘없이 대답했다.

"그러면 유카 언니가 죽었기 때문에 외숙모는 유산상속을 받을 수 없게 되는 건가요?"

"법정상속의 관점에서 보면 그렇습니다. 따라서 소스케 씨가 전체의 2분의 1, 요코 씨와 나오유키 씨가 4분의 1씩 상속을 받게 되죠."

"그렇구나."

가나에는 입을 크게 벌리고 다른 사람들의 표정을 살피듯 검은 눈동자를 굴렸다.

"그런 질문을 했다는 건 경감이 우리를 의심하고 있다는 걸까?" 요코가 불쾌감을 겉으로 드러내며 말했다.

"유카가 죽음으로써 이득을 보는 사람은 누굴까, 그런 쪽

148

으로 접근하고 있는 게 분명해. 그러므로 범인은 우리 중에 있다는 식으로."

"설마, 상속 몇 푼 더 받겠다고 살인하는 사람이 어디 있어? 그 정도는 경찰도 알고 있을 거야." 나오유키가 말했다.

유카의 죽음으로 법정상속분이 3분의 1에서 2분의 1로 늘어난 소스케가 어두운 표정으로 말했다. "과연 그럴까? 어쨌든 상속액이 엄청나잖아."

무거운 공기가 좌중에 흘렀다.

이윽고 이름이 호명되자 한 사람씩 사무실로 들어갔다. 맨 처음이 소스케, 그다음이 요코였다. 기요미는 아직 얘기를 나눌 수 있는 상태가 아닌 모양이다.

경감이 사전 양해를 구했듯이 사정청취 시간은 꽤 길었다. 소스케와 요코 둘 다 30분 가까이 질문 공세를 받은 것 같다.

"다음은 너래." 사무실에서 돌아온 요코가 나오유키에게 말했다.

드디어 내 차례인가, 하는 표정을 지으며 일어난 나오유키는 주머니에서 수건을 꺼냈다.

그때 검은색 넥타이가 바닥에 떨어졌다.

"넥타이가 떨어졌네요."

내가 넥타이를 주워주었다. 넥타이에는 진주로 된 타이택이 부착되어 있었다. 구입한 지 얼마 안 된 듯 백금으로 된 받침 부분에 흠집 하나 없었다.

"어머, 너 넥타이핀 싫어했잖아." 눈치 빠르게 타이택을 본 요코가 말했다.

나오유키는 넥타이를 주머니에 집어넣고 선물 받은 거라고 대답한 뒤 로비를 나갔다.

"엄마, 어떤 질문 받았어요?" 가나에가 걱정스럽게 물었다.

"특별한 질문을 받은 건 아냐. 똑같은 질문을 어쩌나 여러 번 하던지 정말 지겹더구나."

실제로 진절머리가 난 표정을 지으며 요코는 자리에 앉았다.

"유카한테 이상한 낌새는 없었느냐, 어젯밤에는 무슨 얘기를 했느냐, 대충 그런 거였어. 아, 그래, 기쿠요 부인이 가지고 온 기리유 씨의 유서에 대해서도 묻더구나."

요코가 내 쪽을 보았기 때문에 나는 깜짝 놀랐다.

"벌써 그런 것까지 경찰이 알고 있던가요?"

"예, 아무래도 오빠가 얘기한 것 같아요. 제가 추리했던 내용까지 알고 있는지 이상한 시선으로 보더라니까요."

나는 혀를 차고 싶은 기분으로 소스케를 쳐다보았다. 교묘한 유도 질문을 받았을 것이다.

문득 옆을 보자 후루키 변호사가 아주 난처한 표정으로 담배를 피우고 있었다. 그 역시 이런 일이 일어나리라고는 꿈에도 생각지 못했을 것이다. 아지사와 히로미는 그 옆에서 파랗게 질린 얼굴을 하고 있다.

내 시선을 느꼈는지 후루키 변호사가 담배꽁초를 재떨이에 비벼 끄면서 고개를 흔들었다.

"참으로 난감하게 됐습니다. 하필 이치가하라 씨의 사십구일재에 이런 일이 생기다니."

"유언장은 지금도 갖고 있습니까?"

"그럼요." 후루키 변호사는 무릎 위에 놓인 검은 가방을 탁탁 치며 말했다.

"용케 압수당하지 않으셨네요."

내가 그렇게 말하자 그는 소리 없이 웃었다.

"유언장 내용을 알고 싶어 하는 눈치였지만 단호히 거절했습니다. 다카아키 씨의 뜻을 거스를 수는 없으니까요. 하지만 사건 해결이 늦어지면 저 경감도 가만히 있지는 않겠죠. 강압적으로 보여달라고 할지도 모르겠습니다." 가래가 걸렸는지 노변호사는 기침을 한 번 했다. "그보다 아까 가나에 양한테 들었습니다만, 기리유 씨의 유서를 가져오셨다면서요? 깜짝 놀랐습니다. 저도 처음 듣는 얘기라서……."

"왠지 분란거리를 갖고 온 것 같네요."

"아닙니다. 신경 쓰실 것 없습니다. 그건 그렇고……."

후루키는 찬찬히 내 얼굴을 쳐다보았다. 나는 불길한 예감이 들어 고개를 숙였다. 아니나 다를까 그가 말했다.

151

"부인과 만나는 건 오늘이 처음인 것 같은데, 왠지 낯설다는 느낌이 전혀 안 드는군요. 실례지만 어디서 뵌 적이 있던가요?"

"이치가하라 씨 장례식에 참석했습니다만."

"그렇습니까? 그럼 그때 뵈었겠군요." 후루키는 멍한 눈빛을 하고 나서 나를 보며 쓴웃음을 지었다. "기억 못 해서 죄송합니다. 역시 나이 탓일까요?"

"마찬가지 아니겠어요?"

나도 맞장구를 치며 웃었다. 그런데 맞은편에 있는 아지사와 히로미와 눈이 마주친 순간 가슴이 철렁 내려앉았다. 그냥 가만히 있는 것 같지만 실은 나를 관찰하고 있는 눈이다. 후루키 변호사도 불안한 얘기를 하니 필요한 때 말고는 이 두 사람에게 접근하지 말아야겠다.

사정청취가 계속해서 이어졌다. 나오유키 다음은 다케히코, 그다음은 가나에였다. 그리고 불쾌한 얼굴로 돌아온 가나에가 나를 보며 말했다.

"다음은 할머니래요."

16
의구심

×

　사무실로 들어가자 야자키 경감은 의자에 앉아 팔짱을 낀 채 눈을 감고 있었다. 경감 옆에서는 젊은 형사가 메모를 하고 있다. 그 형사의 지시대로 내가 의자에 앉자 경감도 눈을 떴다.

　"피곤하실 텐데 죄송합니다." 경감은 먼저 사과부터 했다. "가능한 한 빨리 끝내겠습니다. 잠시만 양해해 주십시오."

　나를 윗사람으로 보고 있을 것이다. 경감의 말투는 상당히 정중했다.

　나는 먼저 주소와 이름을 말하고 이 료칸에 오게 된 이유를 설명했다. 이야기 전개상 이치가하라 다카아키 씨와 혼마 시게타로 씨의 관계에 대해서도 언급했다. 경감도 유언장의 존재에 대해 이미 알고 있어서 그런지 거기에 대해서는 자세히 물어보지 않았다.

　"이치가하라 유카 씨와는 이번에 처음 만나신 겁니까?"

"예. 어제 소개받았습니다."

"혼마 기쿠요 씨께서는 다카아키 씨 장례식에 참석하지 않으셨습니까?"

"물론 참석했죠. 하지만 그때는 조문객들이 많아서 친척들과 일일이 인사를 나눌 시간이 없었으니까요."

"그랬겠군요."

경감은 고개를 끄덕였지만 눈빛으로 보건대 이 노파를 의심할 필요는 없다고 속단하진 않는 것 같았다. 나와, 즉 혼마 기쿠요와 유카가 처음 만났는지 어떤지는 본인들만 아는 사실이므로.

이어서 경감은 어젯밤 다른 사람들, 특히 유카에게 이상한 느낌 같은 걸 받진 않았느냐고 물었다.

"솔직한 의견을 들려주셨으면 합니다." 그가 입가에만 미소를 지은 채 말했다. "혼마 씨께서는 이치가하라 집안하곤 직접적인 연관이 없는 분이니 좀 더 객관적인 의견을 갖고 계실 거라 생각합니다만."

나는 등을 구부리고 고개를 갸웃거렸다. "글쎄요, 특별히 이상한 점은 못 느꼈습니다만."

"사소한 거라도 괜찮습니다. 뭔가 없었습니까?"

야자키 경감은 예리한 눈을 반짝이며 내 얼굴을 뚫어지게 쳐다보았다. 내가 조금이라도 부자연스러운 반응을 보이면 바로 캐물을 기세였다.

　나는 희미하게 웃으며 고개를 흔들었다. "이렇게 갑작스럽게 물어보시면 아무것도……."

　"그렇습니까? 그럼 나중에라도 생각나는 게 있으면 바로 말씀해 주십시오. 그런데 유카 씨와는 직접 얘기를 나누셨습니까?"

　"예, 조금요."

　"어떤 얘기였습니까?"

　"그냥 세상 돌아가는 얘기였던 것 같네요. 잘 생각나지는 않지만요."

　나는 경감의 얼굴을 힐끗 쳐다보았다. 그가 무슨 말을 듣고 싶어 하는지 빤히 보였다.

　말을 너무 많이 하는 것도 안 좋지만 지나치게 숨기면 오히려 의혹을 부른다. 나는 체념하고 동반자살 사건에 대해 유카와 나눈 얘기를 털어놓았다.

　"이곳에서 발생한 화재사건을 말씀하시는 거죠? 저도 잘 알고 있습니다. 왜 그런 얘기를 하게 되었습니까?"

　야자키 경감은 시치미를 떼고 묻기에 어쩔 수 없이 유서에 관한 얘기를 했다. 이미 알고 있었을 경감은 특별히 놀라지 않았다. 하지만 입으로는 처음 듣는 것처럼 말했다.

　"그러니까 유서 얘기를 하다가 동반자살 사건이 위장된 것일지도 모른다는 얘기까지 나왔다는 거군요."

"예. 하지만 얘기가 그런 식으로 전개될 줄은 전혀 생각도
못 했습니다."

"그러셨겠죠. 그런데 그 유서, 지금 갖고 계십니까?"

"방에 있는데 가지고 올까요?"

"그렇게 해주시면 감사하겠습니다. 다카노……." 경감은
옆에 있는 젊은 형사에게 지시했다. "혼마 씨와 함께 가서 그
봉투 좀 가져오게."

다카노라는 형사는 쾌활하게 대답하며 자리에서 일어났다.

우리는 긴 복도를 지나 내가 묵고 있는 방으로 향했다. 야
자키가 다카노를 동행시킨 이유는 만약 내가 유서를 숨기기
라도 하면 곤란하다고 생각했기 때문일 것이다. 경감이 이번
사건과 그 유서의 관계를 상당히 중요하게 여기고 있다는 뜻
이다.

방 앞에 도착하자 다카노 형사가 오른손을 내밀었다. 열쇠
를 달라는 뜻인 모양이다. 말없이 열쇠를 건네자 그는 약간
긴장한 얼굴로 열쇠 구멍에 꽂았다.

내가 안으로 들어가자 그도 곧바로 뒤따라 들어왔다. 오히
려 잘된 일이다. 내가 허튼짓을 할 시간이 없었다는 것을 그
가 증명해 줘야 하니까.

"문제의 봉투는 어디에 있습니까?" 방 입구에 서서 다카노

형사가 물었다.

"그게, 분명히 여기에 둔 것 같은데……."

나는 먼저 테이블 위를 찾아보았다. 그리고 유서가 거기에 없는 것을 확인하는 척하며 쭈그리고 앉아 고개를 갸웃거리는 시늉을 했다.

"왜 그러십니까?" 다카노 형사가 조급한 목소리로 물었다.

이래서 노인은 곤란해, 이런 생각을 하고 있을 것이다. 나는 일부러 느릿느릿 가방을 뒤졌다.

"이상하네."

"없습니까?"

다카노도 내 가방을 들여다보았다. 비디오카메라를 본 것 같지만 그것에 대해서는 크게 신경 쓰지 않는 듯했다. 요즘에는 여행할 때 가지고 다니는 사람이 많기 때문일 것이다. 만약 그가 테이프를 본다고 해도 걱정이 없다. 어젯밤에 방으로 돌아와 테이프에 녹화되어 있는 것을 모두 지웠기 때문이다.

"여기에도 없고…… 으음, 어디에 뒀더라……."

다시 쭈그리고 앉아서 생각하는 척했다. 다카노는 세면대로 가보기도 하고 휴지통 안을 들여다보기도 했다.

"이런!" 나는 적당하다 싶을 때 소리를 질렀다. "어젯밤 자기 전에 머리맡에 두었던 걸 깜박했네요."

"머리맡이라면." 그렇게 중얼거리며 다카노는 이불이 들어 있는 벽장을 열었다.

나는 고개를 저었다. "그런데 없었어요. 있었다면 아침에 이불을 갤 때 못 봤을 리 없는데⋯⋯."

"잠깐 실례하겠습니다."

다카노는 수화기를 들더니 0번 버튼을 눌렀다. 야자키가 직접 받은 것 같았다. 다카노가 이쪽 상황을 전했다. 목소리가 약간 올라갔다.

전화를 끊고 그가 나를 보았다. "지금 바로 경감님이 이쪽으로 온답니다. 잠깐만 기다려주십시오."

"예, 그거야 괜찮지만⋯⋯ 그 봉투가 도대체 어디로 사라진 걸까요?"

다카노는 자기가 어떻게 알겠느냐는 표정이었다. 이런 형사만 있다면 다루기가 쉬울 것이다.

이윽고 여러 명이 우르르 힘차게 걸어오는 발소리가 들렸다. 노크도 없이 문이 열렸다. 야자키가 장갑을 끼면서 들어왔다.

"경솔하게 물건을 옮기거나 하진 않았겠지?" 야자키가 다카노에게 물었다.

"거의 손대지 않았습니다. 혼마 씨가 가방 안을 찾아본 정도입니다."

"좋아." 야자키는 실내를 둘러보더니 내 앞에 섰다. "유서가 없어졌다고요?"

"정말 죄송합니다."

내가 사과하자 야자키는 손을 흔들었다.

"혼마 씨 잘못이 아니잖습니까? 그보다 다시 한번 품 안을 확인해 보시겠습니까? 깜박 잊는 경우도 있으니까요."

"아아, 그러죠."

품 안을 찾는 척하면서 역시 이 경감은 침착하다는 생각을 했다.

"없습니까?"

"예……."

몸수색을 하겠다고 하면 어쩌나 불안했다. 여자 경관을 시켜서 속옷까지 검사하게 한다면 내 정체는 금세 발각될 것이다.

하지만 야자키 경감도 이 시점에서는 그렇게까지 강경하게 나오진 않았다.

"어젯밤 잠들기 전까지는 분명히 머리맡에 있었습니까?"

"그럼요. 아침에 갖고 나가는 걸 잊지 않으려고 머리맡에 둔 건데요."

"그럼 유서가 없어졌다는 건데……." 그는 수염이 자란 턱을 문질렀다. "몇 시쯤 주무셨습니까?"

"11시가 조금 지나서요."

"중간에 잠이 깬 적은요?"

"아침까지 깨지 않았습니다."

"아침에는 몇 시쯤 일어나셨습니까?"

쉴 새 없이 질문을 퍼부었다. 이게 야자키 경감의 방식일지도 모른다. 나는 한번 숨을 쉬고 나서 6시쯤 일어났다고 대답했다. 사실은 거의 잠을 안 잤다.

"아침에 일어나셨을 때 실내가 달라졌다는 느낌 같은 건 못 받으셨습니까? 예를 들면 물건들의 배치가 달라졌다든가 하는……."

"글쎄요, 못 느꼈는데……."

"아까 왔을 때 문이 잠겨 있었나?"

다카노에게 하는 질문이었다. 잠겨 있었다고 젊은 형사가 대답했다. 야자키는 다시 나를 보았다.

"어젯밤은 어땠습니까? 문을 잠그셨습니까?"

"글쎄요, 잠근 걸로 기억하는데…… 어쩌면 깜박 잊었을 수도."

"아침에 일어났을 때는 어땠습니까? 잠겨 있었습니까?"

나는 한참 고개를 갸웃거리다가 결국 미안한 듯이 대답했다.

"죄송합니다. 기억이 안 나네요."

야자키는 어쩔 수 없다는 듯 고개를 끄덕이고 나서 다른 형사에게 뭐라고 귓속말을 했다. '마스터키'라는 단어가 들렸다. 그 형사는 짧게 대답하더니 방을 나갔다.

야자키가 정색을 하고 심각한 말투로 말했다. "혼마 씨, 지금부터 이 방을 조사하고 싶은데 괜찮겠습니까?"

"그거야 상관없지만 나는 어디에 있으면 되나요?"

"우선 로비에서 기다려주십시오. 나중에 몇 가지 여쭤볼 게 있을 것 같습니다. 다카노, 혼마 씨를 로비로 모시고 가게."

젊은 형사와 함께 로비로 돌아오자 모두들 아까 있던 자리에 그대로 앉아 있었다. 기요미만 안 보였다.

내가 자리에 앉자 나오유키가 물었다. "무슨 일이 있었습니까?"

다카노는 시치미 뗀 얼굴을 하고 복도 쪽으로 되돌아갔다. 함구령이 내려진 것도 아니고 어차피 곧 알게 될 거라는 생각에 유서가 없어졌다고 말했다. 나오유키뿐만 아니라 모두가 나를 쳐다보았다.

"도둑맞은 건가요?" 요코가 물었다.

"모르겠어요. 그럴지도 모르죠. 지금 형사들이 방을 조사하고 있으니 곧 알게 될 겁니다."

"누가 왜 훔쳤을까?" 소스케가 혼잣말처럼 중얼거렸다. "유카 언니를 죽인 강도가 할머니 방에도 들어간 걸까요?" 가나에가 겁먹은 표정으로 말했다.

"설마, 강도가 유서 같은 걸 훔쳐서 뭐 하겠냐?" 다케히코가 무시하는 듯한 어조로 말했다.

161

가나에는 발끈했다. "오빠는 유카 언니 사건과 아무런 관계가 없다는 거야? 우연치고는 너무 공교롭잖아. 난 당연히 관계가 있다고 생각해."

하지만 아무도 맞장구를 쳐주지 않았다. 당연했다. 유서만 훔쳐갈 사람은 내부인밖에 없기 때문이다.

얘기가 이어지지 않아 잠시 침묵이 흘렀다. 선뜻 말을 꺼낼 수 없는 분위기다.

갑자기 소스케가 입을 열었다. "적어도 경찰은 관련이 있다고 보는 것 같아. 어젯밤에 요코 네가 농담처럼 말한 동반자살처럼 위장했을 가능성에 대해서도 진지하게 생각할지 몰라."

"내가 잘못했다는 건가요?" 순간 요코가 눈꼬리를 추켜올렸다.

"그런 말이 아냐. 기리유 씨의 유서가 도둑맞은 이상 어차피 경찰도 같은 생각을 할 거란 거야."

"동반자살처럼 위장해서 기리유 씨를 죽이려 했던 범인이 이번에는 유카를 죽였다는 거예요?"

말도 안 된다는 듯이 나오유키가 고개를 저었다.

"두 사건에 공통점이 하나도 없잖아요. 이곳에서 일어난 사건이라는 것 말고는."

"틀렸어. 동기가 일치하잖아." 요코가 단언했다.

"동기? 그런가?"

"그래, 유산을 노린 동기. 아까 후루키 변호사님이 말했듯이 유카가 죽으면 다른 사람의 상속분이 늘어나는 건 분명해. 그리고 기리유 씨에 대해서는 네가 말해줬잖아. 오빠가 기리유 씨와의 결혼을 생각했다면서? 만약 그렇게 되었다면 재산의 대부분이 기리유 씨한테 넘어갔을 거 아냐? 그것을 두려워한 범인이 동반자살로 위장한 살인을 생각해 냈을 거야."

경찰이 어떻게 생각하는지보다 자기 생각을 피력하려는 말투였다.

"동기가 그거라면 범인은 내부 인물이라는 거잖아." 소스케는 난처한 표정을 지은 뒤 주위 사람들을 향해 물었다. "형님이 기리유 씨와의 결혼을 생각하고 있었다는 이야기, 경감한테 말한 사람 있나?"

가나에가 살짝 손을 들었다. "제가 했어요. 하면 안 되는 말이었나요?"

"아니, 상관없다. 어차피 알게 될 텐데." 나오유키가 낙심한 표정으로 말했다.

"경찰은 어떻게 생각할지 모르겠지만 그런 동기로 살인을 하는 사람이 어디 있겠어?" 소스케가 내뱉듯이 말했다. "유카의 사건은 그렇다 쳐도, 만약 형님이 기리유 씨에게 프러포즈를 했다고 해도 승낙했을지 어떨지는 모르는 일이야. 게다가 기리유 씨에게는 애인도 있었고……."

"애인이 있다는 건 동반자살 사건이 일어난 뒤에 알게 된 거잖아요. 범인은 몰랐을 거예요. 또 한 걸음 더 나아가서 생각해 보면……." 요코는 목소리를 더 낮추었다.

"그 사토나카라는 젊은 남자가 기리유 씨의 진짜 애인이었는지도 알 수 없는 거라고요. 단순히 자살로 위장하면 의심받을 거라 생각하고 범인이 어디선가 적당히 데려왔을지도 몰라요. 좀 더 비약해 보면 사실은 그 남자를 죽일 이유가 있었을지도 몰라요."

요코의 마지막 말이 나를 약간 움찔하게 만들었다.

"설마, 그건 비약이 너무 심해. 만약 그랬다면 기리유 씨가 말했을 거야. 그 남자는 모르는 사람이라고."

나오유키는 강한 어조로 반론을 제기했다.

"그러니까 그 얘기도 유서에 쓰여 있을지 몰라. 그런데 납득할 수 없는 점이 있어. 그 사토나카라는 남자 말인데, 젊고 사진으로 봤을 때 상당한 미남이었어. 거기에 비하면 기리유 씨는, 이렇게 말하면 실례지만 여성으로서의 매력은 거의 없었다고 봐야 해. 나이 차이도 그렇고 그 두 사람이 연인 관계였다는 게 왠지 믿기지가 않아."

잘도 움직이는 요코의 입을 나는 붉은 생물 보듯이 바라보았다. 동성(同性)에게서 용모에 대해 지적을 받으면 남성의

164

경우와는 또 다른 불쾌감이 느껴진다.

나오유키는 한숨을 쉬었다. "누나는 내부에 범인이 있다고 생각하고 싶은 거야?"

"그런 건 아냐. 그냥 객관적으로 추리해 봤을 뿐이야."

"지나친 생각이야. 아무튼 지금은 유카를 왜 죽였느냐가 중요해. 나는 강도의 짓일 거라고 믿어. 유서가 없어진 것과는 관계가 없다고 생각해."

"누군들 집안사람들을 의심하고 싶겠니?"

갑자기 험악한 분위기가 감돌자 둘 다 입을 다물었다. 다른 사람도 말을 꺼내기 어려운 분위기였다.

"왠지 쓸데없는 것을 가져온 것 같네요." 나는 조심스럽게 입을 열었다.

"어젯밤에 그냥 개봉했더라면 이런 일도 없었을 텐데……."

"아닙니다. 마음에 두실 필요 없습니다. 당연한 일을 하신 거죠." 나오유키가 당황해하며 말했다.

"하지만……."

나는 모두의 얼굴을 둘러보았다. 모두가 시선을 외면하듯 고개를 숙였다. 그들에게는 외부인인 나를 소외시키는 공기가 분명히 감돌고 있었다.

각자가 생각에 잠겨 있는 가운데, 나는 방금 전 요코가 한 말을 되씹었다. 동반자살 사건이 누군가에 의해 꾸며진 거라

면 범인은 나뿐만 아니라 사토나카 지로도 죽일 목적이 있었
던 게 아닐까 하는 얘기…….

맞는 말이다.

범인은 나만 죽이려고 했던 게 아니다. 오히려 사토나카 지
로를 없애야 했다. 왜냐하면 내가 다카아키 씨의 아내가 되면
유산의 4분의 3을 상속받을 뿐이지만, 지로가 살아 있으면
모든 재산이 그의 것이 되기 때문이다.

사토나카 지로……. 그는 이치가하라 다카아키 씨의 친아
들이었던 것이다.

17

잃어버린 아이

×

다카아키 씨가 유언장 얘기를 처음으로 꺼내고 나서 두 달쯤 지났을 무렵, 그가 병원으로 나를 불러서는 생각지도 못한 일을 지시했다.

그 일이란 자신의 아들을 찾아보라는 거였다.

순간 무슨 말인지 이해를 못 한 나는 농담인 줄 알았다.

"미안하지만 농담이 아니라 진심이네."

그렇게 말하고 다카아키 씨는 겸연쩍은 듯 아랫입술을 깨물었다. 좀처럼 그런 표정을 짓지 않기 때문에 오히려 내가 당황했다.

"저기, 돌아가신 사모님과의 사이에는……."

내가 말을 끝맺기도 전에 다카아키 씨는 고개를 젓기 시작했다.

"물론 그 사람 사이에서 생긴 아들은 아니야. 20여 년 전이니까 아직 아내가 살아 있을 땐데 한 여자와 깊은 관계에 빠진 적이 있네. 그 여자가 아무래도 내 아이를 낳은 것 같아."

다카아키 씨 말에 의하면, 가쓰코라는 이름을 가진 그 여성은 모 극단 소속의 연극배우였던 모양이다. 당시 연극 관람이 취미였던 그는 가끔 그 극단에 들렀는데, 그러다가 그 여성과 가까워졌다고 한다.

두 사람의 관계가 끊어진 것은 가쓰코가 결혼을 하게 되었기 때문이다. 가쓰코에게 프러포즈한 남자는 그 당시 약간 유명했던 밴드의 멤버였는데, 연주를 하면서 각지를 돌아다니는 생활을 했다. 가쓰코는 상당히 망설였던 것 같지만 배우로 유명해질 가망은 없고, 다카아키 씨와의 관계를 계속 이어가는 것도 좋지 않다고 생각했는지 그 남자를 따라가기로 마음 먹었다. 다카아키 씨는 가쓰코와 마지막으로 만났을 때 얼마간의 돈을 건넸다고 한다. 하지만 가쓰코는 받지 않았다.

"그런 사이는 아니었다고 말하더군. 이별하는 데 돈이 필요한 관계는 아니었다고. 무엇보다도 관계를 끊는 원인이 자기한테 있으니까 돈을 줘야 한다면 자기 쪽이 그래야 한다면서 받지 않았어. 그래서 좀 창피한 얘기지만 내놓았던 돈을 다시 집어넣었지. 그렇게 결벽한 면이 있는 여자였어."

그때의 모습을 떠올렸는지 다카아키 씨는 약간 쑥스러운 듯 미소를 지었다.

가쓰코와는 그 후로 만나지 못했다. 남편의 밴드 이름도 어느새 들을 수 없게 되었다.

그런데 20년 뒤, 한 통의 편지가 다카아키 씨 앞으로 배달되었다. 발송인은 전혀 모르는 사람이었지만 편지를 읽고 나서 깜짝 놀랐다. 거기에는 가쓰코가 병으로 죽었다는 내용과 함께 유품 중에 '이치가하라 다카아키 귀하'라고 쓴 봉투가 있으니 가지러 왔으면 한다는 내용이 적혀 있었다.

그 당시 그의 비서로 일하고 있던 나는 편지의 존재뿐만 아니라 그가 몰래 어딘가를 갔다 왔다는 사실조차 모르고 있었다.

예전의 연극배우는 방 한 칸밖에 없는 허름한 공동 주택에서 숨을 거두었다고 했다. 편지를 보낸 사람은 가쓰코와 비교적 가깝게 지냈던 공동 주택 관리인이었다. 시체를 조용히 화장한 뒤 물건을 정리하다가 그 봉투를 발견한 모양이었다. 겉에 주소가 쓰여 있기 때문에 직접 우편으로 발송하는 방법도 있었지만 봉투가 상당히 두툼하고, 뭔가 특별한 사연이 있을 것 같아서 먼저 편지로 알린 것이라고 했다. 하지만 관리인은 이치가하라라는 독특한 성(姓)을 듣고도 그가 모 일류 기업의 창시자라는 것을 알아차리지 못했다.

다카아키 씨는 자택으로 돌아와 봉투를 개봉했다. 안에서 나온 것은 20여 장에 달하는 편지지로, 거기에는 다카아키 씨와 헤어지고 나서 가쓰코가 어떠한 삶을 살았는지 깨알 같은 글씨로 빼곡히 적혀 있었다. 그리고 그 내용은 다카아키 씨에게 충격적인 것이었다. 특히 그의 마음을 아프게 한 것은 아들에 관한 이야기였다.

밴드 멤버와 결혼한 가쓰코는 곧바로 임신을 했다. 이때 가쓰코는 아무런 의심도 하지 않았다. 남편의 아이라고 믿었던 것이다. 하지만 그렇게 믿게 된 데는 확실한 근거가 있어서가 아니라 남편의 아이가 아니면 곤란하다는 의식이 다카아키 씨의 아이일지도 모른다는 불안감을 밀어냈던 것 같다.

그 후 몇 개월이 지나 드디어 산달을 맞이했을 때 생각지 못한 일이 발생했다. 남편이 다른 여자와 눈이 맞아 도망간 것이다. 가쓰코는 그제야 비로소 남편의 밴드가 계속 적자에 허덕이다가 해산 직전에 놓여 있었다는 사실을 알게 되었다. 남편은 돈이 될 만한 물건은 다 가져가고, 대신 자기와 관련된 칸만 기입한 이혼신청서를 우편함에 넣어두고 떠났다.

그 충격 때문인지 가쓰코는 예정일보다 20여 일 먼저 출산을 했다. 사내아이였다. 주위 사람들은 축복을 해주었지만 가쓰코의 마음은 우울했다. 남편이 집을 나갔다는 사실을 다른 사람들에게는 아직 말하지 않은 상태였다. 밴드를 그만두고 멀리 돈을 벌러 갔다고만 해놓았던 것이다.

이윽고 가쓰코는 아이와 함께 퇴원했다. 하지만 앞으로 살아갈 길이 막막했다. 전당포를 가려고 해도 맡길 만한 물건이 없어서 어쩔 수 없이 술집을 나가게 되었다.

반년쯤 지났을 때, 가게를 드나들던 한 손님과 가까워졌다. 인쇄 공장을 경영하는 남자였다. 남자는 가쓰코가 한 번 결혼 했었다는 것을 알면서도 청혼을 했다. 가쓰코도 의지할 만한 사람이 필요했기 때문에 당장이라도 승낙을 하고 싶었다. 하지만 한 가지 문제가 있었다. 남자는 가쓰코에게 아이가 있다는 것을 알지 못했고, 만약 그 사실을 안다면 구혼을 철회할 것 같았다.

고민 끝에 가쓰코는 갓난아기를 버리기로 결심했다. 이대로는 모자가 다 굶어죽고 말 것이다. 그보다 제대로 된 시설에서 자라는 편이 이 아기를 위해서도 좋을 것이다……. 자기 합리화를 하기 위한 변명이라는 걸 알면서도 그런 구실을 붙여서 스스로를 설득했다. 가쓰코는 지쳐 있었던 것이다.

한 시간 정도 전철을 타고 가면 그 지역에서는 유명한 고아원─지금은 아동복지 시설이라고 한다─이 있었다. 가쓰코는 전철 첫차를 타고 거기까지 가서 문 앞에 아기를 두었다. 아기는 새근새근 자고 있었다. 엄마를 용서하라고 중얼거리며 손으로 짠 흰색 털모자를 씌워준 뒤 가쓰코는 서둘러 그곳을 떠났다. 원래는 숨어서 고아원 관계자가 아기를 데리고 가는 것까지 보려고 했지만 걸음을 멈추지 않았다. 만약 멈춰버리면 두 번 다시 움직일 수 없게 될 것 같았기 때문이다.

"이상한 일이지만, 가쓰코는 나한테 도움을 청할 생각은 전혀 안 했던 것 같아. 아기가 전남편의 애라고 믿었기 때문일까? 그래도 못된 여자라면 당신 애니까 책임지라면서 찾아왔을 법도 한데, 가쓰코한테는 그런 꾀도 없었던 모양이야."

그렇지만은 않을 거라고 나는 생각했다. 다카아키 씨와 만났던 때가 가쓰코에게는 최고의 시기였던 것임에 틀림없다. 무명이기는 하지만 연극배우 특유의 화려함을 몸에 지니고 있었을 것이다. 그런 때 만났던 상대방 앞에는 무슨 일이 있어도 절대 초췌한 모습으로 나타나고 싶지 않은 법이다.

가쓰코는 그 후 아이와 만나지 못했다. 고아원에 간 적은 있지만, 과연 아기가 고아원 관계자의 손에 무사히 인도되었는지 어떤지도 명확하지 않은 상황이었다.

그 뒤 20년 동안의 생활에 대해서는 자세히 적혀 있지 않았다. 아무래도 인쇄 공장을 경영하던 남자와 이혼한 뒤 쓸쓸하고 궁핍한 나날을 보낸 듯하다.

그러던 어느 날, 20년 전에 헤어진 밴드 멤버와 우연히 재회했다. 남자는 장거리 트럭 운전을 하고 있었다. 가쓰코는 남자를 강하게 비난했다. 하지만 상대도 가만히 있지는 않았다. 다른 남자의 아이를 임신한 주제에 무슨 할 말이 있느냐고 했다. 가쓰코가 부인하자 남자가 말했다. 그때는 자신도 몰랐지만 나중에 병원에서 아이를 가질 수 없는 몸이라는 걸 알게 되었다고, 그러므로 자신의 아이일 리 없다고.

가쓰코는 믿을 수 없었지만 남자가 거짓말을 하는 것 같지는 않았다. 사실 그때 남자한테는 아내가 있었는데 아이는 한 명도 없었다.

그제야 비로소 가쓰코는 아이 아버지가 누구였는지 알았던 것이다.

아이를 버린 걸 가쓰코는 새삼 후회했다. 만약 그때 알았다면, 다카아키 씨한테 찾아가 아이만이라도 행복하게 해달라고 부탁할 수 있지 않았을까?

그런 후회가 가쓰코에게 수기(手記)를 쓰게 했다. 문장으로 보건대 가쓰코는 이 수기를 다카아키 씨 앞으로 보낼 생각이었던 것 같다. 즉, 수기라기보다는 긴 편지였던 셈이다. 그와의 사이에서 생긴 아이를 버린 걸 사죄하며 수기는 끝을 맺었다.

"그런데 가쓰코는 결국 이 장문의 편지를 보내지 않았어. 새삼스럽게 이런 편지를 보내는 게 별 의미 없다고 생각했을지도 모르고, 나한테 폐를 끼치게 되는 걸 신경 썼을지도 모르지." 다카아키 씨는 괴로워하며 말했다.

"아니면 죽을 때까지 비밀로 하고 싶었는지도 모르죠." 내가 말했다.

이건 다카아키 씨도 생각하지 못한 것 같았다. 약간 허를 찔린 표정을 지은 뒤 살짝 고개를 끄덕였다.

"그 말이 맞는지도 모르겠군. 그런 여자였으니까."

"가엾은 분이네요."

"흐음."

"그러니까 그 아이를 찾아보라는 말씀이군요."

나는 다카아키 씨를 똑바로 쳐다보았다.

"그래. 고백하자면 지금까지 몇 번이나 찾으려고 했었네. 이 세상에 내 핏줄이 존재하고 있다는 생각을 하니 가만히 있을 수가 없더군. 어떤 식으로든 힘이 돼주고 싶은 마음이 굴뚝같았으니까. 하지만 결국 참기로 했지. 어떤 이유가 있다 해도, 그것은 결국 내 멋대로의 행동이라는 생각이 들더군. 아들을 만나 용서를 구하고 싶은 마음 이면에는 부모로서의 기쁨을 얻고 싶은 욕망이 있다는 걸 부정할 수 없었어. 진심으로 참회한다면 그런 행복감을 포기하는 게 당연하겠지."

그 엄격함이 다카아키 씨답다는 생각이 들었다.

"신분을 밝히지 않고 몰래 도와주는 방법도 있잖아요."

"키다리 아저씨가 되라는 건가? 하지만 그것도 마찬가지야. 아들을 도와주고 있다는 만족감을 누리는 것은 변함이 없으니까. 그리고 그 이면에는 언젠가 아버지라고 밝힐 수 있는 날이 오지는 않을까, 하는 얄팍한 계산이 깔려 있는 거니까."

"그럼, 만약 아들을 찾으면 어떻게 하실 작정이세요?"

내가 묻자 다카아키 씨는 단호하게 대답했다.

"아무것도 하지 않아."

"예?"

"아무것도 하지 않는다고 했네. 다만 유언장에 써서 남길 걸세. 그 아이를 내 자식으로 인정한다고. 나에게는 남들에게 자랑할 만한 재산이 있어. 나머지는 법이 해결해 주겠지."

법률에서는 친자관계만 확인되면 유산상속도 일반적인 부모자식 관계와 똑같은 대우를 받게 되어 있다. 다시 말하면 아내가 없는 다카아키 씨의 유산이 전부 그 아들에게 간다는 뜻이다.

"그렇게 되면…… 그 사람은 먼 훗날에나 자기 아버지의 이름을 알게 되겠네요."

나의 마음 씀씀이를 물리치듯 다카아키 씨가 손을 저었다.

"내가 얼마나 살 수 있을지 아니까 자네한테 이런 얘기도 하는 거야. 내가 죽음을 입에 올릴 때마다 자네가 그렇게 꺼려하면 어떻게 얘기를 하겠나?"

그래도, 하고 입으로는 말했지만 이해는 했다. 그 말이 맞다. 그는 겉치레나 형식 때문에 시간을 허비하는 걸 극도로 싫어했다.

"하지만 문제가 있어요. 현재 아드님은 성인이 됐을 거예요."

"스물셋쯤 될 거야. 자네가 무슨 말을 하려는지 알고 있어. 친자관계를 밝히려면 그 아이 본인의 승낙이 필요하다는 말을 하고 싶은 거겠지."

"맞아요."

"그래서 그 취지도 유언장에 써둘 생각이야. 하지만 어떨지 모르겠군, 그 애가 나를 아버지로 인정해 줄까?"

"글쎄요, 친자관계를 밝히는 건 거부하지 않겠지만……."

내가 무슨 말을 하려는지 그가 알아차린 것 같았다.

"상관없어, 재산이 목적이라 해도. 그리고 만약 친자관계 밝히는 것을 허락하지 않더라도 그 또한 어쩔 수 없고. 나한테는 이래라저래라 할 권한이 없으니까. 하긴 이미 그때는 이 세상 사람이 아니겠지만." 그는 쓸쓸한 농담을 한 뒤 진지한 눈빛으로 나를 쳐다보았다. "찾아봐 주겠나?"

"힘들겠지만 해보겠습니다."

"잘 부탁하네. 그리고 여러 번 말하는 거지만 시간이 그리 많지 않다는 걸 명심하게."

"최선을 다하겠습니다. 대신 한 가지 부탁이 있어요."

"뭔가."

"가능한 한 그 '시간제한'을 늘려주세요. 아주 길게요."

다카아키 씨는 눈을 여러 번 깜박이고 나서 말했다. "노력해 보겠네."

단서는 고아원이었다. 수기에는 정확한 지명이 나와 있지 않았지만 당시 가쓰코가 어디에 살았는지 짐작할 수는 있었다. 그리고 수기에 의하면 한 시간 정도 전철을 타고 그 고아원에 갔다고 했다.

전철로 한 시간이면 상당한 거리다. 가능성 있는 시설들을 추려내서 모조리 찾아가 보기로 했다. 예전에는 고아원 앞에 아기를 버리는 일이 드물지 않았던 모양이다. 가쓰코의 수기와 일치하는 경우가 여러 건 나왔다. 하지만 차근차근 제외해 보니 가능성 있는 사람이 네 명으로 좁혀졌다.

다행히 네 명의 주소를 알아낼 수 있었다. 나는 먼저 네 명모두에게 편지를 써 보냈다. 어떤 사람의 부탁을 받아 20여년 전에 버려진 아이를 찾고 있다, 그 아이가 당신일지도 모르니 꼭 만나고 싶다, 그런 내용이었다.

그 후 전화번호를 알고 있는 두 사람에게 먼저 연락을 취해 만나서 얘기를 나누기로 했다. 그 사람들과 만날 때, 나는 이치가하라 다카아키라는 이름은 입에 올리지도 않았다. 재산을 보고 자신이 다카아키 씨 아들이라고 주장하는 사람이 없다고 단정할 수는 없었기 때문이다. 그런 거짓말을 해도 자세히 조사해 보면 곧 밝혀지겠지만 그런 쓸데없는 일에 시간을 허비할 여유가 없었다.

처음 두 사람은 가쓰코의 아들이라고 단언할 만한 증거를 갖고 있지 않았다. 오히려 부정적인 증거가 많았다. 그들은 나름대로 자신의 부모를 찾으려고 필사적이었지만 이쪽에서는 객관적인 판단을 내릴 수밖에 없었다.

나머지 두 사람은 전화번호를 몰랐기 때문에 직접 찾아갈 예정이었다. 둘 중 한 사람이 이치가하라 씨의 아들이길 바랄 뿐이었다. 만약 양쪽 다 아니라면 조사는 완전히 막다른 골목에 들어서게 된다.

그런데 한 사람한테서 편지가 왔다. 불길한 예감이 들었다. 개봉해 보니 역시 나를 실망시키는 내용이었다. 자신의 부모를 이미 찾았기 때문에 나와 만날 필요가 없다는 거였다.

나머지 한 사람. 그게 사토나카 지로였다.

그에게 희망을 걸 수밖에 없다고 생각하며 접촉할 준비를 하고 있는데 상대로부터 전화가 걸려왔다. 역시 불길한 예감이 들었지만 이번에는 그 예감이 빗나갔다. 내가 보낸 편지가 장난 편지일지도 모른다는 생각이 들어 전화해 본 거라고 했다. 그렇게 생각할 수도 있다는 걸 새삼 깨닫게 되었다.

이렇게 해서 나는 그와 만났다. 기품이 있다고 표현해도 이상하지 않을 정도로 단정한 얼굴이었다. 언뜻 보면 고생이나 가난과는 거리가 먼 분위기를 풍겼다. 다만 가끔 눈빛에 세상을 향한 증오가 깃들어 있는 것 같았다.

나는 그를 보자마자 위험한 예감이 들었다. 내 마음의 움직임이 예사롭지 않다는 것을 느낀 것이다.

이 청년을 사랑하게 되는 건 아닐까……. 그런 예감이었다.

18
발자국

×

점심때가 돼서야 우리는 겨우 해방되었다. 내 방과 유카의 방을 제외하고는 건물 안 어디를 돌아다녀도 괜찮다는 허락이 떨어졌다. 단, 밖으로 나갈 때는 반드시 근처에 있는 경관에게 알려야 했다.

하지만 딱히 갈 곳이 있는 것도 아니어서 모두 그대로 로비에 남았다. 다들 형사들이 지금 무슨 조사를 하고 있는지 신경이 쓰이는 눈치였다. 형사들이 분주하게 움직이는 모습은 관계자들을 불안하게 했다.

좋은 향기가 나서 고개를 들자 고바야시 마호가 커피를 끓여서 가져왔다. 어떤 경우에도 지배인으로서의 의무를 잊지 않는 여성이다. 우리는 고맙다고 말하고 커피 잔으로 손을 뻗었다. 작은 케이크와 쿠키도 곁들여 있었다. 이 정도는 목으로 넘길 수 있을 것 같았다. 가나에부터 허겁지겁 먹기 시작했다.

"기리유 씨의 유서가 없어진 것은 차치하더라도, 유카가 외부에서 침입한 강도에게 습격을 받은 거라면 강도는 왜 그 방을 노렸을까?" 커피 잔을 입으로 가져가다 말고 소스케가 중얼거렸다.

"우연이 아닐까요? 밖에서 들어온 범인은 유리창이 닫혀 있지 않은 방을 물색했겠죠. 그런데 마침 유카의 방이 열려 있었고 그래서 표적이 됐을 거예요." 나오유키가 대꾸했다.

사촌 언니의 죽음에 대한 슬픔이 되살아났는지 가나에가 케이크를 든 채 눈물을 글썽였다.

"하지만 설사 그렇다 해도 범인은 왜 유카를 죽였을까? 저항한 흔적도 없고 뭔가를 훔치려고 했다면 굳이 살인까지는 하지 않아도 됐을 것 같은데." 요코가 말하며 고개를 갸웃거렸다.

"유카가 깨어났을지도 모르죠. 소리라도 지르면 큰일이다 싶으니까 칼로 찔러 죽인 게 분명해요. 머리가 돈 녀석의 짓이라고밖에 볼 수 없어요." 다케히코가 언제 가져왔는지 브랜디를 유리잔에 따르며 말했다.

"대낮부터 웬 술이냐?"

소스케가 나무랐지만 다케히코는 대꾸도 하지 않고 브랜디를 단숨에 들이켰다.

"뭐 어때요? 나도 마시고 싶은 기분인데. 마호 씨, 잔 좀 가져다주세요."

요코가 그렇게 말하자 저도요, 하고 가나에도 가세했다. 소스케는 몹시 못마땅한 표정을 지었다.

마호가 가져온 유리잔에 브랜디를 따른 요코는 그것을 마시기 전에 고개를 약간 갸웃거렸다. "유카가 깨어나는 바람에 죽였다는 건 좀 이해가 안 되는데."

"왜요?" 다케히코가 물었다.

"만약 깨어났다면 유카가 한 번쯤 비명을 지르지 않았을까? 그럴 만한 시간이 없었다 해도 저항한 흔적 정도는 있어야 하잖아. 하지만 형사는 그런 얘긴 하지 않았어."

"갑작스럽게 당하면 쉽게 저항할 수 없어. 특히 범인이 남자였을 경우에는."

이렇게 말한 것은 나오유키였다.

"그러고 보니 목 졸린 흔적이 있다고 하지 않았나?" 소스케가 야자키 경감의 말을 떠올린 듯 말했다.

"목을 졸라 정신을 잃게 한 다음 나이프로 찔렀을지도 모르지."

"아니에요. 경감 말로는 유카가 죽은 뒤 목을 졸랐다고 했어요."

요코의 말에 소스케는 말문이 막혔는지 헛기침을 한번 했다.

"그럼 역시 사이코패스의 짓인가? 보통 강도라면 그렇게까지는 안 하잖아."

사이코패스는 괜찮은 가설이었다. 약간 이상한 점이 있다 해도 설명이 가능하니까. 몇몇 사람이 자기 자신을 납득시키려는 듯 고개를 끄덕였다.

"엄마, 나 돌아갈 준비를 해놓고 싶어." 침묵을 깨고 가나에가 말했다. "언제가 될지는 모르겠지만 곧장 나갈 수 있게. 왠지 기분이 찜찜해서요."

"그래, 그렇게 할까?" 요코도 동의했다.

두 모녀는 마시다 만 술잔을 테이블 위에 내려놓고 로비를 나갔다. 그러자 다른 사람들도 엉덩이를 들었다가 하나같이 동작을 멈추고 주위를 둘러보았다. 자신이 없는 동안 어떤 얘기가 전개될지 모른다는 불안감이 얼굴에 나타나 있었다. 하지만 결국 대부분이 자리에서 일어났다. 남은 사람은 다케히코뿐이었다.

나도 로비를 나왔다. 방에는 아직도 형사들이 있을 것이다. 운이 좋으면 감식 결과를 알아낼 수 있을지도 모른다.

정원을 바라보며 복도를 걸었다. 정원에서도 수사관 몇 명이 바쁘게 움직이고 있었다. 그중 한 명이 연못 근처에 쪼그리고 앉아 있는 모습을 보고 나는 걸음을 멈추었다. 어젯밤에 내가 건너뛴 쪽 부근이었다.

무엇을 하고 있는 걸까? 뭔가 발견한 걸까? 나는 까치발을 하고 내다보았다.

그때 등 뒤에서 목소리가 들렸다. "무슨 일 있으세요?"

나는 깜짝 놀라 뒤를 돌아보았다. 후루키 변호사와 아지사와 히로미가 바로 뒤에 서 있었다.

"아아, 변호사님. 별일 아니에요. 형사들이 도대체 뭘 하고 있는지 궁금해서요."

"범인이 외부에서 침입했다면 반드시 정원을 통과했을 테니 혹시 남긴 게 있는지 흔적을 찾는 거겠죠. 그런데 저 형사는 이상한 곳을 조사하고 있네요. 저 연못가에 뭐가 있나?"

후루키 변호사도 나와 똑같은 의문이 든 것 같았다.

"물어보고 오겠습니다."

말이 떨어지기가 무섭게 아지사와 히로미는 가까이 있는 빈방으로 들어가더니 유리문을 열고 정원으로 내려갔다. 곧바로 수사관에게 주의를 들었지만 기죽지 않고 뭐라고 물어봤다.

히로미의 등을 보면서 나는 말했다. "활발한 분이네요. 무서운 게 없는 것 같아요."

"다카아키 씨가 부탁을 해서 저희 사무실에서 일하게 되었죠."

후루키 변호사는 작은 눈을 더욱 가늘게 떴다.

"어머, 그래요?"

나는 약간 놀랐다. 금시초문이었다.

"생각해 보면 그게 다카아키 씨의 마지막 부탁이었던 것 같습니다. 친구분 아들이라고 했는데 열심히 하고 있습니다. 요즘 젊은 사람들 같으면 싫어할 차 심부름이나 잡다한 일 같은 것도 말입니다. 게다가 공부도 열심이고."

"가나에 양이 예쁘다고 하더군요."

나의 말에 후루키 변호사는 싱긋 웃으며 몇 번이나 고개를 끄덕였다.

"그런 말도 했군요. 역시 가나에 양답네요. 참 예쁘장하게 생겼죠. 나이가 나이인 만큼 이상한 여자와 사귀지 않도록 조심해야 할 텐데 어떨지 모르겠습니다. 하긴 저 친구는 착실해서 괜찮을 것 같긴 합니다만."

칭찬의 말이 마무리될 무렵 당사자인 히로미가 돌아왔다.

"발자국 같은 게 있다고 합니다."

"발자국? 범인 것이겠군."

"글쎄요, 아직 확실한 것 같지는 않습니다." 히로미는 고개를 갸웃거렸다. "형사 말이 저런 곳에 발자국이 남아 있는 게 이상하다는군요."

"그도 그렇겠군."

후루키 변호사는 밖으로 시선을 돌렸다. 산책로에는 전부 포석이 깔려 있고 나무들을 심어놓은 곳에만 흙이 있다. 그냥 산책만 하면 발자국 같은 건 남지 않는다. 나는 겨드랑이 밑

184

으로 땀이 흘러내리는 것을 느꼈다. 수사관은 아직도 연못가에 앉아 있다. 어쩌면 석고 같은 것을 부어서 발자국 형태를 떠낼지도 모른다.

"어제 아침에 비가 왔었죠?" 아지사와 히로미가 갑자기 말했다.

"응, 내렸지."

"그렇다면 저 발자국은 어제 낮부터 오늘 아침 사이에 생긴 게 되겠군요. 그전에 생긴 거라면 비에 씻겨나갔을 테니까요."

"그렇지." 후루키 변호사가 감탄한 듯 말했다.

나는 아지사와 히로미의 단정한 얼굴을 보며 위가 쿡쿡 쑤시는 것을 느꼈다.

"만약 저게 범인의 발자국이라면 역시 외부인의 소행이 되겠군. 밖을 걸어 다닌 거니까."

"그렇게 단정할 수는 없지 않을까요? 내부인도 정원을 통해 드나들 수 있잖아요." 히로미가 머리를 쓸어 올리면서 담담하게 말했다.

"그런가? 그런데 저 발자국이 난 위치는…… 마치 연못을 건너뛴 것 같군."

"어쩌면 그랬을지도 몰라요. 저곳이라면 폭이 좁으니까 가능할 것 같은데요."

아지사와 히로미가 내 가슴이 철렁 내려앉을 만한 말을 했을 때, 복도 맞은편에서 고바야시 마호가 잰걸음으로 걸어왔다.

"사무실에서 전화가 왔습니다. 히로미 씨가 받아도 괜찮다고는 했습니다만."

"그럼 제가 받고 오겠습니다."

히로미는 마호와 함께 복도를 걸어갔다. 그 뒷모습을 쳐다보며 나는 한숨을 내쉬었다.

"바쁘실 텐데 이런 사건에 말려들어서 힘드시겠어요."

"아니, 그렇게 바쁜 일도 없습니다. 이치가하라 회장님의 상속 문제가 가장 중요한 일이었는데……."

"금액이 커서 그렇겠죠?"

"맞습니다. 또한 부인과 자녀가 없는 것도 상황을 복잡하게 만들었다고 할 수 있죠."

자녀, 라는 말에 나는 움찔했다. 사토나카 지로가 떠올랐다.

"이치가하라 씨한테 정말로 자녀가 없었나요? 가령 부인 말고 다른 여성과의 사이에……."

말을 하고 나서 나는 약간 후회했다. 너무도 무례한 질문이었다. 아니나 다를까, 후루키 변호사가 이상하다는 듯이 눈썹을 찌푸리며 입을 약간 벌렸다.

"갑작스럽게 그런 질문을 하시는 건, 혹시 짚이는 거라도?"

"아니, 아니에요." 나는 당황해하며 손사래를 쳤다. "흔히 있는 얘기라 말해본 것뿐입니다. 변호사님이라면 이치가하

186

라 씨에 대해서는 잘 아실 테니까요. 제가 괜한 얘기를 꺼낸 것 같네요. 그냥 잊어주세요."

후루키 변호사는 쓴웃음을 지었다. "이치가하라 회장님을 가장 잘 알았던 사람은 죽은 기리유 에리코 씨죠. 혹시 기리유 씨가 무슨 얘길 안 하던가요?"

"전혀 없었습니다."

"그랬군요."

그가 입을 다물자 나는 초조해졌다. 도대체 무슨 생각을 하고 있을까? 내가 다카아키 씨의 아들을 찾고 있었다는 걸 이 변호사는 알고 있을 것이다. 그 일을 떠올리는 걸까?

그때 아지사와 히로미가 오더니 후루키의 이름을 불렀다. 전화를 받아야 하는 모양이다. 후루키는 살짝 고개를 숙이고 물러갔다. 나는 그를 눈으로 좇았다. 그의 뒷모습을 바라보고 있자니 또다시 위가 콕콕 쑤시는 것 같았다.

나는 정원을 바라본 채 머릿속으로는 전혀 다른 생각을 했다. 내가 다카아키 씨의 아들을 찾고 있다는 걸 누군가가 분명 알고 있었다. 그리고 그 사람은 나와 지로가 죽기를 바랐던 것이 틀림없다.

문득 기념할 만한 날의 일이 되살아났다. 만약 범인이 뭔가를 꾸몄다면 그것은 그날 이후일 것이다. 나와 지로가 처음 만난 바로 그날……

19
커다란 수확

×

"제가 먼저 조건을 제시하게 해주세요."

찻집에서 마주 앉았을 때 지로가 굳은 표정으로 말했다.

"뭔데요?"

나는 상대방의 긴장을 풀어주려고 일부러 스스럼없는 말투로 물었다.

"당신의 의뢰인, 즉 내 아버지일지도 모르는 사람에 대해 알려주세요. 어디 사는 누구이며 왜 이제 와서 버린 자식을 찾으려고 하는지."

이는 이미 만났던 두 청년들도 했던 질문이다. 당연한 의문이다. 하지만 나는 이 시점에서는 대답할 수 없었다.

"유감스럽지만 그 대답은 당신이 제 의뢰인의 아들이라는 확신이 들 때 할게요. 그렇게 하는 게 만약 아닐 경우에도 뒤탈이 없을 테니까요."

"하지만 불공평하군요. 나만 얘기를 해야 하다니."

"그런가요?"

"당연하죠. 그 사람은 내 이름을 알고 있을 거 아닙니까?"

"그 점은 걱정하지 않으셔도 돼요. 왜냐하면 의뢰인에게는 최종 보고만 할 뿐 중간 보고는 하지 않거든요. 다시 말해서 그쪽이 진짜 아들이 아니면 제 의뢰인이 당신에 대해 아는 일은 영원히 없을 거예요."

"하지만 당신은 알지 않습니까?"

"그건 어쩔 수 없지요. 누군가는 중간에서 일을 처리해야 하니까요."

지로는 아랫입술을 지그시 깨물더니 뭔가를 생각하는 것 같았다. 경계심이 강한 눈이다. 하긴 그렇지 않으면 혼자서 세상을 헤쳐 나오기 힘들었을 것이다.

"만약 당신 혼자 결론을 내릴 수 없을 경우에는 어떻게 됩니까? 그 경우에는 의뢰인에게 의논할 수밖에 없겠죠?"

"당연히 그렇겠죠. 하지만 사토나카 지로라는 이름은 언급하지 않을 거예요. 물론 당신의 주소와 연락처도요. 필요한 것은 당신이 제 의뢰인의 아들이라는 걸 뒷받침할 만한 물적 증거니까요. 그것을 보고 판단해서 당신이 제 의뢰인의 아들이라는 확신이 서면 그때 만남의 자리를 마련할 거예요. 서로의 이름을 밝히는 것은 그때 가서 해도 늦지 않다고 생각해요. 이러면 공평하겠죠?"

"당신이 거짓말을 하지 않는다면요."

"제가 거짓말을 할 이유도 없지만, 뭐 저를 믿는 수밖에 없지 않겠어요?"

여전히 예리한 눈빛으로 나를 쳐다보던 그가 이윽고 고개를 살짝 끄덕였다.

"하는 수 없죠. 믿어보겠습니다. 단, 만약 아들일 가능성이 높다고 해도 만날지 어떨지는 제가 정하겠습니다. 괜찮겠죠?"

"그렇게 하세요."

이렇게 해서 드디어 그와의 인터뷰를 시작할 수 있었다.

지로에 의하면 그가 버려진 것은 24년 전 10월 25일이라고 했다. 부모님의 메모도 없고 그의 이름도 적혀 있지 않았다고 했다.

"덕분에 이름은 고아원에서 지어줬죠. 좀 더 괜찮은 이름을 지어줬으면 좋았을 텐데."

사토나카 지로라는 이름이 마음에 들지 않는 모양이었다.

"버려졌을 때 몸에 지니고 있던 물건들, 혹시 지금도 가지고 있어요?"

"물론이죠. 부모님을 찾을 수 있는 유일한 단서니까요. 솔직히 부모님을 만나고 싶은 생각은 없지만."

"뭐가 있죠?"

"우선 담요. 작은 베이지색 담요에 싸여 있었다고 하더군요. 그리고 유아복하고 양말, 손난로…….”

“손난로요?”

“일회용 말고 휘발유를 사용하는 손난로예요.”

“알아요. 금속으로 만든 용기에 휘발유를 넣어서 사용하는
거죠? 옛날 생각이 나네요.”

역시 엄마구나, 하는 생각이 들었다. 10월 말이면 날씨가
꽤 쌀쌀하다. 게다가 밖에 버려두고 가는 상황이기 때문에 감
기에 걸리지 않도록 신경을 썼을 것이다.

“그리고 수건으로 만든 기저귀 몇 장하고 털모자. 그 정도
예요.”

“털모자?” 나는 다시 한번 물었다. “털모자가 확실해요?”

“예, 확실합니다.”

“어떤 모자죠?”

“그냥 평범하고 동그란 모자예요. 손때가 묻어 약간 더러
워졌지만 원래는 흰색이었을 겁니다.”

나는 손뼉을 치고 싶은 심정이었다. 가쓰코의 수기에 흰색
털실로 짠 모자 얘기가 분명히 나온다. 흥분한 기색을 얼굴에
드러내지 않으려고 애쓰며 물었다.

“그 밖에 다른 건 없나요?”

“그게 전부입니다. 갓난아기가 몸에 지니고 있던 거니까
그 정도 아니겠습니까?”

"그렇겠네요."

그러나 모자는 커다란 수확이었다. 지금까지 만난 청년들 중에서 모자에 대해 언급한 사람은 아무도 없었다. 그 시점에서 이미 나는 지로가 이치가하라 씨의 아들일 거라고 확신했다.

"부탁이 있는데, 지금 말씀하신 물건들을 저한테 잠시 빌려주시겠어요? 이건 특별히 말씀드리는 건데 지금까지 들은 바로는 제 의뢰인의 아들일 확률이 아주 높거든요. 그래서 좀 더 자세히 조사해 보고 싶은데."

"그거야 상관없지만…… 급한가요?"

"빠르면 빠를수록 좋아요. 하지만 그쪽도 스케줄이 있을 테니까 택배 같은 걸로 보내도 괜찮아요."

그러자 그는 다시 한참 생각을 하더니 고개를 들며 말했다. "그렇게 보내는 건 별로 내키지 않는군요."

"그래요?"

"중요한 물건이라 걱정도 되고요. 직접 드릴게요. 제가 연락을 할 테니 그때 만날 날을 정하는 게 어떻습니까?"

그가 걱정하는 것도 당연하다고 생각했다. 그리고 이 청년을 한 번 더 만났으면 하는 생각이 내 마음을 스친 것도 사실이다.

"그럼 기다리고 있을게요."

이렇게 말하는 내 눈이 마치 여학생처럼 반짝반짝 빛나진 않았을까?

다음 날부터 나는 그의 전화가 걸려오기를 초조하게 기다렸다. 누가 내 모습을 옆에서 봤다면, 남자친구의 전화를 기다리는 사춘기 소녀와 똑같다고 여겼을 것이다. 생각만 해도 얼굴이 붉어질 일이지만 나는 다음에 그와 만날 때 입을 옷을 준비하기 위해 지금까지 한 번도 간 적이 없는 부티크를 기웃거리기까지 했다.

그리고 그에게서 연락이 왔다. 나는 새로 산 옷을 입고 들뜬 마음으로 약속 장소인 찻집으로 갔다.

그는 약속한 물건들을 전부 가져왔다. 벽장 구석에 보관해두기라도 했는지 약간 퀴퀴한 냄새가 났다.

"얼마 동안 빌려줄 수 있어요?"

"얼마나 필요하신데요?"

"길면 1주일 정도요. 조사가 끝나면 전화할게요."

"가능한 한 빨리 받았으면 합니다. 소중한 거라서."

내가 물건을 쇼핑백에 넣는 것을 그는 걱정스러운 얼굴로 쳐다보았다. 정말 소중히 여기고 있다는 걸 알 수 있었다.

나는 그에게 지금까지 어떻게 살아왔는지 물어보았다. 이치가하라 씨의 아들인지 여부와는 직접적인 관계가 없지만 알아둘 필요는 있었다. 그리고 솔직히 말하면 되도록 그와 오래 있고 싶다는 마음도 한몫했다.

그는 고등학교까지 다니고 졸업과 동시에 고아원을 나온

모양이었다. 현재는 자동차 정비공장에 다니고 있으며 장래에 카 마니아들이 모여드는 가게를 운영하고 싶다는 꿈을 갖고 있었다.

"그 꿈이 언제 실현될지는 잘 모르겠지만요."

"꼭 이루어질 거예요."

"그러면 좋겠지만."

그때 그의 배에서 꼬르륵, 하는 소리가 났다. 배가 고픈 거라고 생각했다.

"아직 밥 안 먹었죠? 뭐 먹으러 갈래요?"

짐짓 자연스럽게 물었지만 나로서는 상당히 대담한 발언이었다. 개인적으로 누군가에게 밥을 같이 먹자고 권유한 적도, 누군가로부터 권유받은 적도 없었다. 그는 약간 놀란 표정을 짓더니 입을 다물었다.

"괜찮은 스페인 레스토랑을 알고 있거든요."

그의 침묵이 마음에 걸려 곧바로 덧붙였지만 내 목소리는 이미 떨리고 있었다. 괜히 쓸데없는 말을 한 것 같아 후회스러웠다. 나처럼 못생긴 연상의 여자가 밥을 같이 먹자고 한들 그처럼 잘생긴 청년이 좋아할 리 없다.

그럼 나중에 하자는 말이 목구멍까지 올라왔을 때 그가 고개를 들며 말했다.

"……햄버거는 어떠세요?"

"예?"

"맥도날드에서 햄버거 먹는 게 어떠냐고요. 스페인 요리나 프랑스 요리 같은 건 잘 몰라서."

그러곤 겸연쩍은 듯 새끼손가락으로 관자놀이 부근을 긁적였다. 순간 가슴에 걸려 있던 뭔가가 깨끗이 씻겨 내려가는 듯한 기분을 느꼈다.

"아, 좋아요. 근처에 있나요?"

내가 흔쾌히 대답하자 지로는 마음이 놓인 듯 하얀 이를 드러냈다. 그리고 30분 후, 빅맥을 한입 가득 물고 우물거리는 지로를 보면서 나는 치즈버거를 먹었다.

그 뒤에도 우리는 몇 번 만났다. 빌린 물건을 돌려줄 때, 조사가 진전을 보일 때 그리고 추가 질문을 할 때 등등. 전화통화로도 충분한 용건이었지만 나는 일부러 약속을 잡아서 직접 만났다. 지로는 날 만나는 것을 귀찮아하지 않고 오히려 즐거워하는 것처럼 보였다. 그런 점이 나에게 용기를 주었고, 또한 나를 대담하게 만들었다.

무슨 좋은 일이라도 있느냐고 이치가하라 씨가 침대에 누운 채 물었다. 그제야 내가 컴퓨터 자판을 두드리며 콧노래를 흥얼거리고 있었다는 걸 깨달았다.

"어머, 죄송해요."

"사과할 일은 아니지. 요즘 무척 생기가 넘치는 것 같군. 그런 표정을 보는 건 기분 좋은 일이야."

그 말을 들은 나는 어디론가 도망치고 싶었다. 이 예리한 사람에게 잘못 걸렸다가는 내 속내까지 금세 간파당할 것 같았다.

"저, 일전에 말씀하신 아드님 건인데요, 조금만 더 기다려주세요. 여러 가지 조사할 게 많아서……."

상황을 적당히 얼버무리기 위해 한 말인데 다카아키 씨는 중간부터 고개를 젓기 시작했다.

"서두를 필요 없네. 천천히 해도 괜찮아. 자네 생각에 보고해도 괜찮겠다 싶을 때 알려줘."

"알겠습니다. 계속 조사해 보겠습니다."

지로에게도 말했듯이 중간 보고 같은 것은 일절 하지 않았다. 다카아키 씨가 그렇게 하라고 지시했기 때문이다. 사실그는 한 번도 진행 상황을 묻거나 하지 않았다.

어쨌든 그에게 보고해야 할 날은 서서히 다가오고 있었다. 지로에게 빌린 물건 중에서 가장 확실한 단서가 된 것은 수건으로 만든 기저귀 몇 장이었다. 그 수건 중에 배우의 이름이 인쇄된 것이 있었다. 지금은 거의 아는 사람이 없는 그 배우는 가쓰코가 예전에 소속되어 있던 극단에서 잘 나가던 남자배우였다.

틀림없다고 나는 확신했다. 사토나카 지로, 그가 이치가하라 다카아키 씨의 아들이라는 것을.

20

아들의 존재

×

복수를 결심했을 때, 과연 누가 지로의 존재를 알고 있었을지 생각해 보았다. 이치가하라 집안사람들이나 혹은 그 관계자 중에 지로의 존재를 아는 사람이 있고, 그 사람이 동반자살 사건을 꾸민 범인인 건 분명하다.

하지만 아무리 기억을 더듬어 보아도 짐작 가는 사람이 없었다. 나는 지로의 존재에 대해 아무한테도, 심지어 다카아키 씨한테도 말하지 않았다. 그럼에도 누군가가 알고 있었다.

지로 본인이 말했다고는 생각할 수 없다. 그렇게 할 이유가 없다. 다카아키 씨의 아들이라고 확신한 내게 그 사실을 보고하지 말라고 한 것은 지로 자신이었기 때문이다.

"왜?" 나는 지로에게 물었다. "왜 보고하면 안 되는 거지?"

"처음에 말했잖아. 만나고 안 만나고는 내가 정하겠다고. 보고하면 어차피 그쪽에서 만나러 올 거잖아. 그게 싫어."

"왜 만나기 싫은데?"

"지금 만나봐야 무슨 소용이 있지? 귀찮아서 버려놓고 앞으로 노후가 걱정되니까 나를 찾는 것 같은데, 그 사람 꿍꿍이에 놀아날 생각은 없어."

"내키지 않으면 친자 관계를 인정하지 않아도 돼. 하지만 만나보는 것도 안 돼?"

"사양하겠어."

"지금까지 협조해 준 건 너도 친부모가 누군지 알고 싶었던 거 아냐?"

"그건 그렇지만…… 어차피 아닐 거라고 생각했어."

"과연 그럴까? 체념한 사람치고 넌 꽤 적극적이었어. 내가 조사하는 걸 열심히 도와줬잖아."

그러자 그가 작은 목소리로 말했다. "그게 아냐."

"뭐가 그게 아니라는 거야?"

"내 말은……." 지로는 무슨 말을 하려다가 나를 보더니 한숨을 쉬었다. "그만 됐어. 아무튼 지금은 만나고 싶지 않아."

이런 대화가 두세 번 반복되었다. 나는 그가 무슨 말을 하고 싶었던 건지 어렴풋이 짐작이 갔다. 당신을 만날 수 있으니까 조사를 도왔던 거야, 라고 말하려 했던 게 아닐까? 그리고 나는 그 말을 듣고 싶어서 집요하게 캐물었던 것 같다.

아무튼 나로서는 어떻게든 그를 설득해야만 했다. 어쩌면 그에게 행복을 가져다주고 싶었는지도 모른다. 그래서 생각하기에 따라서는 임시변통적인 방법일 수도 있지만 그에게 아버지의 이름을 알려주기로 했다. 이치가하라 다카아키의 이름은 몰라도 그의 회사나 실적에 대해서는 알고 있을 것이다. 그런 사람이 아버지라는 걸 알면 지로의 마음도 바뀔 거라고 생각했던 것이다.

예상대로 그는 놀라는 눈치였다. 우리는 항상 만나던 찻집에 마주 앉아 있었는데, 그는 내 몸을 꿰뚫고 어딘가 먼 곳을 쳐다보고 있는 것 같았다.

"믿을 수 없어." 지로가 작게 중얼거렸다. "그 사람이 나의 아버지라니……."

"이치가하라 씨는 자신에게 아들이 있다는 것조차 오랫동안 모르고 있었어."

나는 다카아키 씨와 가쓰코의 관계에 대해 간략하게 설명했다. 다카아키 씨가 곧바로 아들을 수소문하지 않고 자신의 죽음이 임박한 지금에서야 찾기 시작한 이유에 대해서도.

지로는 한참 동안 말이 없었다. 자신을 둘러싼 상황의 변화를 마음이 따라가지 못하는 거라고 나는 해석했다.

"아직…… 아직 그쪽에는 내 얘기 안 했지?"

"말 안 했어. 너한테 이치가하라 씨에 대해 말해줬으니 그를 배반한 것이 되었지만 너한테만은 거짓말 안 해."

나로서는 대담한 발언을 한 셈이지만 지로는 멍하니 허공

199

만 쳐다보았다. 그것이 약간 안타까웠다.

"조금만 더 기다려 줘. 혼자서 차분히 생각해 보고 싶어. 어쨌든 지금은 머리가 너무 복잡해."

"알았어, 기다릴게. 결심이 서면 연락해 줘. 하지만 긍정적으로 생각했으면 좋겠어. 이치가하라 씨한테는 시간이 얼마 남지 않았거든."

그러자 그는 약간 사나운 눈빛을 하고 말했다. "시간이 없는 건 내 탓이 아니잖아."

순간 뭐라고 대답해야 좋을지 몰랐다.

그로부터 20일 동안, 지로에게서는 아무런 연락이 없었다. 내가 두 번 정도 전화를 했지만 그는 부재중이었다.

그리고 30일째 되는 날 밤, 갑자기 그가 내 맨션으로 찾아왔다. 주소를 알려주긴 했지만 설마 이런 식으로 찾아올 줄은 생각지도 못했기 때문에 당황했다.

그가 시선을 외면한 채 들어가도 되느냐고 물었다. 나는 망설였다. 그를 집으로 들이고 싶지 않은 건 아니었다. 단지 너무 쉽게 허락하면 그가 나를 어떻게 생각할지 걱정이 되었을 뿐이다.

그러나 그와 단둘이 있을 수 있는 기회를 놓치고 싶지 않았다. 나는 아무렇지도 않은 척 문을 열어주었다.

"방이 깨끗하네." 방 한복판에 서서 그가 말했다. "여자 넘새가 나. 기리유의…… 에리코의 체취가."

에리코라는 호칭이 내 마음을 자극했다. 하지만 못 들은 척
하고 커피를 끓이러 부엌으로 향했다. 커피를 끓이면서 내 화
장 상태에 신경이 쓰였다. 회사에서 돌아와 화장을 아직 지우
지 않은 걸 다행이라고 생각했다. 맨얼굴로 그를 대할 용기는
없었다.

"그래, 결심은 섰어?" 커피를 가져가면서 물었다.

그는 커피 잔에는 손도 대지 않고 거기에서 피어오르는 김
을 멍하니 바라만 봤다.

"워드프로세서 없어?" 그가 불쑥 물었다.

"뭐?" 내가 되물었다.

"보고서, 워드프로세서로 작성하는 거 아니었어?"

자신에 관한 보고서를 말하는 모양이다. 나는 맞아, 워드프
로세서로 해, 라고 대답했다.

"지금 여기에 있어? 아니면 회사에?"

"회사에서는 못 하지. 이쪽으로 와. 보여줄게."

워드프로세서 앞으로 그를 데려가 작성 중인 보고서를 보
여주었다. 화면을 뚫어지게 쳐다본 뒤 그가 물었다.

"이제 프린트만 하면 되는 건가?"

"프린트를 해서 내가 사인만 하면 끝."

"흐음." 그러곤 다시 한번 화면을 보며 말했다. "지금 이 자

리에서 내용을 전부 지워버리면 화내겠지?"

"왜 그런 짓을 하는데?"

"글쎄…… 그냥."

"뭐 또 작성하면 되지."

"그렇겠군."

지로는 다시 거실로 갔다. 나는 워드프로세서의 스위치를 껐다.

"이대로는 너무 억울해." 그가 중얼거렸다.

"뭐……?"

"그 남자 생각대로 되는 게 억울하다고. 모든 게 그 사람 계획대로잖아. 무사히 아들도 찾고 뒤치다꺼리도 떠맡길 수 있게 되었으니."

"너를 성가시게 하는 일은 없을 거야. 이치가하라 씨는 그런 사람이 아니야."

"난 막대한 유산 같은 것도 귀찮아."

"그렇지만……."

지로는 혼란스러워하는 것 같았다. 나는 무슨 말을 해야 그가 냉정을 되찾을지 생각하면서 스푼으로 커피를 저었다.

"그럼 어떻게 하겠다는 거야?"

내가 묻자 그의 뺨이 경련하듯 꿈틀 움직였다. 그러곤 천천히 내 얼굴을 보았다.

"오늘 나는…… 당신을 범하러 왔어."

"뭐라고?"

나는 표정을 바꾸지 않고 큰 소리로 말했다. 바꿀 수 없었다고 해야 맞을 것이다. 그의 말을 분명히 듣긴 했지만 그 뜻이 머리에 들어오지 않았기 때문이다.

"당신을 지금부터……." 지로가 내 손을 잡았다.

"잠깐만."

손을 빼려고 했지만 그의 힘이 너무 세서 꿈쩍도 하지 않았다. 나는 포기하고 반대로 나머지 한 손을 그의 손 위에 올려놓았다.

"왜 그러려는 건데?"

"깨닫게 하려고." 그가 말했다. "그 이치가 하라라는 남자한테 가르쳐주고 싶어. 뭐든지 자기 계산대로 될 거라고 생각한다면 큰 오산이라는 걸."

"그 사람은 그렇게 생각하지 않아."

"아니, 그렇게 생각해. 돈만 있으면 어떤 과거도 청산할 수 있다고 믿는 게 분명해. 그래서 나는 당신을 범할 거야. 당신은 그 사실을 보고하면 되는 거야. 그 남자도 이런 일이 일어나리라고는 예측 못 했을걸. 그래도 그가 나를 아들로 받아들이고 싶을까? 단언하건대 받아들이지 않을 거야. 나에게 용서를 구하고 싶은 마음이 있다 해도 어차피 그 정도일 테니까."

203

"그런 이유 때문에 나를 범한다고?"

내가 뚫어지게 쳐다보자 그는 눈을 깜박이고 고개를 옆으로 돌렸다. 다시 뺨이 실룩거렸다.

"그래서만은 아니고…… 전부터 생각했어. 당신을 안고 싶었어."

그의 말이 내 마음을 흔들었다. 내 귀에도 들릴 만큼 심장이 크게 고동치기 시작했다. 목덜미에서 뺨까지 불에 덴 것처럼 화끈거렸다.

"무슨 말을 하고 싶은 건지 알았으니까, 손 좀 놔줘."

마음속의 동요를 필사적으로 감추며 그의 손을 뿌리치려고 했다. 그가 더욱 힘을 주었지만 이번에는 나도 지지 않았다. 겨우 손을 뿌리치고 일어나며 베란다 쪽을 보았다. 유리창에 그의 모습이 비쳤다. 그는 내 등을 쳐다보고 있었다.

나는 커튼을 친 뒤 몸을 반쯤 돌려 그를 내려다보았다. 심장의 고동소리는 여전히 빨랐고, 숨이 거칠어지는 것을 참느라 힘이 들 정도였다.

"알았어." 나는 다시 한번 말했다. 그리고 심호흡을 하고 나서 말을 이었다. "나를 안아."

그는 당황하는 기색이 역력했다. 소리 내는 것을 잊은 것처럼 입만 작게 움직였을 뿐이다.

"당신이 여자를 범하는 건 원치 않아. 나 또한 그런 상대가 되고 싶진 않고. 이건 합의하에 하는 거야. 나도 상대가 당신이라면 괜찮아."

그의 시선이 테이블 위에 놓여 있는 커피 잔으로 옮겨갔다.

"뭐 마실 거…… 위스키 같은 거라도 없어?"

"있지만 안 돼. 술기운을 빌리는 건 비겁해."

그러자 지로는 커피 잔으로 손을 뻗어 한 모금 마셨다. 잔을 내려놓고 말없이 일어난 그가 고개를 숙인 채 다가왔다.

"이 일은 보고하지 않을 거야?" 그가 물었다.

"그래. 할 이유가 없잖아? 이건 내 개인적인 일이니까."

그가 내 눈을 응시했다. 나도 그를 똑바로 쳐다봤지만 솔직히 가까스로 서 있을 뿐이었다.

다음 순간 그가 나를 꼭 껴안았다. 너무 세게 끌어안아서 숨이 막히는 것 같았다.

그리고 내 입술을 훔쳤다. 첫 키스의 경험이 있기는 하다. 하지만 그로부터 10년의 세월이 흘렀다. 내 심장소리가 그에게 들리지는 않을까, 걱정할 여유조차 없었다.

달콤한 도취와 긴장 그리고 약간의 고통이 동반되는 행위였다. 그는 서투르지도, 그렇다고 능숙하지도 않았다. 하지만 그것은 내가 느낀 단순한 인상에 지나지 않는다.

32년. 아득한 시간을 거쳐 나는 비로소 여자가 되었다.

그날 밤부터 내 인생은 완전히 바뀌었다. 하루 종일 지로를 생각했고, 그가 없는 생활은 상상할 수조차 없게 되었다. 그를 위해서라면 죽어도 좋다는 생각까지 했다.

21
어두운 공기

×

슬픔으로 머리가 멍해졌다. 쓸데없는 생각까지 떠올리고 말았다. 지금은 감상에 젖어 있을 때가 아니다. 어쨌든 한시라도 빨리 진실을 밝혀야 한다.

방으로 돌아가자 다카노 형사만 남아 있었다. 조사는 거의 끝났다고 했다.

"그럼 이제 이 방에 들어가도 괜찮은 건가요?"

"괜찮긴 한데, 확인해 주셨으면 하는 게 있습니다. 그 유서 말고 뭐 없어진 건 없습니까?"

"글쎄요……."

나는 가방 안과 세면대 위를 확인하는 척했다.

"역시 여자들은 화장품이 많군요."

세면대 위에 있는 다양한 병들을 보고 다카노가 말했다. 할머니가 무슨 화장품이 이렇게 많으냐는 의미가 담겨 있을 것이다. 만약 다카노 형사가 여자였다면 이 화장품들을 보고 이상하게 생각했을 것이다. 일반적으로는 사용하지 않는 화장품이 죽 놓여 있었기 때문이다.

"달리 없어진 물건은 없는 것 같네요." 나는 대충 둘러보고 나서 말했다.

"그렇습니까? 그런데 희귀한 것을 가지고 계시네요. 안에 들어 있는 건 위스키인가요?" 다카노가 가방을 내려다보며 물었다.

나는 그가 무슨 얘기를 하는지 금세 알아차렸다. 가방에서 비어져 나온 스테인리스로 된 휴대용 술병을 본 모양이다.

"아, 이거요?" 나는 휴대용 술병을 밀어 넣으며 가방을 닫았다. "안에 들어 있는 건 술이 아니에요. 화장을 지울 때 사용하는 알코올 같은 것⋯⋯."

그때 노크 소리가 들렸다.

대답을 하자 소스케가 얼굴을 내밀었다.

"어, 형사님도 함께 계셨군요? 야자키 경감님이 모두 모이라고 합니다."

"무슨 일이죠?" 내가 일어서며 물었다.

"글쎄요, 뭔가 단서를 찾은 것 같은데 도대체 시원하게 얘길 안 해주니⋯⋯." 소스케가 다카노 형사를 곁눈질로 보면서 말했다.

로비에서 다 함께 기다리고 있자니 야자키 경감이 나타났다. 눈빛이 상당히 매섭게 변해 있었다.

"고바야시 씨." 경감이 고바야시 마호를 불렀다. "다시 한 번 여쭙겠습니다. 어제 마스터키를 아무한테도 내주지 않은 게 확실합니까?"

"아까 말씀드린 대로입니다."

마호의 대답에 야자키가 고개를 저었다.

"정확히 대답해 주십시오. 정말 아무한테도 빌려주지 않은 게 맞습니까?"

"예, 아무한테도 빌려주지 않았어요."

"됐습니다."

이어서 경감이 나를 쳐다보았다. "혼마 씨, 어제 유카 씨를 방에 들인 적이 있습니까?"

"아뇨." 나는 고개를 가로저었다.

경감은 고개를 한번 끄덕이고 팔짱을 끼더니 조용히 대기하고 있는 일동을 쏘아보며 말했다. "마스터키에서 유카 씨의 지문이 검출되었습니다."

누구랄 것도 없이 모두의 입에서 놀라워하는 소리가 터져 나왔다. 그 소리에 호응하듯 야자키 경감이 두세 차례 고개를 위아래로 끄덕였다.

"마스터키뿐만 아니라 'A-1'방, 즉 혼마 씨가 묵고 있는 방의 문과 장지문 테두리에서도 유카 씨의 지문이 발견되었습니다. 방금 혼마 씨가 말씀하신 것처럼 이곳에 도착한 뒤 유카 씨는 혼마 씨의 방에 들어간 적이 없습니다. 그런데 왜 유카 씨의 지문이 혼마 씨의 방에 남아 있는 걸까요?"

"유서를 훔친 게 유카라는 얘긴가요?" 요코가 날카로운 목소리로 물었다.

경감은 고개를 끄덕였다. "그렇게 생각하는 게 타당하겠죠."

"말도 안 돼요! 유카가 왜 그런 짓을 했겠어요?" 기요미가 울먹이는 표정으로 반문했다.

"그렇습니다." 야자키가 기요미와는 대조적으로 냉정한 어투로 말했다. "왜 유카 씨가 그런 짓을 해야 했는지, 실은 저희도 그게 궁금합니다. 혹시 뭐 짐작 가는 거라도 있습니까?"

"있을 리 없잖아요!" 기요미가 새된 목소리로 말했다.

"다른 분은요?"

대답하는 사람은 없었다. 짚이는 게 없는 건 아니겠지만 그걸 자신의 입으로 말하는 게 내키지 않은 것이리라.

"후지모리 요코 씨." 경감이 요코를 풀 네임으로 불렀다. "어젯밤 반년 전에 일어난 동반자살 사건에 대해 얘기할 때, 그 사건은 동반자살처럼 꾸며진 것이고 기리유 에리코 씨의 유서에는 그 사실을 호소하는 내용이 적혀 있을지도 모른다는 추리를 하셨다던데, 맞습니까?"

"……예." 요코는 고개를 숙이며 대답했다.

"만약 그 추리가 맞는다면 범인에게 기리유 씨의 유서는 아주 불리하게 작용하겠죠?"

"그럴 거라고 생각해요."

"그러면……." 경감은 얼굴 앞에다 검지를 세웠다. "유카 씨가 유서를 훔쳤다는 것은 유카 씨가 동반자살 사건을 꾸민 범인이라는 뜻이 될까요?"

"뭐라고요? 유카가 왜?" 기요미가 옆에서 큰 소리로 외쳤다.

형사들이 다가가서 기요미를 달랬다. "부인, 진정하세요. 단순한 가설일 뿐입니다."

"뭐가 가설이라는 거죠? 엉터리 말만 늘어놓으면서. 살해를 당하고 이상한 혐의까지 뒤집어쓰다니…… 불쌍한 내 딸."

기요미가 울기 시작했지만 덕분에 조용해졌다. 야자키 경감은 얼굴색 하나 변하지 않고 질문을 계속했다.

"어떻습니까, 후지모리 씨?"

요코는 흥분을 억제하듯이 양손을 비볐다. "난 조작되었을 가능성이 있다고 말했을 뿐, 반드시 그렇다고는 하지 않았어요. 더구나 유카가 범인이라니……."

"그러나 가능성이 있다는 건 인정하시죠?" 경감이 집요하게 물었다.

요코는 단념한 듯 한숨을 쉬었다. "예, 가능성은……."

"좋습니다. 자리에 앉으십시오."

211

경감은 뒷짐을 쥐고 약간 고개를 숙인 채 우리 앞을 왔다 갔다 했다. 그리고 멈춰 서더니 혼잣말처럼 중얼거렸다.

"어떻게 된 걸까? 혼마 씨가 가지고 있던 기리유 에리코 씨의 유서를 훔친 사람은 아무래도 유카 씨 같은데 말이야…….
그런데 그 유카 씨가 누군가에게 살해되었다…… 이걸 어떻게 해석해야 하나…….."

"유카 방에 그 유서가 있었습니까?"

나오유키의 물음에 경감은 고개를 저었다.

"샅샅이 찾아봤지만 없었습니다. 저희는 범인이 가져갔을 거라고 봅니다. 그렇다면 이번에는 왜 범인이 그걸 가져갔을까, 하는 의문이 생기는데…….."

"제 생각을 말해도 되겠습니까?"

경감의 말을 끊고 나오유키가 말했다. 얘기해 보라는 듯이 경감이 손을 내밀었다.

"유카가 왜 그 유서를 훔쳤는지는 잘 모르겠습니다. 그러나 유서가 없어진 것과 유카가 살해당한 건 직접적으로 관계가 없는 게 아닐까요? 범인이 봉투에 들어 있는 걸 현금으로 착각하고 가져갈 수도 있는 거니까요. 실제로 유카의 지갑도 없어지지 않았습니까?"

이 가설에는 범인이 외부에서 침입한 사람일 거라는 의미가 담겨 있었다.

그때 갑자기 소스케가 나섰다. "그 봉투 겉에는 아무것도 안 쓰여 있었어. 그러니 몰래 숨어 들어온 범인이 돈으로 착각했을 수도 있지."

다른 사람들도 고개를 끄덕였다.

"분명히 그럴 가능성도 있습니다."

야자키 경감도 동의했다. 하지만 말투는 형식적이었다.

"다만 우연으로 돌리기에는 석연찮은 부분이 너무 많다는 겁니다."

"야자키 경감님!" 나오유키가 험악한 말투로 말했다. "당신은 범인이 우리 중에 있다고 말하고 싶은 겁니까?"

"그럴 리가요!" 야자키가 눈을 동그랗게 떴다. "절대 그렇지 않습니다. 외부인의 소행일 수도 있다고 생각하기 때문에 주변을 탐문하고 다니는 겁니다. 수상한 사람을 목격한 사람이 있나 하고요. 지금까지는 유력한 정보를 얻지 못했습니다만."

"한밤중이니까 목격자가 없는 건 당연하죠."

"그럴지도 모릅니다."

"기쿠요 부인의 방에서 유카의 지문이 나왔다고 했는데, 유카의 방에서는 어땠나요? 오늘 아침에 저희들 지문을 채취했잖아요." 요코가 원망스러운 듯 말했다.

경감은 수첩을 펼쳤다. "검출된 지문은 유카 씨 자신의 것과 이치가하라 기요미 씨, 고바야시 마호 씨, 후지모리 가나

213

에 씨 그리고 청소를 담당한 종업원의 것뿐입니다. 그 종업원
은 어제 이곳에 오지 않았고 알리바이도 확인되었습니다."

"강도라면 장갑 정도는 꼈겠죠." 나오유키가 말했다.

"그랬겠죠. 지문 외에 머리카락이 몇 가닥 발견되었습니다.
이것은 현재 조사 중입니다."

머리카락이라는 말을 듣고 내 심장은 고동치기 시작했다.
어쩌면 내 머리카락도 떨어졌을지 모른다. 내 진짜 머리카락
이라면 어떻게든 얼버무리겠지만 가발의 백발은 합성수지
다. 발견된 머리카락 중에 백발도 섞여 있을까?

아냐, 만약 섞여 있다면 조사해 볼 것도 없이 나를 추궁했
을 거야. 백발은 나밖에 없으니까. 괜찮아, 괜찮아. 나는 스스
로를 격려했다.

"머리카락으로는 어떤 것을 알 수 있죠?" 소스케가 물었다.

"여러 가지를 알 수 있습니다."

경감이 대답했다. 더 이상은 설명할 마음이 없는 듯했다.

"관계자 이외의 머리카락이 나오면 외부인의 범행일 가능
성이 높아지겠군요." 나오유키가 확인하듯 말했다.

"뭐 그렇겠죠."

야자키 경감은 건성으로 대답하고, 다른 질문은 없느냐고
물었다. 입을 여는 사람은 없었다. 경감은 헛기침을 한 뒤 이
렇게 말했다. "아무튼 현 시점에서는 아직 뭐라고 단정할 수

가 없습니다. 하지만 유카 씨의 행동에 대해서는 명확히 해둬
야겠습니다. 남의 방에 몰래 들어가면서까지 기리유 씨의 유
서를 훔친 행동엔 어떤 사정이 있다고밖에 보이지 않으니까
요. 앞으로 여러분에게 여러 가지를 여쭤볼 생각이니 아무쪼
록 협조 부탁드립니다."

경감의 말투에서 반년 전의 사건까지 다시 조사하겠다는 결
의가 느껴졌다. 로비에는 한층 어두운 공기가 감돌았고, 그와
동시에 서로의 표정을 훔쳐보는 시선이 허공에서 교차했다.

22

두 사건의 연관성

×

일단 방으로 돌아왔다. 뭐라 말할 수 없을 만큼 몸이 피곤했다. 간밤에 한숨도 못 잔 탓도 있겠지만 계속 변장을 하고 있는 게 생각보다 정신적으로 훨씬 피로했다. 나는 방석을 늘어놓고 그 위에 누웠다.

그렇다고 잠을 청한 건 아니고 살짝 눈을 감은 채 머릿속을 정리하기 시작했다.

먼저 유카에 대해 생각했다. 왜 유서를 훔쳤을까?

유카는 유산 때문에 사람을 죽이거나 할 아가씨는 아니다. 자존심이 강하고 가난을 못 견디는 성격이지만 지금의 생활 수준을 유지할 수 있다면 위험한 도박 따윈 하지 않을 것이다. 게다가 두 모녀에게는 지금도 그 정도의 재력은 있을 것이다.

만약 유산을 노렸다면 오히려 엄마 쪽일 것이다. 기요미는 보기와 달리 탐욕스러운 여자다. 잔뜩 기대하던 다카아키 씨의 유산을 받을 수 없게 된다면 이성을 잃을지도 모른다.

그래, 하며 나는 눈을 번쩍 떴다.

기요미가 범인일 가능성도 있다.

그렇다면 유카가 유서를 훔친 이유도 설명이 된다. 엄마가 동반자살 사건의 범인이라는 걸 알고 그 사실을 숨기기 위해 훔친 것이다. 어쩌면 엄마가 딸에게 부탁했을지도 모른다.

하지만 왜 살해당한 걸까? 동반자살 사건과는 상관없이 유산 상속분을 늘리기 위해 소스케, 요코, 나오유키 중 누군가가 죽인 걸까?

아니, 유카가 유서를 훔친 것과 살해당한 것이 아무런 관련이 없다고는 할 수 없다. 야자키 경감 말대로 우연이라고 하기에는 석연찮은 부분이 너무 많다.

기요미가 유카의 모친이 아니라면 같은 편끼리의 분열을 생각할 수도 있겠지만 엄마가 딸을 죽였다고는 생각할 수 없다.

문제는 'И'이다. 도대체 무슨 뜻일까? 유카는 무엇을 전하려고 한 걸까?

이런저런 생각을 하는 사이, 피곤해서 깜박 잠이 든 모양이다. 노크 소리에 눈을 떴다.

나는 손거울로 변장 상태를 확인하고 문을 열었다. 밖에 서 있는 사람은 야자키 경감과 다카노 형사였다.

"주무시는데 깨운 것 같군요." 경감이 미안한 듯이 말했다.

"깜박 잠이 들었네요." 나는 억지웃음을 지으며 두 사람을 바라보았다. "그런데 무슨 일로?"

"실은 좀 여쭤보고 싶은 게 있습니다. 지금 괜찮겠습니까?"

"예, 들어오세요."

나는 두 사람을 들이고 방석을 내놓았다. 하지만 둘 다 그냥 다다미 바닥에 책상다리를 하고 앉았다.

"어제 정원에 나가신 적 있습니까?"

이것이 첫 번째 질문이었다. 나갔다고 대답하자 옆에서 다카노가 지도 같은 것을 펼쳤다. 자세히 보니 이곳 정원을 간략하게 그린 겨냥도(건물 따위의 모양이나 배치를 알기 쉽게 그린 지도 - 옮긴이)였다. 한가운데쯤에 연못이 그려져 있다.

경감은 몇 시쯤 어디를 걸었는지 물었다. 나는 어젯밤 잠자리에 들기 전 산책을 했으며, 그때 고바야시 마호와 마주친 사실을 얘기했다. 옆에서 다카노가 그 루트를 그림 위에 표시했다. 나는 그들의 목적이 무엇인지 알아차렸다.

얘기를 마치자 경감은 만족스러운 듯 턱을 쓰다듬었다. "고맙습니다."

"뭘요. 저기, 지금 하신 질문들은 연못에서 발견한 발자국과 관계가 있는 건가요?"

넌지시 물어봤더니 경감의 얼굴색이 변했다.

"누구한테 들으셨습니까?"

나는 오전에 후루키 변호사 일행과 주고받았던 대화 내용을 얘기했다. 그제야 야자키 경감의 표정이 원래대로 돌아왔다.

"그랬군요."

"역시 범인의 발자국인가요?"

"아직 뭐라 말씀드릴 단계는 아닙니다. 저희도 판단하기 어렵다는 뜻입니다. 다만, 누군가가 연못을 건너뛴 것만은 확실한 것 같습니다. 연못 반대편에도 같은 자국이 있는 걸 보면 말이죠."

"그것 참 희한하네요."

"그냥 산책을 했다면 그런 자국은 없을 겁니다."

그렇게 말하고 쓴웃음을 짓던 경감이 곧이어 진지한 얼굴로 말했다.

"아직 단정하긴 그렇습니다만 만약 그게 범인의 것이라면 상당히 중요한 단서가 될지도 모르겠습니다. 하긴, 형태가 선명하지 않아서 누구를 지목하는 건 어렵겠지만요."

"범인은 유카 양의 방을 나온 뒤 연못을 건너 어디론가 도주했겠군요."

외부인이 범인일 거라는 내 말에 경감은 다른 의미가 포함된 대답을 했다.

"어디론가 도망쳤다 자기 방으로 돌아갔겠죠." 그러곤 아무튼, 하고 말을 이었다. "지금 시점에서 단언할 수 있는 건 발자국 주인이 연못을 건너뛸 수 있을 만한 체력의 소유자일 거라는 정도입니다. 그 외에는 선입견을 갖지 않는 게 좋을 것 같습니다."

"그러면 전 제외되겠군요? 다른 분들은 어떨지 모르지만 저한테는 불가능한 일이니까요."

순간, 괜한 말을 했다는 걸 깨달았다. 기품 있는 노부인으로서 자기만 지나치게 챙기는 듯한 발언을 한 것일지도 모른다. 그러나 경감과 다카노 형사는 별다른 내색 없이 내부인의 범행으로 결론을 내린 건 아니라며 시치미를 뗐다.

질문이 일단락된 것 같아서 두 사람에게 차를 끓여주었다. 미안해하면서도 두 사람은 찻잔에 손을 뻗었다.

"역시 좋은 찻잔을 쓰는군요." 야자키는 한 모금 마신 뒤 찻잔을 들어 올리며 그렇게 말하더니 그대로 시선을 내 쪽으로 옮겼다. "예전에 다도를 가르치신 적이 있다고 하던데……."

"아아…… 옛날 일인걸요."

그런 얘기를 기쿠요 부인에게서 들은 적이 있다. 그런데 어떻게 이 남자가 그런 것까지 알고 있는 걸까? 그러자 내 마음을 읽었다는 듯 경감이 말했다.

"죄송합니다만 마에바시에 있는 형사에게 조회해 봤습니다."

"아아, 그래서……."

최근 반년 동안 기쿠요 부인은 이웃들과도 얼굴을 마주한 적이 없다. 그 점을 이상하게 여기고 있는 건 아닐까?

"다도는 저도 잠깐 배운 적이 있죠. 그런데 거품을 잘 내는 게 참 어렵더군요."

"저도 처음에는 고생했답니다." 나는 적당히 얘기를 맞춰 주었다.

"그렇습니까? 그럼 제가 서투른 건 당연한 거군요."

야자키는 그렇게 말하며 다선(가루로 된 차를 탈 때 물에 잘 풀리도록 젓는 기구 – 옮긴이) 젓는 흉내를 냈다.

"유카 양의 어머니…… 기요미 씨의 사정청취도 끝났습니까?" 나는 화제를 바꾸기로 했다.

"예, 대충요."

경감이 다카노 형사를 마주보았다. 역시 꽤 힘들었던 모양이다.

"단서가 될 만한 게 있었나요?"

"아뇨, 이렇다 할 만한 건. 굳이 말한다면 수면제 정도."

"수면제요?"

"잠이 잘 안 온다며 유카 씨가 수면제 좀 달라고 했다더군요. 기요미 씨는 여행할 때 반드시 수면제를 갖고 다니는데 딸에게 1회 분량을 건넸다고 하더군요."

"그랬군요……."

유카는 무엇 때문에 수면제가 필요했을까? 내가 말이 없자 눈치를 챈 경감이 말했다.

"어쩌면 혼마 씨에게 먹이려고 했는지도 모르죠. 잠을 재우면 유서를 훔치는 게 훨씬 쉬울 테니까요. 그럴 필요가 없었던 것 같지만요."

"나이가 들면 일찍 잠자리에 든답니다." 나는 쓴웃음을 지었다. "그런데 경감님은 반년 전의 동반자살 사건과 이번 사건이 관계가 있다고 보세요?"

경감은 찻잔을 내려놓고 과장스럽게 팔짱을 끼더니 신음소리를 냈다. "지금 생각으로는 관계가 있다고 봅니다. 이건 혼마 씨한테만 하는 얘긴데, 실은 동반자살 사건이 일어났을 때 경찰 내부에서도 미심쩍어하는 의견이 있었다고 하더군요. 좀 더 배경을 조사해 봐야 하는 게 아니냐, 누군가 음모를 꾸민 게 아니냐, 뭐 그런 의견들 말입니다. 하지만 결국 수사가 흐지부지 마무리되었죠. 유일한 증인이었던 기리유 에리코 씨한테 동반자살설을 뒤집을 만한 증언을 얻지 못한 데다 얼마 후에 기리유 씨마저 자살을 해버렸으니까요."

"이번 사건하고의 연관성을 찾는다면 뭐가 있을까요?"

"글쎄요." 경감은 고개를 갸웃거렸다. "굳이 들자면 후지모리 요코 씨가 말한 것처럼 유산을 노렸다는 공통점이 있죠. 하지만 아무래도 아귀가 맞지 않습니다. 한쪽이 맞으면 다른 쪽이 맞지 않는 상황이거든요."

경찰도 나처럼 미로를 헤매고 있는 모양이다. 물론 내가 훨씬 유리하다는 건 말할 것도 없다.

"만약 그 동반자살 사건이 위장이라면……." 야자키 경감이 팔짱을 풀고는 내 쪽으로 몸을 내밀었다. "범인은 대체 왜 동반자살처럼 꾸몄을까요? 기리유 에리코 씨를 죽이고 싶었다면 혼자 자살한 것처럼 위장해도 됐을 텐데 말입니다. 자살이 싫으면 사고도 괜찮고."

"글쎄요, 그건……."

예리한 지적이다. 나는 말끝을 흐렸다.

"무엇보다 왜 하필 이곳을 범행 장소로 택했을까요? 의심을 받지 않으려면 다른 장소, 예를 들면 기리유 씨가 자살한 절벽 같은 곳을 선택하는 게 더 확실하지 않았을까요." 열띤 어조로 말하던 경감이 자조적인 웃음을 지었다. "이상하게 과거 사건에 집착하게 됩니다. 우선 이번 사건을 해결하는 게 급선무인데 말입니다."

"조만간 단서를 얻게 되겠죠."

"그러면 좋겠는데……." 경감은 다카노에게 눈짓을 하며 일어났다. "긴 시간 동안 감사합니다. 또 여쭤볼 게 있을지 모르겠지만 잘 부탁드립니다."

"예, 언제라도."

두 사람이 나간 뒤, 경감이 말한 의문점에 대해 생각해 보았다. 범인은 왜 이곳을 범행 장소로 택했을까?

그것은 이곳이 부자(父子)의 상봉 장소였기 때문이다.

행복한 나날을 보내던 무렵, 한쪽에서는 비극이 다가오고 있었다. 다카아키 씨의 병세가 급격히 나빠졌던 것이다. 나는 지로에게 부탁했다. 다카아키 씨에게 지로의 존재를 알리게 해달라고.

"조만간 이치가하라 집안사람들의 모임이 있어. 모두 회랑정이라는 료칸에 묵을 거야. 다카아키 씨는 되도록 그때 자기 아들을 사람들한테 소개하고 싶대. 그러니까 그전에 너에 대해 보고를 했으면 해."

지로는 망설이는 것 같았다. 내키지 않아도 역시 아버지를 만나고 싶어 한다는 걸 나는 확신했다.

"알았어, 만날게."

긴 침묵이 흐른 뒤 지로가 말했다. 내가 미소를 짓자 그가 조건을 달았다.

"하지만 미리 얘기하지는 마. 내가 직접 만나러 갈게."

"어떻게 만나려고?"

"친척들이 료칸에 묵는 날, 방으로 찾아갈 거야. 불시에. 에리코가 좀 도와줘."

"그거야 어렵지 않지만……."

"그럼 됐어."

지로는 기합이 들어간 목소리로 말하고 나서 오른손 주먹으로 왼손 손바닥을 쳤다.

사고 당일 밤, 나는 내가 묵고 있는 방의 유리창을 열어두었다. 그가 언제든지 들어올 수 있도록. 이불 속에 들어가 눈을 감았지만 잔뜩 흥분해서 잠이 오지 않았다. 재미있는 장난을 생각해 낸 어린아이가 된 것 같았다.

그러나 그날 밤, 나를 기다리고 있던 것은 상상조차 할 수 없는 비극이었다.

지로, 나의 지로.

그를 빼앗긴 원한은 내 손으로 직접 풀어야 한다.

23

한 쌍의 진주

×

저녁때까지 방에 있자니 식사 준비가 되었다며 고바야시 마호가 부르러 왔다.

"직접 요리를 하셨어요?" 나는 놀라며 물었다.

오늘은 주방장이 오지 않았다.

"아니에요. 초밥을 주문했어요. 소스케 씨가 그렇게 하라고 해서…… 죄송합니다."

"아니에요." 나는 손을 내저었다. "나야 오차즈케(녹차에 밥을 말아 먹는 일본 요리 - 옮긴이)도 괜찮은걸요. 하지만 일부러 주문을 하셨다니 먹어볼까요."

어젯밤 저녁 식사를 했던 방에 초밥이 준비되어 있었다. 자리에 있는 사람은 이미 식사를 시작한 상태였다. 왠지 그런게 무례하다는 느낌이 들지 않았다.

"경찰은 돌아간 거예요?"

벌써 식사를 마친 가나에가 찻잔을 손에 들고 말했다.

226

"경감님 모습은 안 보이던데. 수사본부로 돌아갔는지도 모르지." 요코가 대꾸했다.

"정원에 아직 형사들이 남아 있더구나. 경찰들의 근성과 끈기는 알아줘야 한다니까." 소스케가 말했다.

"그렇게 해서라도 범인만 잡아준다면 불만은 없지만……." 요코가 한숨을 쉬며 말했다.

그때 후루키 변호사와 아지사와 히로미가 와서 자리에 앉았다.

"죄송합니다. 변호사님까지 발을 묶어놓아서."

소스케가 가족을 대표해서 말했다. 변호사는 웃는 얼굴로 괜찮다고 대답했다.

"오늘 밤은 어떻게 하실 겁니까?" 나오유키가 물었다.

"종업원 숙소에서 묵을까 합니다. 형사 몇 명도 거기서 잔다고 하니까요."

"제 방에서 주무셔도 되는데, 그렇게 하세요."

가나에가 아지사와 히로미에게 말했다. 어느새 친해진 모양이었다.

"고맙지만 형사들이 별로 탐탁지 않게 생각할 것 같아서요."

"왜요?"

"용의자들을 격리하고 싶은 거겠지."

요코가 가시 돋친 어투로 말했다. 그 말에 가나에가 눈을 크게 떴다.

여느 때와 마찬가지로 기요미의 모습이 보이지 않았다. 탁자 위에 덩그마니 놓여 있는 초밥 그릇을 보며 나오유키가 고바야시 마호에게 말했다.

"갖다주는 게 좋지 않겠어요?"

"이리 주세요. 내가 갖다주고 올 테니."

나는 자리에서 일어나려는 마호를 제지하며 기요미의 초밥 그릇을 끌어당겼다. 기요미에게 얘기를 들을 수 있는 기회라고 생각했기 때문이다.

"아니에요, 이건 제가……."

"고바야시 씨는 여기 있는 분들 시중을 드세요. 괜찮아요, 이 정도는 나도 들 수 있으니까."

"할머니, 제가 갖다줄게요. 저는 벌써 다 먹었으니까요." 가나에가 씩씩하게 일어났다.

"아니, 가나에 너는 가지 않는 게 좋겠구나." 소스케가 말했다.

"너를 보면 유카 생각이 날 테니까. 게다가 형수님은 우리 모두를 의심하고 있잖아. 의심하지 않는 사람은 기쿠요 부인밖에 없을 거다."

맞는 말인 만큼 반론을 제기하는 사람은 없었다. 미안해하는 마호에게 눈짓을 보낸 뒤, 초밥 그릇을 들고 방을 나왔다.

식사를 가져온 사람이 나라는 걸 알고 기요미는 약간 놀라는 눈치였다. 먹고 싶지 않다고 거절할 줄 알았는데 의외로 선선히 그릇을 받아들었다.

"짐 정리를 하시는 건가요?" 안을 들여다보며 내가 물었다. 옷가지가 바닥에 널려 있었다.

"유카의 짐을 돌려받은 거예요." 기요미는 여전히 충혈된 눈을 내리깔았다.

"물어보고 싶은 말이 있는데, 잠시 들어가도 괜찮을까요?" 내가 물었다.

기요미는 순간 경계하는 눈빛을 보냈지만 이내 나를 방 안으로 들였다.

방 한가운데 가방이 있고, 그 안에 들어 있던 것으로 보이는 물건들이 바닥에 가지런히 놓여 있었다. 대부분 옷이지만 화장품과 액세서리 종류도 적지 않았다.

"경찰이 이 물건들에서 어떤 단서라도 잡았을까요?"

"글쎄요, 형식적인 조사만 하지 않았겠어요?"

경찰의 수사 능력에 의문을 갖고 있는 말투였다.

"기요미 씨." 나는 목소리를 죽였다. "어떻게 생각하세요? 야자키 경감은 마치 내부에 범인이 있는 것처럼 말하던데."

기요미는 깜짝 놀란 표정으로 나를 쳐다보았다. 하지만 그 눈은 곧 같은 편을 바라보는 눈빛으로 바뀌었다. 이 노파에게는 유카를 살해할 만한 동기가 없다고 판단했는지도 모른다.

"집안사람이 범인이라고 해도 이상할 게 없죠. 다들 돈이 제일이라고 생각하는 사람들뿐이니까."

딸이 살해당한 슬픔 때문인지, 기요미의 말투에는 친척들을 감싸려는 의지가 전혀 없었다.

"요코 씨를 의심하시죠?"

내 말에 기요미는 얼굴을 일그러뜨렸다.

"지금 돈이 가장 궁한 사람이니까요. 남편 사업 때문에……. 하지만 확실한 근거가 있는 건 아니에요. 제가 그만 흥분해서……."

"유카 양이 제 방에 들어와서 기리유 씨의 유서를 가져간 것에 대해서는 어떻게 생각하세요?"

"그건 저도 정말 모르겠어요." 기요미는 고통스럽다는 듯 눈썹을 찌푸리며 고개를 절레절레 흔들었다. "뭔가 착오가 있을 거라는 생각밖에 안 들어요. 정말이지 귀신한테 홀린 것 같아요."

"동반자살 사건이 일어났을 때 기요미 씨도 이곳에 있었죠?"

"예." 기요미는 턱을 끌어당겼다.

"사건 후에 유카 양이 무슨 얘기 안 하던가요? 아니면 행동이 약간 이상했다던가."

"그렇지 않아도 경감님도 그런 걸 묻더군요." 기요미는 불쾌한 표정을 숨기지 않았다. "하지만 정말 짐작 가는 게 전혀 없어요. 제가 둔감한 건 아니라고 생각해요. 화재가 났을 당시에는 흥분한 상태였지만 바로 이성을 되찾았거든요. 그 뒤에는 입에 올릴 일도 없었고 솔직히 말하면 저나 유카나 거의 잊고 지냈죠."

정말일까? 거짓말을 하는 것 같진 않지만 유카가 어땠는지는 알 수 없는 일이다.

"빨리 이곳에서 나가고 싶어요. 유카 장례식도 있고 저 사람들과 마주하면 왠지 숨이 막혀서…… 하지만 그들 중에 범인이 있다면 잡히는 걸 보고 싶어요."

기요미는 증오와 슬픔이 뒤섞인 표정으로 몸부림을 쳤다.

이 여자한테 캐물을 건 더 이상 없을 것 같았다. 자리에서 일어나다 문득 유카의 액세서리에 눈길이 멎었다.

"반지가 참 예쁘네요." 나는 진주 반지를 집어 들고 말했다.

반지는 약간 분홍빛을 띠고 표면에는 조그만 흠집 하나 없었다.

"최근에 주문 제작한 거예요. 마침 좋은 진주가 손에 들어와서 귀걸이로 만들려고 했는데 유카가 반지가 좋다고 해서요. 진주 반지는 화려하지 않아 사십구일재 때 하고 가도 괜찮을 것 같아서 타이밍이 적절하다고 생각했는데 결국 한 번도 못 해보고……."

"그래요?"

기요미의 목소리가 잠기는 것을 느끼며 조용히 반지를 원래 위치에 내려놓았다. 그리고 다른 액세서리를 둘러보면서 물었다.

"나머지 하나는 어떻게 하셨어요?"

"나머지 하나……?"

"귀걸이로 만들려고 했다면, 진주가 두 개 아니었나요?"

"아아!" 기요미는 손수건으로 눈꼬리를 눌렀다. "조만간 브로치를 만든다고 했어요. 집에 둔 것 같은데 저 혹시 뭐가……."

"아니에요." 나는 손사래를 쳤다. "별다른 뜻이 있는 건 아니에요. 멋진 진주라서 나머지 한 개는 어떻게 했는지 그냥 궁금했을 뿐이에요. 신경이 쓰였다면 죄송합니다."

"아니에요."

"그럼 이만……."

적당히 인사를 하고 방을 나온 나는 모두가 있는 곳으로 걸어가면서 열심히 머리를 굴렸다. 지금까지 왜 이렇게 간단한 것을 알아차리지 못했을까?

범인이 엄마가 아니라 해도 자기한테 아주 소중한 사람이라면 유카가 유서를 훔쳐내려고 하지 않았을까?

그렇다면 그 소중한 사람은 누구일까? 그때 어젯밤 요코한테서 들은 얘기가 떠올랐다. 유카에게는 사랑하는 남자가 있다는 얘기.

다케히코? 아니, 다케히코는 아니다.

그 사람은 바로 나오유키다.

오늘 아침, 그가 넥타이를 떨어뜨렸을 때…… 그때 진주 타이택도 함께 떨어졌었다. 요코가 원래 넥타이핀 같은 걸 안 하면서 웬일이냐고 묻자, 나오유키는 선물 받은 거라면서 숨기듯이 그것을 주머니에 집어넣었다.

유카에게 받은 선물이 아닐까? 타이택의 진주는 방금 전 본 유카의 반지에 장식된 진주와 색깔과 크기가 흡사했던 것 같다.

진위를 확인하려면 어떻게 하는 게 좋을까? 기요미의 말투로 보건대 딸의 감정에 대해 전혀 눈치를 못 채고 있는 것 같다. 가나에는 어떨까? 아니, 그쪽도 기대할 수 없다. 알고 있다면 벌써 얘기했을 것이다. 다케히코는 언급할 필요도 없다.

생각이 정리되지 않은 채 객실로 돌아왔다. 모두가 기요미의 상태에 대해 물었다. 비교적 괜찮아 보였다고 대답해 주었다.

자리에 앉아 나머지 초밥을 먹는데, 맛을 전혀 느낄 수 없었다. 자꾸 시선이 나오유키한테 갔다. 아직 독신이라 그런지 30대 중반으로 보인다. 유카 나이쯤 되는 아가씨들이 동경하는 타입일지도 모른다. 하지만 삼촌과 조카 사이니 아무리 사랑한다 해도 이루어질 수 없다. 유카는 어쩔 작정이었을까?

어수선한 가운데 식사가 끝나고, 각자 자기 방으로 돌아가는 분위기가 되었다. 나는 초조했다. 뭐든 해야 했다.

다행히 나오유키는 방으로 가지 않고 로비 구석에서 석간 신문을 집어 들고 읽기 시작했다. 이곳에서의 사건이 실린 듯 미간을 찌푸리고 있었다.

다른 사람은 아무도 없다. 이 기회를 놓칠 수는 없었다. 나는 마음을 정하고 나오유키 맞은편에 앉았다. 나를 힐끗 쳐다본 그는 바로 다시 신문으로 시선을 떨어뜨렸다.

"나오유키 씨."

내 목소리가 심상치 않음을 느꼈는지 그가 흠칫 놀란 표정을 지었다.

"왜 그러십니까?"

나는 호흡을 가다듬고 주위에 아무도 없다는 걸 확인한 뒤 말했다. "유카 양이 사랑했던 남자가 누구인지 혹시 알고 계세요?"

나오유키의 얼굴에서 순간 표정이 사라졌다. 두 눈의 초점이 미묘하게 흔들렸고, 다시 내 얼굴을 바라보기까지 몇 초의 시간이 흘렀다.

"왜 갑자기 그런 걸?"

그답지 않게 동요하는 기색이 보였다. 나는 내 직감이 틀리지 않았다는 것을 확신했다.

"특별히 깊은 뜻은 없지만…… 어쩌면 이번 사건과 관계가

234

있을지도 모른다는 생각이 들어서요."

그러자 나오유키는 신문을 접고 주위를 살피더니 내 쪽으로 몸을 기울였다.

"알 수가 없군요. 왜 부인께서 그런 얘길 하시는지. 그리고 왜 저한테 물으시는지……."

"단순한 직감이에요. 그리고 물어보는건 누구라도 상관없었어요. 다만……." 나는 일부러 웃음을 지어 보였다. "나오유키 씨라면 왠지 알 것 같아서요. 하지만 모르신다면 사과드리죠. 신경 쓰지 마세요."

자리에서 일어나 그곳을 떠나려는데 그가 날 불렀다. 나는 뒤를 돌아보았다.

"그런 이야기, 다른 사람한테는 하지 않는 게 좋을 것 같습니다. 부인께서는 사건 관계자가 아니니까요." 그가 어두운 표정으로 말했다.

"알고 있답니다. 다른 사람한테는 말하지 않겠습니다."

그럼, 하고 나는 걸음을 옮겼다. 등 뒤로 나오유키의 강한 시선이 느껴졌다.

24
심장의 고동소리

×

방을 향해 긴 복도를 걸어갔다. 아무렇지 않은 척했지만, 심장의 고동소리가 격해지고 발걸음이 나도 모르게 빨라졌다.

틀림없다. 유카가 사랑했던 사람은 나오유키다. 그리고 그도 그것을 알고 있다. 그렇지 않으면 저렇게 동요할 리 없다.

나오유키가 범인이라면 모든 게 아귀가 맞는다.

그가 동반자살 사건의 범인인 것을 유카가 알고 있었다고 치자. 기리유 에리코의 유서가 존재한다는 걸 알고 유카는 어떤 생각을 했을까? 어떻게든 빼앗아야 한다고 생각하지 않았을까?

물론 나오유키가 가만히 있을 리 없다고 생각했을 것이다. 그가 유서를 훔치려 할 거라고 예상한 게 틀림없다. 그러나 유카는 자신이 직접 그 일을 하려 했다. 나오유키와 같은 비밀을 공유함으로써 두 사람의 관계를 더욱 깊게 하려고.

두 가지 증언이 생각났다. 와인과 수면제.

자기 손으로 유서를 훔치기 위해 유카는 나오유키를 잠재워야 했다. 그래서 기요미한테 받은 수면제를 와인에 넣어 나오유키에게 먹인 것이다. 고바야시 마호가 뚜껑을 따주겠다는 걸 마다하고 일부러 나오유키의 방으로 간 것도 이로써 설명이 된다.

그런데 왜 유카는 살해당한 걸까?

나오유키 입장에서 생각해 보자. 수면제의 효력이 어느 정도인지는 분명치 않지만 만약 한밤중에 그가 눈을 떴다면? 분명 유서를 훔치러 가려고 했을 것이다. 그리고 그때 유카의 행동을 목격했다면…… 혹은 복도에서 마주쳤다면……. 유카는 유서를 훔쳤다고 나오유키에게 말하지 않았을까?

어쨌든 나오유키는 유카가 진상을 알고 있다는 걸 눈치챘다. 유카는 그를 사랑했지만 그는 유카에 대해 아무런 감정이 없다. 그래서 비밀을 지키기 위해 유카를 죽인다…….

이해하기 쉽고 무리 없는 추리다. 그리고 유카는 죽기 직전 나오유키의 이름을 다잉 메시지로 남겼다. '*И*'은 역시 N을 잘못 쓴 것으로, 나오유키의 머리글자라고 봐야 할 것이다.

유일하게 걸리는 점이 있다면 그건 내가 느낀 나오유키에 대한 인상이었다. 그가 그런 일을 저지를 사람이라고는 지금까지 상상조차 하지 않았다.

아냐, 하고 나는 고개를 저었다. 그런 것 갖고 망설이면 안 된다. 속아서는 안 된다. 이처럼 완벽한 추리는 더 이상 불가능하지 않을까?

복수를 결행하자. 나오유키를 죽이는 거다. 남아 있는 시간이 그리 많지 않다.

걸어가면서 나는 작전을 구상했다. 어떻게 하면 될까? 아무래도 잠들어 있는 틈을 노리는 수밖에 없을 것 같다. 목에 줄을 감아 힘껏 당기면 힘이 센 나오유키도 큰 저항 못 하고 죽을 것이다.

문제는 형사들의 감시가 어느 정도냐이다. 언뜻 들은 바로는 건물 주변과 현관홀 쪽에만 있을 뿐 방까지는 감시하지 않는다고 했다. 하지만 야자키 경감이 무슨 생각을 하고 있는지는 알 수가 없다. 분명하게 확인해 둬야 한다. 경우에 따라서는 작전을 새로 세워야 할지도 모른다.

시계를 보니 8시가 조금 못 되었다. 모두가 잠들기까지는 아직 상당한 시간이 남아 있다.

'B'동에서 'A'동으로 향하는 복도 중간에서 나는 걸음을 멈추었다. 그곳에 호리호리한 사람의 그림자가 있었기 때문이다. 상대방도 나를 보고 인사를 건넸다.

아지사와 히로미였다.

"나한테 무슨 볼일이라도 있어요?" 활짝 웃으며 물었다.

히로미도 웃음을 지어 보였다. "아닙니다. 잠깐 둘러보고 있었습니다."

"그래요?"

무엇을 조사하고 있을까? 역시 유카의 살인사건에 대해 조사하고 있는 걸까?

히로미가 똑바로 쳐다보는 바람에 나는 그만 고개를 숙이고 말았다.

"저, 후루키 변호사님은?"

"피곤하다고 하셨으니 아마 방에 계실 겁니다. 드릴 말씀이 있으면 제가 전해드리겠습니다."

"아니에요. 그럼 안녕히 주무세요."

나는 고개를 숙인 채 히로미 옆을 지나갔다.

"예, 안녕히 주무십시오."

히로미도 나와 반대 방향으로 걸어갔다. 나는 걸음을 멈추고 뒤를 돌아보았다.

위에서 다시 통증이 느껴졌다.

25

알리바이

×

불길한 바람처럼 야자키 경감 일행이 로비에 나타난 것은 9시가 조금 넘은 시각이었다. 나는 주전자에 물을 받아 방으로 돌아가려던 참이었다. 사실은 주방에서 흉기가 될 만한 것을 훔칠 생각이었지만 고바야시 마호의 눈도 있고 해서 성공하지 못했던 것이다.

경감은 마호에게 다케히코를 불러달라고 부탁했다. 그 목소리에 낮과는 다른 뭔가가 깃들어 있었다.

"다케히코 씨에게 무슨 일이 있나요?"

내가 물어봤지만 경감은 딱딱한 말투로 얼버무릴 뿐이었다.

곧 새파랗게 질린 얼굴을 한 다케히코가 로비에 나타났다. 소스케도 함께였다. 야자키 경감은 눈썹을 찌푸렸다.

"죄송한데 다케히코 씨에게만 물어볼 게 있습니다만……."

"무슨 일입니까? 다케히코에게만……이란 게 무슨 뜻이죠? 모든 사람의 사정청취는 오늘 아침에 마쳤잖습니까."

"너무 심각하게 받아들이지 마십시오. 다케히코 씨의 프라이버시와 관련이 있는 것 같아 그렇게 말씀드린 것뿐입니다."

말투는 정중했지만 타협의 여지가 없는 것처럼 들렸다.

"무슨 말인지 모르겠군요. 왜 다케히코의 프라이버시와 연관이 있다는 겁니까?" 소스케도 지지 않고 대꾸했다.

그 목소리가 꽤 커서 마침 방에서 나온 가나에가 몸이 굳은 채 멈춰 섰다.

"전 별로 켕기는 게 없습니다. 묻고 싶은 게 있으면 여기서……"

약간 고개를 숙이며 다케히코가 말했다. 목소리에 아버지만큼의 박력은 없다.

"어쩔 수 없군요." 야자키 경감은 한숨을 쉬었다. "사실은 다케히코 씨의 지문이 검출되었습니다."

"어디서 말입니까?" 소스케가 물었다.

"유카 씨의 방 유리창 바깥쪽에서 발견되었습니다. 누군가가 닦아낸 흔적이 있습니다만, 다케히코 씨의 지문만 겨우 확인되었습니다. 그 점에 대해 설명해 주셨으면 합니다."

경감이 그렇게 말하자 지금까지 아들을 감싸던 소스케마저 다케히코를 쳐다보았다. 다케히코는 입을 꽉 다문 채 연신 눈을 깜박거렸다.

"어떻게 된 거냐? 왜 가만히 있는 거야? 정원을 산책하다가 우연히 유카의 방 유리창에 닿은 거 아니냐?" 소스케가 교사에게 혼나는 아이를 두둔하는 부모처럼 말했다.

경감의 메마른 목소리가 계속 이어졌다. "낮에 모든 분께 어제 정원에 나갔느냐는 질문을 했었습니다. 그때 다케히코 씨는 나가지 않았다고 대답했죠."

소스케는 숨을 들이마신 채 내쉬는 것을 잊은 듯했다.

"알겠습니다." 이윽고 다케히코의 입에서 목소리가 새어나 왔다. "설명드리겠습니다. 어디 다른 곳에서……."

"다케히코!"

"좋습니다. 그럼 저쪽으로 가시죠."

야자키 경감은 다케히코를 재촉했다. 소스케가 말을 잃고 서 있는 동안 다케히코는 경감과 다카노 형사 사이에 끼여 로 비를 나갔다.

방금 전에 내지른 소스케의 목소리를 들었는지 나오유키 와 요코도 나타났다. 상황을 모두 지켜본 가나에가 그들에게 설명을 해주었다.

"다케히코가?"

나오유키는 더 이상 말을 하지 않았다. 나는 그 침묵의 의 미를 생각했다. 경찰이 자신 이외의 인물에게 의심을 품고 있 다는 걸 알고 마음을 놓은 건지, 순수하게 조카를 걱정하는 건지, 표정만 봐서는 알 수가 없었다.

소스케는 안절부절못하고 곰처럼 왔다 갔다 했다. 여러 번

시계도 보았다. 30분쯤 뒤 그의 아들이 돌아왔다. 이상하리만큼 얼굴이 붉어져 있었다.

"다케히코, 어떻게 된 거냐?"

하지만 그는 아무 대답도 하지 않고 빠른 걸음으로 우리 사이를 가로질러 복도로 사라졌다. 소스케가 쫓아갔다.

곧이어 다카노 형사가 로비로 들어오더니 나오유키를 불렀다. 그에게 용건이 있다고 했다.

"저한테 말입니까……? 예, 알겠습니다."

그다지 의외도 아니라는 듯이 그는 다카노를 따라갔다. 그 태연한 모습에서 범인이라는 느낌이 조금도 들지 않았다. 정말로 그가 범인일까? 나는 다시 헷갈리기 시작했다.

기요미가 나타나서 마호에게 얼음 좀 가져다달라고 했다. 약간 열이 있어서 이마에 올려놓을 거라며.

"그럼 얼음베개를 준비해 드릴까요?"

"괜찮아요, 얼음만 주세요. 비닐봉지에 넣어서 얼음주머니처럼 사용하면 되니까요."

마호가 주방으로 가자 기요미는 우리를 쳐다보았다. 기요미는 지금 무슨 일이 일어나고 있는지 모른다. 나는 간단히 현재의 상황을 설명해 줬다. 기요미는 무표정한 얼굴로 그래요, 라고만 대답했다. 이제 조용히 범인이 체포되기를 기다리기만 하면 된다는 심정일까?

마호가 얼음통을 가지고 오는 것과 거의 동시에 나오유키가 돌아왔다. 다카노 형사도 함께였다. 그가 나를 보더니 자기와 같이 가자고 말했다. 예기치 않은 일이라 나는 깜짝 놀랐다.

"저요?"

"예, 부탁드립니다."

나는 힐끗 나오유키를 보았다. 왠지 미안해하는 표정으로 그가 눈짓을 했다.

야자키 경감은 다른 형사와 뭔가를 상의하고 있었다. 메모를 보며 연신 고개를 끄덕였다. 그 부하를 나가게 하고 나서 경감이 나를 쳐다보았다.

"이런, 죄송합니다."

"무슨 일이 있습니까?"

그렇게 물은 것은 다카노 형사였다. 경감은 내가 신경 쓰이는 눈치였지만 별로 상관없다고 판단했는지 다카노의 물음에 대답했다.

"머리카락에 대한 감식 결과가 나왔어. 네 종류가 유카 씨의 머리카락이 아닌 걸로 나왔는데, 그중 하나는 청소를 담당하는 종업원의 것과 일치하니까 그것은 제외해도 될 거야. 나머지가 누구의 머리카락인지 확인 좀 해봐."

경감은 메모를 다카노에게 건넸다. 다카노는 그것을 잠깐 쳐다본 뒤 말했다.

"이걸 보면 전부 여자네요. 그럼 후지모리 요코, 가나에, 이치가하라 기요미, 고바야시 마호 중 누군가의 것이겠군요."
그렇게 말하고 나서 나를 보더니 당황해하며 얼버무렸다.
"아아, 혼마 씨가 여자가 아니라는 건……."

"괜찮아요. 발견된 머리카락이 모두 검정색인가 보죠?"

"죄송합니다. 실은 그렇습니다. ……그럼, 저는 조사하러 가보겠습니다."

다카노는 메모를 들고 로비로 향했다.

"머리카락으로도 성별을 알 수 있나요?" 나는 야자키 경감에게 물었다.

"그럼요. 머리를 자른 지 얼마나 됐는지도 알 수가 있습니다."

"놀랍네요……."

"그리고 대략적인 나이도 추정할 수 있습니다. 베테랑한테 걸리면 거의 정확합니다."

"나이까지요?"

다카노가 처음부터 나를 제외한 이유를 알 수 있었다. 추정 연령이 예순에서 일흔 정도 되는 머리카락은 없었던 것이다.

"경감님, 그런데 용건이라는 게?"

"아, 다름이 아니고." 경감은 자리에서 일어나 내 쪽으로 의자를 옮겨온 뒤 다시 앉았다. "확인하고 싶은 게 있습니다. 유

245

카 씨가 이치가하라 나오유키 씨를 사랑했다고 생각하시는
것 같다던데, 그게 사실입니까?"

갑자기 전혀 예상치도 못한 질문을 받아서 당황했다. 경감
은 고개를 끄덕이며 말을 이었다.

"나오유키 씨한테 들었습니다. 방금 전에 그런 얘기가 오
갔다고 하더군요. 나오유키 씨 얘기로는 부인께서 왠지 유카
씨 마음을 잘 알고 있는 듯한 느낌을 받았다고 하던데."

나오유키가 유카에 대해 털어놓은 걸까? 왜 그렇게 쉽게
자백했을까? 아니, 그것보다 왜 그런 방향으로 얘기가 진행
된 걸까?

"어떻습니까?" 경감은 재차 물었다.

나는 진주 반지와 넥타이핀 얘기를 한 뒤, 거기에서 두 사람
의 관계를 추측했다고 설명했다. 그 얘길 들은 경감은 과연 여
자의 눈썰미는 대단하다면서 빤히 보이는 겉치레 말을 했다.

"저기, 그게 사건과 관계가 있을까요? 유카 양의 방에서 다
케히코 씨의 지문이 발견된 것과도 무슨 연관이 있을까요?"

본래는 그것을 조사하는 게 목적이었을 것이다. 그러자 경
감은 무게를 잡는 체하며 천천히 수첩을 덮더니 입을 열었다.

"실은 그게 좀 이상합니다. 다케히코 씨 말로는, 한밤중에
무슨 소리가 나서 유카 씨의 방에 누가 있나 걱정이 되어 확
인하러 갔다고 하더군요."

"무슨 소리요?"

"바닥에 뭔가가 떨어지는 듯한 둔탁한 소리였다고 하더군요. 그렇게 큰 소리는 아니었던 것 같습니다만, 마침 그 시각에 깨어 있던 다케히코 씨는 그 소리가 마음에 걸렸답니다. 거기에는 그럴 만한 사정이 있었는데 그 사정이라는 게 나오유키 씨에 관한 거였습니다."

나는 깜짝 놀라며 숨을 죽였다.

"어제 유카 씨가 다케히코 씨한테 나오유키 씨에 대한 자신의 감정을 고백했다고 합니다. 꽤 흥분한 상태였다고 하더군요. 나오유키 씨를 위해서라면 어떤 일도 할 수 있다는 식으로. 보통 남자라면 그런 말을 듣고 단념할 법도 한데 다케히코 씨는 그러지 않았던 것 같습니다. 어쨌든 두 사람의 관계가 급진전되는 것만은 막으려고 했던 모양입니다. 유카 씨와 나오유키 씨의 방이 가까우니까 혹시 한밤중에 나오유키 씨가 유카 씨의 방에 가진 않을까, 그런 걱정을 했다고 하더군요."

"저런!"

다케히코답다는 생각이 들어 나는 얼굴을 찌푸렸다.

"그래서 뭔가 떨어지는 소리를 듣고는 가만히 있을 수가 없어 방을 나와 상황을 확인하러 갔다더군요. 먼저 복도로 나와 나오유키 씨가 방을 나왔는지 어땠는지 확인하고 나서 정원으로 돌아가 유카 씨의 방을 들여다봤답니다. 장지문이 열

247

려 있는 게 마음에 걸렸지만 언뜻 봤을 때는 별로 이상한 점이 없어서 안심하고 방으로 돌아왔다고 합니다. 유리문의 지문은 그때 묻었을 거라고 하더군요. 다음 날 아침 시체가 발견되고 큰 소동이 나자 자신의 지문이 발견되면 변명의 여지가 없다는 생각에 몰래 유리문을 닦은 모양입니다. 그런데 당황했던지 지문 하나가 남아 있었던 거죠."

"다케히코 씨가 밤중에 일어난 시각은 몇 시쯤인가요?"

"3시라고 하더군요."

이 말을 하는 경감의 눈이 예리하게 빛나는 것 같았다. 그는 목소리를 죽이고 계속해서 말을 이었다.

"만약 이 얘기가 사실이라면 상당히 유력한 정보라고 할 수 있죠. 다케히코 씨가 들었다는 소리는 범인이 낸 게 아닐까 싶습니다."

나는 혀를 차고 싶은 심정이었다. 그건 유카가 살해당했다는 것을 안 내가 얼결에 엉덩방아를 찧은 소리일 것이다. 그렇다면 그 뒤에 내가 들었던, 맞은편 방에서 누군가가 나오는 소리는 다케히코였단 말인가? 나오유키의 방에서 들리는 소리라고 확신했는데.

"그리고 범인은 다케히코 씨가 복도를 나와 정원으로 가는 동안 유카 씨의 방에서 도주한 것 같습니다. 즉 다케히코 씨가 유리창을 통해 방을 들여다봤을 때 유카 씨는 이미 죽어 있었

248

던 겁니다. 장지문이 열려 있었던 것은 그 때문일 겁니다."

얼마나 위험천만한 상황인가. 만약 유카의 방에서 조금이라도 늦게 나왔다면 다케히코에게 목격되었을지도 모른다.

"좀 여쭤봐도 될까요?" 내가 물었다.

"뭐죠?"

"다케히코 씨는 나오유키 씨가 방에서 나왔는지 어떤지를 확인했다고 했는데, 어떤 방법으로 한 건가요?"

"아, 그 부분요? 그게 상당히 재미있습니다." 야자키 경감은 다시 환하게 웃었다. "자기 전에 나오유키 씨의 방문에 표시를 해두었다고 하더군요. 그 표시란 게 머리카락 한 올을 문틈에 침으로 붙여두는 것이었습니다. 만약 문을 열거나 닫으면 머리카락이 떨어질 테니 밤중에 방을 나왔는지 어떤지를 확인할 수 있는 거죠. 실례라는 걸 알면서도 그 얘길 듣고 나도 모르게 웃음이 나오더군요. 좋아하는 여자가 아무리 걱정된다고 그렇게까지 하다니."

"확인해 보니까 그 머리카락은 어떻게 됐대요?"

"그대로 남아 있었답니다." 경감은 싱글거리며 대답했다. "참으로 아이러니한 것 같습니다. 다케히코 씨의 말이 사실이라면 그 머리카락 덕분에 나오유키 씨는 혐의가 없어지는 겁니다. 유카 씨가 살해될 때까지 방에서 나오지 않았다는 게 증명된 셈이니까요."

26
의문의 머리카락

×

대화를 끝내고 나와 야자키 경감은 함께 사무실을 나왔다. 경감이 속이 안 좋다는 얘기를 했지만 나는 거의 건성으로 들었다. 아까 경감의 말을 들을 때부터 머릿속이 혼란스럽고 복잡해서 정리가 잘 안 되었다.

유카를 죽인 것은 나오유키가 아니다.

어젯밤 그의 방문이 한 번도 열리지 않았다는 것은 그것을 의미한다.

그렇게 되면 얘기는 원점으로 돌아간다. 나오유키는 동반자살 사건과 아무런 관계가 없는 셈이다.

아니, 동반자살 사건의 범인은 나오유키이고 이번에 일어난 살인사건과는 별개인 걸까?

그렇지는 않을 거라고 나는 부정했다. 이번 사건의 범인은 기리유 에리코의 유서를 훔치기 위해 유카를 죽인 게 분명하다. 그리고 유서를 훔쳐야 할 필요가 있는 사람은 동반자살 사건의 범인밖에 없다.

내가 복수해야 할 인간.

그 사람은 나오유키가 아니다.

하지만 이렇게 되면 유카가 유서를 훔친 이유를 설명할 수가 없다. 유카가 감싸야 할 사람이 또 있는 걸까?

다케히코가 했다는 말이 마음에 걸렸다. 유카는 나오유키를 위해서라면 뭐든지 할 수 있다고 했다. 그리고 일련의 행동으로 볼 때 유카가 나오유키를 동반자살 사건의 범인이라고 생각한 게 확실하지 않은가?

그러나 사실은 그렇지 않았다. 그렇다면 왜 유카는 나오유키를 범인이라고 생각했을까?

로비로 돌아오자 다카노 형사가 관계자들 앞에 심각한 표정으로 서 있었다. 다케히코와 기요미만 보이지 않았다.

"경감님, 머리카락 건인데요……."

"어떻게 됐어?"

"두 종류의 머리카락은 주인이 밝혀졌습니다. 후지모리 가나에 씨와 고바야시 마호 씨의 것 같습니다. 혈액형과 머리 길이도 일치합니다. 만약을 위해 감식으로 확인하겠지만요."

"그래. 그럼 나머지 하나는?"

"그게…… 해당되는 사람이 없습니다."

다카노는 메모지를 꺼냈다.

251

"성별은 여성, 혈액형은 AB형, 연령은 20대나 30대, 짧은 머리로 최근에 자른 흔적이 있음. ······ 여기에 해당하는 여성이 없습니다. 혹시 몰라서 다케히코 씨와 기요미 씨에게도 물어봤지만 두 사람 다 혈액형이 일치하지 않습니다."

"그게 무슨 ······."

야자키 경감은 다카노가 들고 있는 메모지 쪽으로 손을 뻗으며 모두에게 물었다.

"AB형인 사람 없습니까?"

"접니다. 최근 이발소에도 갔습니다." 소스케가 말했다.

그러나 그는 여성도 아니고 20대나 30대도 아니다. 경감은 화가 난 듯 다카노를 돌아보았다.

"감식반에 확인해 봐. 성별과 추정 연령이 얼마나 정확한지."

다카노 형사는 쏜살같이 로비를 뛰쳐나갔다. 나는 얼굴색이 바뀌지 않도록 필사적으로 노력했다. 문제가 된 머리카락의 특징은 내 것, 즉 기리유 에리코의 머리카락이었던 것이다.

"뭘 그렇게 심각한 표정을 짓습니까?" 나오유키가 경감에게 말했다. "머리카락 주인이 없다는 건 외부인이 유카의 방에 침입했다는 뜻 아니겠습니까?"

"정말로 없다면 그렇겠죠."

못마땅한 표정으로 경감이 고개를 끄덕였다. 내부인의 소행이라는 견해를 굽히고 싶지 않아서일 것이다.

"여자가 범인이라니⋯⋯." 요코가 눈동자를 굴렸다. "별별 사람이 다 있네."

"여자가 강도짓을 하지 않는다는 보장은 없어. 왜 가끔 미녀 강도가 신문에 실리기도 하잖아. 남자를 유혹해서 수면제를 먹이고 돈을 훔치는." 소스케가 가벼운 농담을 던졌다.

범인이 외부인일지도 모른다는 가능성이 제기되자 무거운 분위기가 약간 누그러진 것 같았다. 단 한 사람, 야자키 경감만은 못마땅한 얼굴이다.

"그 머리카락이 범인의 것이라고는 단정할 수 없습니다." 누그러진 분위기에 찬물을 끼었듯 경감이 말했다. "전에 묵었던 손님의 머리카락일 수도 있으니까요."

"아니, 그럴 리가 없어요." 다른 때와 달리 고바야시 마호가 목소리를 높였다. "늘 깨끗이 청소하고 있는걸요. 그런 일은 절대 없을 거예요."

"하지만⋯⋯."

말을 하다 말고 경감은 입을 다물었다. 그 점에 대해서는 마호의 말이 옳다는 걸 알고 있기 때문일 것이다. 경감은 대신 이렇게 못을 박듯 말했다.

"뭐, 감식 결과가 항상 맞는 건 아닙니다."

그때 다카노 형사가 돌아와 약간 난처한 얼굴로 경감에게 말했다. "머리카락 말인데요, 성별도 추정 연령도 맞을 확률이 상당히 높답니다."

야자키 경감은 노골적으로 떨떠름한 얼굴이 되었고 관계자들은 승리라도 한 듯 환한 표정을 지었다.

"잠깐 실례하겠습니다."

경감은 다카노를 데리고 나갔다. 다른 부하에게 주변을 탐문해 보라고 시키려는 건지도 모른다. 이렇게 된 이상 내부 범행설에만 집착할 수도 없을 것이다.

"여자가 범인이라니……."

소스케가 요코와 똑같은 말을 했다.

"이제야 유카한테 저항한 흔적이 없는 게 납득이 가는군. 범인은 돈을 노렸던 거야. 그건 그렇고 그런 사람이 있는 걸 보면 여기도 좋은 환경이라고는 할 수 없겠군."

"오빠, 무슨 소리를 들었으면 좀 더 빨리 나가보지 그랬어?" 그러곤 가나에가 나를 보며 말을 이었다. "어제 새벽 3시쯤 유카 언니 방에서 이상한 소리가 들려 다케히코 오빠가 창문으로 방 안을 살펴봤대요. 지문은 그때 묻은 거래요."

소스케가 아들한테서 들은 얘기를 모두에게 설명해 준 모양이다. 물론 유카에 대한 감정이나 나오유키를 감시한 얘기는 쏙 뺐을 것이다.

"오늘 밤은 특별히 조심해야겠어. 문단속도 잘하고." 요코가 말했다.

"연 이틀 강도가 들지는 않겠지만 조심해서 나쁠 건 없겠지."

여동생의 말에 미소를 지으며 덧붙인 뒤 소스케가 고바야시 마호를 돌아보았다.

"목이 좀 마른데 커피라도 끓여주시겠습니까?"

"알겠습니다."

"제가 끓여올게요." 가나에가 일어서며 말했다. "지배인님은 아침부터 계속 일하셨잖아요. 좀 쉬세요."

"아니에요. 그런 당치도 않은……."

"괜찮아요."

가나에가 재빨리 주방으로 향하는 것을 마호가 뒤쫓아갔다.

"쟤가 무슨 바람이 불어서 저렇게 착하게 굴지?"

말은 그렇게 했지만 요코는 딸의 마음 씀씀이가 대견한 모양이었다.

"유카가 없어서 그런 걸 거야. 책임감 같은 것이 생겼는지도 모르지."

나오유키의 말에 모두가 고개를 끄덕였다.

잠시 후 커피 잔을 쟁반에 들고 가나에가 돌아왔다. 마호는 과자를 갖고 왔다.

"칭찬이 자자하단다. 배려심이 깊다고."

소스케가 놀리자 가나에는 약간 뾰로통한 표정으로 말했다.

"저도 이 정도는 해요.

"어쨌든 보기 좋구나. 다도와 꽃꽂이는 꾸준히 하고 있는 거냐?"

"다도는 그만뒀어요."

그러자 요코가 못마땅한 얼굴로 말했다. "그만둔 거 아니에요, 잠시 쉬는 거지."

커피를 각자에게 나눠주면서 가나에가 입을 삐죽였다.

"그러고보니 기쿠요 부인께서도 오랫동안 다도를 가르치셨다고 하던데."

나오유키가 쓸데없는 말을 꺼냈다. 나는 조심스럽게 그렇다고 대답했다. 다도에 관한 얘기가 너무 길어지지 않기를 바랐는데, 요코가 우라센케(裏千家, 일본 다도의 3대 유파인 우라센케, 오모테센케, 무샤노코지센케 중 하나 - 옮긴이)냐고 물었다. 나는 약간 주저했다. 어느 파라고 해야 하지? 아무도 모르는 거라면 적당히 둘러대도 될 것 같지만…….

그때 나를 대신해서 나오유키가 대답했다.

"아니, 오모테센케야. 형님한테 들은 적이 있어. 부인께서 오모테센케의 다도를 가르친 적이 있다고."

별걸 다 기억하는 남자다. 하지만 대답하지 않기를 잘했다. 나는 고개를 끄덕였다.

"예, 나오유키 씨 말이 맞아요. 오모테센케예요."

"우라센케하고 오모테센케는 어떤 차이가 있는 거예요?"

내 바람과 다르게 가나에가 또 다른 질문을 했다. 그러자 이번에는 요코가 구해주었다.

"세상에, 그것도 몰라?"

"그럼, 엄마는 알아요?"

"물론이지." 요코는 커피를 한 모금 마신 뒤 말했다. "우라 센케에서는 거품이 잘 나도록 하지만, 오모테센케에서는 거의 거품을 내지 않아. 제 말이 맞죠?"

갑자기 피가 머리로 몰렸다. 모르는 내용이었다. 나는 점심 때 야자키 경감과 나누었던 얘기를 떠올렸다. 거품을 잘 내는 게 어렵다고 말하지 않았던가?

내가 가만히 있자 불안한 듯 요코가 말했다. "틀렸나요?"

"아니, 맞아요. 요코 씨가 말씀한 대로입니다."

온몸에서 땀이 솟아나는 것 같았다. 그런데도 등줄기에 서늘함이 감돌았다.

"어, 경감님. 무슨 일이십니까?"

소스케의 목소리에 흠칫 놀라며 고개를 들었다. 야자키 경감이 와 있었다.

언제부터 있었던 걸까? 방금 주고받은 얘기를 들었을까?

순간 경감과 눈이 마주쳤다. 나를 바라보는 그의 눈에 지금 까지와는 확실히 다른, 날카로운 빛이 깃들어 있는 것 같았다.

27

유카의 마음

×

자신들은 일단 수사본부로 돌아가지만 수사관들이 주변을 지키고 있으니 안심하며 쉬라고 경감이 말했다. 하지만 속뜻은, 그러니까 함부로 돌아다니지 말고 방에서 얌전히 있으라는 말일 것이다.

경감이 돌아간 뒤에도 나는 걱정이 되어 견딜 수가 없었다. 그가 다도에 관한 얘기를 들었을까? 들었다면 당연히 내 말의 모순에 대해 눈치를 챘을 것이다.

모두 각자의 방으로 돌아가기 시작했다. 어쩔 수 없이 나도 일어섰는데, 그때 나오유키가 다가왔다. 그가 겸연쩍은 듯 한쪽 눈을 가늘게 뜨고 말했다.

"아까 부인께서 유카와의 일을 물으셨을 때 확실히 말하지 않은 게 오히려 폐를 끼치게 되었습니다. 정말 죄송합니다."

"아닙니다, 폐라뇨."

나오유키가 옆에 있는 소파에 앉기에 나도 다시 의자에 앉왔다.

"그런데 어떻게 유카의 마음을 아셨습니까?"

아주 이상하다는 듯이 나오유키가 물었다. 진주 액세서리에 대해 말하자 그가 쓴웃음을 지었다.

"그랬군요. 역시 여성의 눈썰미는 못 당하겠네요. 하지만 알아차린 사람이 기쿠요 부인이라 다행입니다. 다른 사람이었다면 골치 아팠을 겁니다."

"다른 사람한테는 아무 말 안 할 테니 걱정 마세요."

"부탁드리겠습니다."

나오유키는 미소를 지으며 어떻게 설명해야 좋을지 생각하는 것처럼 잠시 눈을 감았다. 그러고는 눈을 뜨더니 마침내 입을 열었다.

"유카의 감정에 대해 처음으로 들은 건 반년 전입니다. 아, 그러니까 동반자살 사건이 일어나기 직전이었죠. 의논할 얘기가 있다고 해서 둘이서 만났죠. 그 얘기란 게 다케히코에 관한 것이었습니다. 다케히코가 약혼자처럼 행동하는데, 자기는 그럴 마음이 전혀 없으니까 저한테 말 좀 잘 해달라고 하더군요. 그런 얘기는 직접 하는 게 다케히코에게도 상처를 덜 주는 거라고 충고했더니 마음 내켜 하지 않더군요. 자신이 무슨 말을 내뱉게 될지 모른다면서요. 그게 뭐냐고 물었더니……."

"나오유키 씨를 좋아한다…… 그런 얘기였겠죠."

"그렇습니다." 나오유키는 한숨을 쉬었다. "처음에는 농담이라고 생각했는데 아무래도 그게 아닌 것 같더라고요. 솔직히 난감했습니다. 저는 유카를 여자로 본 적이 없거든요."

"그랬겠죠."

"그런 감정은 일시적인 것이고 시간이 지나면 식을 거라고 말했는데 유카는 이해하지 못하더군요. 결혼은 안 해도 좋다고 고집을 피우면서……."

겉으로는 얌전해 보여도 유카에게 그런 면이 있었는지 모른다. 대담해 보이는 가나에가 오히려 보수적일 수도 있다.

"그래서 어떻게 하셨나요?"

"그냥 내버려 두었습니다." 나오유키는 어깨를 으쓱했다. "가능한 한 유카와 마주치지 않으려고 노력했습니다. 만나지 않으면 아무 일도 일어나지 않을 테니까요."

"하지만 그런다고 유카 양이 물러나지는 않았을 텐데."

"맞습니다. 여러 번 전화를 걸어왔습니다. 저도 유카를 미워한 게 아니라서 만나고 싶다고 하는데 마냥 거절할 수는 없더군요. 솔직히 유카와 함께 있으면 즐거웠던 게 사실입니다."

그럴 거라고 생각했다. 유카에게도 자존심이 있었을 것이다. 나오유키가 자신을 싫어한다는 느낌을 받았다면 바로 물러났을 것이다.

"하지만 믿어주세요. 저와 유카 사이에 소위 말하는 남녀 관계는 없었습니다."

"믿어요." 내가 말했다. "그럼 넥타이핀은 유카 양이 그냥 선물로 준 것인가요?"

"어제 여기에 도착해서 주더군요. 자기도 같은 진주를 사용한 반지를 낄 테니까 저도 넥타이핀을 하라면서요. 받고 싶지 않았지만 옥신각신하다가 괜히 다른 사람들 눈에 띌까 싶어서 거절할 수가 없었습니다."

"좋은 유품을 받은 셈이네요."

"결과적으로는 그렇게 됐죠. 아이러니한 얘기지만."

웃으려고 하는지 나오유키의 뺨이 실룩거리는 것 같았다.

"그런데……." 나는 목소리를 낮추었다. "유카 양이 기리유 씨의 유서를 훔친 것에 대해 나오유키 씨는 어떻게 생각하세요?"

허를 찔린 것처럼 그가 순간 움찔했다. 그러고 나서 입술을 깨물더니 고민하듯이 천장을 올려다보기도 하고 심호흡을 하기도 했다.

"부인께서는……." 그가 망설이듯 말을 꺼냈다. "어떻게 생각하세요?"

"생각이랄 것도 없지만……." 나는 잠시 주저했다. "화내지 말고 들어주세요. 이건 어디까지나 제가 멋대로 추측한 거니까. 실은 나오유키 씨를 감싸기 위해 유카 양이 유서를 훔친 게 아닐까, 생각했습니다."

261

어떤 반응을 보일지 내심 걱정했는데 그는 의외로 태연했다. 입꼬리를 실룩거릴 뿐 얼굴색 하나 변하지 않고 고개를 끄덕였다.

"부인께서도 그렇게 생각하셨군요. 실은 저도 그렇게 생각했습니다. 유카가 저를 동반자살 사건의 범인이라고 생각한 게 아닐까 하고요."

"나오유키 씨도……."

깜짝 놀랐다. 그러나 나오유키의 뛰어난 통찰력을 생각하면 어려운 일도 아니다.

"그 이유는 유카가 형수님한테 받았다는 수면제 때문입니다. 실은 어젯밤 유카가 준 와인을 마시고 갑자기 의식이 몽롱해져서 아침까지 내리 자버렸습니다. 아마도 와인에 그 수면제가 들어 있었던 모양입니다. 그래서 왜 그런 짓을 했을까하고……."

"무슨 말인지 알겠어요." 나는 오른손을 살짝 내밀고 고개를 끄덕였다. "하지만 경찰에는 말씀하지 않으셨죠?"

"말해야 한다고 생각은 했지만……."

나오유키는 괴로운 표정을 지었다. 유카에 대한 배려도 있겠지만 이 일 때문에 경찰이 다시 내부 범행설로 분위기를 몰고 가는 걸 두려워하고 있는지도 모른다.

"이해가 안 됩니다. 왜 유카가 저를 범인이라고 생각했는지."

그렇게 말하고 나서 뭔가를 깨달은 듯 나를 쳐다보았다.

"저는 정말 동반자살 사건에 대해 아무것도 모릅니다. 신에게 맹세할 수 있습니다. 유카가 살해당한 건에 대해서도 전혀 모릅니다."

"알고 있답니다." 나는 가슴 앞에서 손을 흔들었다. "어젯밤 나오유키 씨가 방에서 한 발짝도 움직이지 않았다는 것은 다케히코 씨가 증명해 주셨잖아요."

"아, 그거요." 나오유키는 당혹감과 부끄러움이 뒤섞인 듯한 표정을 지었다. "다케히코가 그런 생각까지 할 줄은 몰랐습니다. 하지만 덕분에 혐의를 벗을 수 있었죠. 이상한 얘기지만."

"유카 양과 동반자살 사건에 대해 얘기를 나눈 적은 없나요?"

"특별히 얘기를 나눈 적은 없습니다. 어제까지만 해도 저희하고는 직접적인 관계가 없다고 믿었으니까요. 유카도 그렇게 생각하고 있는 줄 알았는데……."

이렇게 말하고 먼 곳을 바라보던 나오유키가 무슨 생각이 났는지 재빨리 입을 열었다.

"사건 직후, 유카가 딱 한 번 묘한 말을 한 적이 있습니다. '화재가 나기 전에 어디 갔었어요?'라고. 분명히 그렇게 물었습니다. 제가 아무 데도 안 가고 그냥 잤다고 했더니 그럼 기분 탓인가, 하고 고개를 갸웃거리더군요."

"유카 양이 왜 그런 질문을 했을까요?"

"모르겠습니다. 그때는 그냥 흘려들었는데 뭔가 중요한 의미가 있었을지도 모르겠네요."

나오유키는 진지한 눈빛으로 허공을 바라보며 열심히 답을 찾는 듯했다. 그러다 문득 손목시계를 보더니 갑자기 몸을 축 늘어뜨렸다.

"이런, 시간이 벌써 이렇게 됐네요. 함께 있어주셔서 고맙습니다. 나머지는 제 방에서 생각해 보죠. 어차피 이렇다 할 생각이 떠오르진 않겠지만요."

그와 함께 나도 자리에서 일어났다.

"나오유키 씨는 유카 양을 죽인 범인이 외부인이라는 생각에 변함이 없습니까?"

"물론입니다." 그는 단호하게 말했다. "유카의 행동에 복잡한 사정이 얽혀 있다는 것은 부정할 수 없지만 집안사람 중에는 범인이 없다고…… 그럴 거라고 믿습니다."

그렇게 믿고 싶은 게 본심일 것이다. 그러나 그 생각을 입 밖으로 내지는 않았다.

긴 복도를 둘이서 나란히 걸었다. 'D'동을 지날 때 나오유키가 말했다.

"생각보다 정정하시네요."

"예?"

"나이 드신 분들한테 이 복도가 너무 길어서 힘들다는 불평을 많이 들었는데, 부인은 전혀 그렇게 보이지 않아서요. 게다가 본관에서 가장 멀리 떨어져 있는 방에 묵으시고."

"아닙니다. 저도 노인인걸요."

나는 멈춰 서서 오른쪽 허리를 톡톡 두드렸다.

"실은 하반신이 약간 저리답니다. 오늘 밤에는 마사지라도 해야 할 것 같네요."

"큰형님을 대신해서 사과 말씀 드리겠습니다."

우리는 다시 걷기 시작했다.

나오유키는 다카아키 씨가 이 회랑정을 지었을 무렵의 얘기를 꺼냈다. 당시 대학을 막 졸업한 나오유키는 형님이 산속에 지은 기묘한 료칸을 보고 그저 고개만 갸웃거렸다고 한다. 하지만 주변 환경을 최대한 살리고 자연 파괴를 최소화한 설계라는 걸 안 것은 그로부터 몇 년이 흐른 뒤였다.

'C'동에 도착했다. 나오유키는 내가 사건에 말려들게 된 것을 다시 한번 사과했다.

"너무 마음에 두지 마세요."

"죄송합니다. 하지만 내일은 분명히 해결될 겁니다. 제 생각에, 범인은 아직 주변에 숨어 있는 것 같습니다. 일본 경찰은 우수하니까 분명히 찾아낼 겁니다. 내일은 꼭."

"예, 내일은 꼭 잡히겠죠."

"그럼 안녕히 주무세요."

"안녕히 주무세요."

나오유키는 문 안쪽으로 사라졌다.

28

오해를 한 계기

×

나오유키가 방으로 들어간 뒤에도 나는 그 자리에 서 있었다. 그리고 뒤를 돌아보았다. 맞은편이 유카의 방이다.

유카는 왜 나오유키가 동반자살 사건의 범인이라고 생각했을까? 결과적으로는 오해였지만 어떤 이유가 있기 때문에 그렇게 생각했을 것이다.

도대체 언제부터 그렇게 생각하기 시작했을까?

나오유키의 말 중에 걸리는 부분이 있었다. 유카가 그에게 물었다고 했다. 화재가 나기 전에 어디 갔었어요…….

왜 유카는 그런 질문을 했을까?

오해를 한 계기는 뭘까?

동반자살 사건에 대해 유카와 얘기를 나눴을 때의 일을 떠올려보았다. 유카하고는 저녁 식사 때와 식사를 마치고 로비에서 차를 마실 때 얘기를 나누었다. 그때 나눈 얘기들 중에 어떤 힌트가 숨어 있지는 않을까?

순간 아, 하는 소리가 나도 모르게 입에서 새어나왔다. 가나에와 유카의 사소한 말다툼이 떠올랐기 때문이다. 그때 나는 화재가 나기 전에 무슨 소리를 들었다는 증언은 없었느냐고 유카와 가나에에게 물었다. 그 물음에 대답한 것은 다케히코였다. 그는 'A-1'방에서 소리가 났다 해도 그걸 들을 수 있는 사람은 요코뿐일 거라고 했다. 그러자 가나에가 이렇게 되받았다. '하지만 'A-1'에서만 소리가 났을 거라고 단정할 수 없지 않나? 만약 방화범이 내부에 있었다면 범인이 자기 방을 드나드는 소리 같은 게 들렸을 수도 있잖아.' 그리고 그 말에 대해 유카는 그녀답지 않은 거친 말투로 맹렬히 반격했다. '그깟 소리가 무슨 증거가 된다고 그래?'

그러고 보니 유카의 주장이 이상했다. 가나에는 증거를 운운한 적이 없었다. 무슨 소리를 들은 사람이 있을지도 모른다고 말했을 뿐이다.

그깟 소리가…….

순간 뭔가가 섬광처럼 스쳐 지나갔다.

동반자살 사건이 일어난 날 밤, 유카는 나오유키의 방에서 무슨 소리가 나는 걸 들었던 것이다. 그러고 보니 가나에가 이런 말도 했다. 자고 있던 것에 비하면 방에서 굉장히 빨리 나온 거네. 내가 방에서 뛰쳐나왔을 때 언니는 이미 본관 쪽으로 뛰어가고 있었거든.

유카는 소동이 일어나기 전부터 깨어 있었던 것이다. 그래서 어떤 소리를 들었고, 소동이 일어난 후 나오유키에게 넌지시 물었다. 화재가 나기 전에 어디 갔었어요, 라고.

시간이 흘렀지만 유카는 그 일을 기억하고 있었다. 그래서 어젯밤 동반자살 사건이 위장된 것일지도 모른다는 얘기가 나왔을 때 맨 먼저 나오유키가 범인일지도 모른다는 생각이 떠올랐을 것이다. 아니, 어쩌면 그 정도의 확신은 없었을지도 모른다. 다만 만일을 생각해서 자기 손으로 유서를 훔쳐내 그 내용을 확인하려고 했던 게 아닐까?

하지만 유카의 추리와 달리 진짜 범인은 다른 사람이었다. 그리고 그 범인은 유카가 유서를 훔치는 걸 목격한 게 분명하다. 안된 얘기지만 유카는 터무니없는 오해로 인해 살해당한 셈이다.

그렇다면 그 오해의 원인은 뭘까?

문득 짐작 가는 게 있어서 가나에의 방문을 두드렸다. 가나에는 나를 보더니 놀란 표정을 지었다.

"물어보고 싶은 게 있어요. 별건 아니고."

"뭔데요?"

"지금 다케히코 씨가 묵고 있는 'C-2'방에 동반자살 사건이 있던 날 누가 묵었는지 알아요?"

이상한 질문이지만 가나에는 의심하는 것 같지 않았다.

잠시 생각하더니 손뼉을 치며 말했다. "아, 맞아요. 그날은 아무도 묵지 않았어요. 빈방이었어요."

"아무도 없었다⋯⋯."

"예. 'C'동에 묵었던 사람은 유카 언니와 나오유키 외삼촌 뿐이었을 거예요. 그런데 왜요?"

"아니, 아무것도 아니에요. 이상한 걸 물어봐서 미안해요."

대충 얼버무린 뒤 잘 자라는 인사를 하고 그 자리를 떠났다. 머릿속이 몽롱했다.

어젯밤 나는 나오유키의 방문이 열렸다고 생각했다. 하지만 그것은 다케히코의 방문에서 난 소리였다. 그래서 동반자살 사건이 일어난 날 밤 유카도 나와 똑같은 착각을 한 게 아닐까 생각한 것이다. 그러나 그날 밤, 그 방에 묵은 사람은 없었다.

어쨌든 이로써 유카가 나오유키를 의심한 것도 무리는 아니었다는 게 판명이 났다. 'C'동에는 자신 말고 나오유키밖에 없었다. 그 때문에 무슨 소리가 들리자 나오유키가 방을 드나든 거라고 생각했을 것이다.

내 방으로 돌아와 다시 생각을 정리해 보았다. 유카가 무슨 소리를 들었다는 가정이 잘못됐다는 생각은 들지 않았다. 그것 말고는 유카가 나오유키를 의심한 이유를 설명할 수 없다. 역시 누군가가 'C-2'방을 드나들었다고밖에 생각할 수 없다.

270

불을 지른 후 범인이 'C-2'방으로 도망쳤다고 치자. 왜 범인은 자기 방으로 돌아가지 않고 다른 방에 숨었을까? 그렇게 한 이유는 뭘까?

나는 바닥에 벌렁 드러누웠다. 그리고 오른손을 들어 허공에 '$И$'라고 써봤다. 유카가 남긴 메시지. 이 수수께끼도 풀어야 한다.

N, S, VI. 그 어느 것도 딱 와 닿지 않았다. 그 순간, 어쩌면 완성된 글자가 아닐지도 모른다는 생각이 들었다. 어떤 글자를 쓰는 도중에 유카의 숨이 멎었을지도 모른다.

예를 들면 'W'라든가. 또 다른 글자는…….

몸을 뒤척이다 살해된 유카처럼 엎드린 자세가 되었다. 그리고 왼손으로 글자를 쓰려고 했다.

순간, 깜짝 놀라 숨이 멎는 줄 알았다.

전혀 다른 가능성에 생각이 미쳤기 때문이다.

N도, S도, W도 아닌, 다른 알파벳이 떠올랐다. 그걸 머리글자로 가진 사람은 관계자 중 한 명밖에 없다.

나는 고개를 절레절레 흔들었다. 설마 그 사람이…… 아냐, 그런 생각을 못 할 것도 없다.

만약 그 사람이 범인이라면 어떨까? 몇 가지 의문이 풀릴까? 예를 들면 범행 후에 'C-2'방으로 도망간 이유를 설명할 수도 있을까?

나는 손가락을 뻗어 이번에는 회랑정의 겨냥도를 허공에 그려보았다. 'C-2'방은 도대체 어떤 의미가 있는 걸까?

 손가락이 멎은 것은 연못을 그리고 있을 때였다. 나는 깜짝 놀라 몸을 일으켰다.

 그래, 그렇게 된 거였어.

 순간 머릿속이 하얘지더니 선명한 광경이 떠올랐다.

29

절반의 성공

×

욕조의 물도 오늘 밤만은 찬 것 같다. 항상 김이 자욱한 욕
실에 한기가 흘렀다. 나는 유리문을 닫았다.

회중전등으로 손목시계를 비추었다. 새벽 2시 3분 전.

12시가 되기 전에 전화를 걸었다. 긴히 할 말이 있으니 새
벽 2시에 여자 욕탕에서 만나자고. 엄청난 모험이었다. 만약
상대가 범인이 아니라면 내 행동을 수상하게 여기고 경감에
게 말할 게 뻔하기 때문이다. 혹은 경찰이 모든 전화를 도청
할 위험성도 있다. 어느 경우든지 야자키 경감은 부하들을 이
곳으로 보내 나를 체포한 뒤 심문하려고 할 것이다. 그 순간
내 모든 계획은 물거품이 된다.

하지만 아무리 위험한 도박이라 해도 할 수밖에 없었다. 야
자키 경감은 나를 의심하기 시작했다. 혼마 기쿠요 부인에 대
해 본격적으로 조사하면 내 신분이 금방 탄로 날 것이다. 남
은 시간이 조금밖에 없다.

그리고 아무래도 이 도박은 잘될 것 같다. 현 시점에서 형사에게 감시를 당하는 것 같지는 않다. 안심하기엔 이를지 모르지만 나는 내 추리가 맞을 거라고 확신했다.

문제는 상대방이 오느냐 안 오느냐다.

나는 반드시 올 거라고 믿는다. 범인이라면 분명히 올 것이다.

다시 한번 시계를 보았다. 새벽 2시 1분…….

그때 문에서 달칵, 하는 소리가 났다. 내 눈앞에서 손잡이가 돌아갔다. 그리고 문이 밖으로 천천히 열렸다.

"기쿠요 부인?"

상대방이 작은 목소리로 불렀다. 적의 목소리가 틀림없다.

"여기 있습니다."

문 쪽에서 상대방의 그림자가 순간 움찔했다. 그리고 탈의실 안으로 들어오더니 문을 닫았다.

"저기, 하실 말씀이라는 게?"

적이 경계하는 눈빛으로 물었다. 상대방도 나를 죽일 준비를 하고 있다고 봐야 할까? 그렇다면 약간이라도 경계를 늦출 수 있게 해야 한다.

"부탁이 있습니다."

"……뭔데요?"

"실은…….." 나는 입술을 침으로 축이면서 말했다. "범인에게 자수를 권해주셨으면 합니다."

상대방은 놀라는 눈치였다. 대꾸할 말을 잃은 듯했다.

"범인이 누군지 알았습니다." 나는 말을 계속 이었다. "그 사람도 당신의 설득이라면 듣지 않을까…… 그런 생각이 들어서 이렇게 부탁을 하는 겁니다."

"……도대체 누구라고 생각하시는데요?"

"그 사람은……." 나는 주저하는 척하고 다시 상대의 눈을 보며 말했다. "후지모리 요코 씨입니다. 틀림없습니다."

상대는 완전히 허를 찔린 듯한 표정을 지었다. 그리고 한동안 말없이 생각하더니 고개를 저었다.

"설마요, 왜 그런 생각을?"

"이쪽으로 와보세요."

나는 김이 잔뜩 서린 욕실 안으로 들어갔다. 발바닥이 얼음에 닿는 것처럼 차갑지만 지금은 그런 것을 신경 쓸 때가 아니다. 상대도 잠자코 따라왔다.

"저녁때 우연히 발견했습니다. 보세요, 욕조 안에 뭔가 떨어져 있죠?"

나는 욕조 옆에 서서 식은 물을 손가락으로 가리켰다. 상대도 한 발짝 앞으로 다가왔다.

"어디요?"

"보세요, 저기 왼쪽 바닥."

나는 들고 있던 회중전등으로 바닥을 비추었다. 상대는 몸을 욕조 쪽으로 더 내밀었다.

나는 그 순간을 놓치지 않고 몰래 숨겨둔 아이스피크로 상대의 등을 힘껏 찔렀다. 상대가 욱, 하는 소리를 내며 몸을 크게 뒤로 젖혔다. 나는 아이스피크를 빼낸 뒤 상대의 등을 앞으로 밀었다. 상대가 욕조에 떨어지면서 물방울이 튀었다.

욕조에서 기어오르려고 하는 상대를 위에서 내리눌렀다. 노파답지 않은 기민한 동작에 당황하는 기색이 역력했다. 나는 아이스피크로 두 번째 공격을 했다. 이번에는 가슴을 찔렀다. 상대가 소리를 질렀지만 밖에서 들릴 만큼 크지는 않았다. 상처 부위에서 흐른 피가 욕조에 퍼져나갔다.

"왜……."

피로 물든 욕조 속에서 허우적거리며 고바야시 마호가 나에게 물었다.

화재가 나기 직전 'C-2'방에 들어간 것은 누구일까?

이치가하라 집안사람들은 전부 각자의 방에 있었을 것이다. 남는 사람은 고바야시 마호밖에 없다. 그렇다면 왜 마호는 'C-2'방에 들어갔을까?

그건 도주 경로를 단축하기 위해서다.

마호는 'A-1'방에 불을 지른 뒤 재빨리 자기 방으로 돌아가야만 했다. 그러나 복도는 길다. 도중에 누군가의 눈에 띌

수도 있다. 하지만 연못이 있기 때문에 'C'동까지는 복도를 지날 수밖에 없다. 문제는 그다음이다.

마호가 자기 방으로 돌아가려면 'D'동과 본관을 지나야만 한다. 마호는 그 방법이 위험할 뿐만 아니라 시간도 너무 많이 걸린다고 판단했다. 그래서 선택한 방법은 정원을 가로지르는 것이었다.

마호는 'C-2'방으로 들어가 유리창을 열고 정원으로 나왔다. 그리고 연못가를 따라 뛰어간 뒤 종업원 숙소로 돌아간 것이다. 화재가 있던 날 밤, 가나에가 복도에서 마호와 마주친 적이 있다고 했는데 그때 마호의 목적은 'C-2'방의 유리창을 잠그는 것이었다.

이런 추리를 이끌어 낸 동기는 유카의 다잉 메시지였다. 'И'은 무슨 글자였을까? 죽은 유카와 같은 자세를 하고 있다가 그걸 깨달았다. 엎드려서 왼손으로 글자를 쓰게 되면 보통과는 반대로 손을 오른쪽에서 왼쪽으로 움직이는 게 편하다. 유카가 죽기 직전 쓰고 싶었던 것은 W도 아니고 N도 아니다. 'M'이라는 글자였다. MAHO의 M.

범인은 마호였다.

고바야시 마호가 나와 사토나카 지로를 불태워 죽이려고 했던 것이다.

마호의 얼굴에서 핏기가 가시는 게 회중전등의 불빛 속에서도 확연히 보였다. 욕조의 물은 완전히 피로 물들기 시작했다.

"왜 나한테 죽어야 하는지 짐작이 안 가겠지? 하지만 내가 누구인지 알면 바로 알게 될 거야."

그렇게 말하고 마호 쪽으로 얼굴을 가져갔다.

"모, 르……겠어요. 누구……죠?" 숨을 헐떡이면서 마호가 물었다.

"역시나 몰라보네. 변장이 잘되었다는 뜻이겠지. 맨얼굴을 보여주고 싶지만 아직 그렇게 할 수는 없어. 대신 여기를 보여주지."

나는 잠옷의 끈을 느슨하게 푼 뒤 마호 쪽으로 등을 내보였다. 흉한 화상 자국을 마호도 봤을 것이다.

마호가 상황을 파악하는 데 몇 초의 시간이 걸렸다. 마호는 흙빛으로 변한 얼굴을 일그러뜨리며 힘없이 입을 열었다.

"설……마, 죽은…… 줄…….."

"하지만 이렇게 살아 있어. 그리고 당신 덕분에 이렇게 상처도 남아 있지."

마호는 믿을 수 없다는 눈빛이었다.

"범인이 당신이라는 걸 알아내기 위해 얼마나 고생을 했는지 몰라. 하지만 결국 유카 씨의 죽음이 힌트가 되었지. 유카 씨를 죽였을 때의 상황을 알고 싶어. 유카 씨가 내 방에 숨어

드는 것을 목격한 건가?"

마호는 괴로워하며 고개를 끄덕였다. 그리고 금붕어처럼 입을 뻐끔거리며 말하기 시작했다.

"마스터키를, 훔치는 걸, 봤기 때문에. 그리고 당신 방에, 들어가는 걸, 봐서……. 그래서 유카의, 방에 숨어서, 기다렸……."

자백하면 살려줄 거라고 생각했는지 마호는 열심히 입을 움직였다. 덕분에 상황을 알게 되었다. 유카는 자기 방에 들어가자마자 마호에게 기습을 당한 것이다. 마호는 유카를 이불에 눕혀 자고 있다가 당한 것처럼 꾸몄을 것이다. 그러나 유카는 바로 죽지 않았다. 마호가 나가고 나서 마지막 힘을 다해 다잉 메시지를 남겼다.

"그렇게 된 거였구나. 잘 알았어."

나는 동반자살 사건에 대해서도 물어보려 했다. 하지만 마호의 상태가 도저히 긴 얘기를 나눌 수 없을 것 같았다. 축 늘어진 마호는 나에게 도움의 눈빛을 보내고 있었다.

"이제 편하게 해줄게."

나는 욕조 안으로 손을 넣어 마호의 가슴에 꽂혀 있는 아이스피크를 빼냈다. 뭔가가 새어나오는 듯한 소리가 났고 마호는 눈을 크게 떴다.

사이를 두지 않고 다시 한번 가슴을 찔렀다. 마호는 움찔하며 경련을 일으키더니 이내 축 늘어졌다.

나는 마호의 머리를 움켜잡고 앞뒤로 거칠게 흔들었다. 아직 죽지 않았다. 눈꺼풀이 살짝 올라갔다.

"무슨 할 말 있어?"

이 말을 마호가 들었는지 어땠는지는 알 수 없다. 그러나 마호는 마지막으로 이렇게 중얼거렸다.

"나…… 혼자가…… 아니……에요……."

다시 한번 흔들었지만 더 이상 아무런 반응이 없었다. 마호의 눈은 멍하니 허공에 못 박혀 있었다.

나는 마호의 머리를 놓고 일어섰다.

탈의실로 돌아와 아이스피크의 손잡이를 바닥에 떨어져 있는 타월로 닦아내고 그대로 쓰레기통에 버렸다.

나는 옷매무새를 가다듬고 문을 조심스럽게 열었다. 복도에 인기척은 없었다.

슬리퍼를 신고 복도를 잰걸음으로 뛰어갔다. 누군가의 눈에 띄면 그때 가서 수습할 일이다.

하지만 다행히 누구의 눈에도 띄지 않고 방으로 돌아올 수 있었다. 나는 소리 지르고 싶은 충동을 참으며 무릎을 꿇고 신에게 기도하듯 가슴 앞에서 깍지를 꼈다.

해냈다. 드디어 해냈다.

이로써 복수의 반이 끝났다.

고바야시 마호의 마지막 말이 귓전에 되살아났다. 나 혼자
가 아니에요……. 마호가 무슨 말을 하려고 했는지 나는 알고
있다. 자기를 죽인다고 해서 모든 것이 끝나는 건 아니라는
것…….

그건 나도 알고 있다. 고바야시 마호는 공범자일 뿐이다.

내가 가장 증오해야 할 사람은 내일 죽일 것이다. 그래야
비로소 복수가 완성된다.

30

경감의 추리

×

날이 밝자마자 날카로운 비명이 회랑정에 울려 퍼졌다. 마호의 시체를 발견한 모양이다. 나는 재빠르게 옷을 갈아입고 방을 나섰다. 사람들이 복도를 뛰어가는 것이 보였다.

"가까이 오지 마세요. 그리고 함부로 움직이지 마세요."

사람들을 따라서 욕실 앞까지 가자 야자키 경감의 고함이 들렸다. 형사들의 움직임에도 살기 같은 게 감돌았다.

가나에가 복도에 주저앉아 있었다. 요코가 그런 가나에를 껴안고 있다. 가나에의 얼굴은 눈물로 범벅이 되었고, 주변에는 물기가 번져 있었다. 소변인 것 같았다.

"가나에 씨." 경감의 가차 없는 목소리가 날아들었다. "이렇게 이른 시간에 왜 목욕을 하려고 한 겁니까?"

"전, 전, 아무것도 몰라요. 잠이 깨서, 여기에 와서, 그리고, 그랬더니……."

가나에는 몸을 뒤틀며 요코에게 매달리더니 엉엉 울기 시작했다. 다른 때 같으면 가나에의 기분이 진정되기를 기다렸 겠지만 그렇게 시간을 끌 때가 아니라고 판단했는지 경감은 가나에의 어깨를 움켜쥐었다.

"확실히 말씀하세요. 왜 여기에 온 겁니까?"

"우연히 잠이 깼다가 몸에 땀이 배서 목욕을 하려고 왔어요."

"이 시간에 말입니까? 살인사건이 발생한 상황에서 아침 목욕을 하려고 했단 말입니까?"

가나에의 정신 상태를 이해할 수 없다는 듯 경감은 신경질 적으로 소리쳤다.

"그렇게 고함치지 않아도 되잖아요. 우리 애는 이 료칸에 오면 항상 아침 목욕을 하는데, 그게 잘못인가요?" 요코는 어 린아이를 감싸듯이 가나에의 머리를 품에 안았다.

"욕실은 방에도 있잖습니까? 이 목욕탕은 어제부터 뜨거 운 물이 안 나왔습니다."

"몰랐어요, 정말 몰랐어요."

"몰랐다고 하잖아요! 평소에는 언제든지 사용할 수 있단 말이에요. 오늘 아침에도 그런 줄 알고 온 건데 그렇게 몰아 붙이면 어떻게 해요? 얘가 여기에 왔으니까 시체도 빨리 발 견한 거잖아요."

요코의 격한 말투에는 경찰의 무능에 대한 분노와 짜증이 깃들어 있는 듯했다. 그걸 느꼈는지 야자키 경감은 몹시 불쾌한 표정으로 뒤를 돌아보았다.

"전원 로비로 모이세요. 절대 아무 데도 가지 마십시오."

우리가 로비로 가자 소란이 난 걸 들었는지 후루키 변호사와 아지사와 히로미가 반대편에서 나타났다.

"고바야시 씨가 살해되었다면서요?" 후루키 변호사가 긴박한 상황과는 대조적으로 느릿한 어투로 말했다.

"죄송합니다만 두 분은 비켜주시기 바랍니다." 경감이 신경질적으로 내뱉었다.

"두 분과는 관계없는 일입니다."

경감의 서슬 퍼런 노기에 후루키 변호사는 눈을 동그랗게 뜨며 입을 다물었다.

"범행 현장이 목욕탕이라는 게 사실입니까?" 그 와중에도 아지사와 히로미가 물었다.

형사 한 명이 고개를 끄덕이자 히로미는 말없이 복도를 걸어갔다. 그들이 떠나자 경감은 우리 쪽으로 고개를 돌렸다.

"사건에 대해 짐작이 가시는 분, 어젯밤에 무슨 소리를 듣거나 뭔가를 목격한 분은 말씀해 주십시오. 사소한 거라도 괜찮습니다." 경감이 빠르게 내뱉었다.

신경이 곤두서 있다는 걸 알 수 있었다. 살인사건이 발생해 조사 중인 현장에서 또 한 사람이 살해됐으니 경찰의 실수라고 해도 변명의 여지가 없는 상황이었다.

아무도 대답하지 않았다. 할 말이 없기도 하겠지만 모두 겁에 질려 있었다. 확실한 증거는 없지만 자신들 중에 범인이 있을지도 모른다는 느낌이 든 것이리라.

젊은 형사가 야자키 경감에게 뭐라고 귓속말을 했다. 경감은 고개를 한 번 끄덕이더니 더욱 험악한 표정으로 주위를 둘러보았다.

"흉기는 아이스피크. 물론 이 료칸의 주방에 있던 것과 똑같은 겁니다. 이 점에 대해서 뭔가 아시는 분 없습니까?"

"어제 마호 씨가 사용했어요." 기요미가 새파랗게 질린 얼굴로 말했다. "머리를 식히려고 얼음을 가지러 갔는데, 그때 마호 씨가 아이스피크로 얼음을 깨쳤거든요."

"그 뒤 고바야시 씨는 아이스피크를 어떻게 했습니까?"

"주방 테이블에 놨던 것 같아요."

"그때 주방에 다른 사람이 있었습니까?"

기요미는 부들부들 떨며 고개를 저었다. "아무도 없었어요."

"다른 분들은 그 아이스피크를 보지 못했습니까?"

경감이 화난 어조로 물었지만 아무도 대답하지 않았다. 대답할 사람이 있다면 그것은 나일 것이다. 나는 어젯밤 늦게 주방에 들어가 테이블 위에 놓여 있는 아이스피크를 품에 숨겨 가지고 나왔다. 흉기가 될 만한 것이면 뭐든 상관없었다.

"주방에 가서 지문 좀 채취해 봐."

경감은 부하에게 그렇게 지시한 뒤, 뒷짐을 진 채 죄수를 감시하는 듯한 표정으로 왔다 갔다 했다. 그의 눈은 증오로 가득 차 있었다. 어떻게 해야 이 한정된 사람들 중에서 범인을 추려낼 수 있을지 필사적으로 생각하고 있을 것이다.

"주방에 있던 아이스피크가 범행에 사용된 걸 보면 숙박객 중에 범인이 있다고 생각해도 무리는 없을 것 같은데……."

경감이 가학적인 표정으로 모두의 얼굴을 뚫어지게 쳐다보며 말했다. 하지만 나오유키가 반론을 제기했다.

"아이스피크를 가져간 게 마호 씨 자신일 수도 있잖습니까?"

"그게 무슨 뜻이죠?" 경감은 도전적으로 물었다.

"목욕탕에서 무슨 소리가 들려서 마호 씨가 상황을 살피러 갔을 겁니다. 하지만 왠지 불안한 마음이 들어 마침 눈에 띈 아이스피크를 품에 숨겼겠죠. 그런데 목욕탕에 숨어 있던 도둑이 마호 씨한테서 아이스피크를 뺏어 그것으로 마호 씨를 죽인 겁니다. 충분히 가능한 얘기지 않습니까?"

"그러니까 도둑은 흉기를 갖고 있지 않았다는 겁니까?"

"그건 모르죠. 하지만 이 료칸에 있는 것을 사용하면 쉽게 잡히지 않을 거라고 생각하지 않았을까요?"

"흐음, 일리가 있군요."

고개를 끄덕이기는 했지만 경감은 나오유키의 말에 동감하는 것 같지 않았다. 아니나 다를까 그가 말했다.

"그럼 한 가지 묻겠습니다. 그 도둑은 도대체 어디로 침입했죠? 현재 조사한 바로는 출입구는 모두 닫힌 상태입니다. 가능성이 있다면 여러분의 방을 통과해 가야 하는데 아무리 둔감한 인간이라도 누군가가 자신의 방에 들어왔다면 알아차리지 않겠습니까?"

"무례하군요. 어떻게 둔감하다는 표현을." 소스케가 몹시 화를 냈다.

경감은 사과하지 않았다. "그렇지 않으면 외부에서 침입할 수가 없습니다. 게다가 어젯밤엔 경관 몇 명이 이 주변을 엄중히 지키고 있었습니다."

나이프에 찔린 것처럼 전원이 침묵을 지켰다.

주위를 둘러보며 경감이 고약하게 말했다. "이제야 납득하신 것 같군요."

"물어볼 게 있습니다." 이번에도 나오유키가 나섰다. "유카를 죽인 범인과 이번 사건의 범인이 동일인이라고 보십니까?"

"그럴 가능성이 아주 높다고 생각됩니다. 개인적인 견해를 말씀드리자면 틀림없이 동일 인물입니다." 경감은 단언했다.

"그러면 그 머리카락 건은 어떻게 됩니까? 관계자 이외의 머리카락이 유카의 방에서 발견되었다고 하지 않았습니까?"

"그것에 대해서는 현재 추가로 조사 중입니다. 아직 결론은 안 나왔습니다."

"그런……."

유일한 증거를 단호하게 무시하자 나오유키는 분한 듯 입술을 깨물었다. 경감은 그런 그를 무시하고 다른 사람들을 쳐다보았다.

"첫 번째 사건이 내부인의 소행임을 나타내 주는 증거를 한 가지 더 말씀드리죠. 어제 모든 분께 말씀드렸지만 연못 근처에서 범인의 것으로 짐작되는 발자국을 발견했습니다. 그런데 기묘하게도 그 발자국에는 신발 바닥의 형태가 찍혀 있지 않았습니다. 아무리 선명하지 않더라도 여간 이상한 게 아니죠. 그래서 감식반에 넘겨 조사를 했는데, 양말만 신은 상태였을 거라는 결론이 났습니다. 이것을 어떻게 생각하십니까? 외부에서 강도를 목적으로 침입한 도둑이 신발을 신지 않고 도망가는 일이 있을까요?"

역시 들켰구나, 하고 나는 속으로 생각했다. 발자국이 발견되었을 때부터 각오는 하고 있었다.

"내부인이라 해도 양말만 신고 다녔다는 건 이상하잖아요." 요코가 반론을 제기했다.

하지만 경감은 예상했던 질문이라는 듯 자신만만하게 대꾸했다. "내부인이 범인이니까 그런 상황이 발생한 겁니다. 범인은 당초 복도를 지나 유카 씨의 방에 들어갔고, 범행 후에도 복도를 통해 돌아갈 계획이었을 겁니다. 그런데 생각지도 않은 불청객이 끼어드는 바람에 문으로 나오지 못하게 된 겁니다. 그 불청객이란 다름 아닌 다케히코 씨입니다."

갑작스러운 지명에 다케히코는 몸을 떨었다.

경감은 말을 계속 이었다. "다케히코 씨는 유카 씨의 방에서 이상한 소리가 들려 상황을 확인하러 방에서 나왔다고 했습니다. 그때 방 안에 있던 범인도 그것을 알아차렸겠죠. 다케히코 씨한테 들키지 않고 탈출하려면 유리창을 통해 정원으로 나가는 수밖에 없었을 겁니다. 그래서 양말만 신은 발자국이 남게 된 거죠. 어떻습니까, 내부인의 범행이라고 생각하는 게 맞겠죠?"

거의 사실에 가까웠다. 유일하게 다른 점이라면 내가 방에 들어갔을 때 유카는 이미 살해당한 뒤였다는 것이다.

하지만 멋진 추리다. 그것을 알기 때문에 아무도 반박하지 않는 것이리라.

경감은 코를 벌름거리며 말했다. "그렇게 되면 다음은 소거법입니다. 그 발자국은 연못의 양쪽 가장자리에 찍혀 있었습니다. 그걸로 봐서 범인은 유카 씨의 방에서 자기 방으로 돌아가기 위해서는 반드시 연못을 건너야만 하는 사람이라는 걸 알 수 있습니다."

경감은 성큼성큼 나오유키 앞까지 걸어갔다.

"따라서 유카 씨의 맞은편 방에 묵고 있는 나오유키 씨, 그

옆방의 다케히코 씨, 그리고 'D'동에 있는 가나에 씨는 제외됩니다. 이 세 사람은 자신의 방으로 돌아가기 위해 연못을 건너뛸 필요가 없을 테니까요."

나오유키는 오히려 고통스러운 표정을 지었고 다케히코와 가나에는 멍하니 있었다.

"범인이 세 명을 제외한 네 명 중에 있다는 거군요."

그 네 명 안에 포함된 소스케가 핏대를 세우며 입술을 부르르 떨었다.

"발자국만 놓고 보면 그렇게 됩니다." 야자키 경감은 태연하게 말했다.

"잠깐만요." 상황을 지켜보던 기요미가 눈썹을 치켜 올렸다. "두 사건의 범인이 동일인이라면, 저를 제외해도 되지 않나요? 엄마가 딸을 죽일 리 없잖아요."

그 말을 듣자마자 옆에 있던 요코가 올케인 기요미를 노려보았다. 소스케도 얼굴을 일그러뜨렸다.

험악한 분위기 속에서 경감은 억양 없는 목소리로 말했다. "심정적으로는 그렇습니다. 저도 기요미 씨를 의심하지는 않습니다. 하지만 지금은 물리적인 검토를 하고 있는 단계입니다. 이해해 주시기 바랍니다."

"전 이해할 수 없어요." 요코가 몹시 화를 내며 말했다.

"대체 두 사건의 범인을 동일인으로 보는 근거가 뭐죠? 그 설명을 못 들었는데요?"

그러자 경감은 굉장히 의외라는 듯이 물었다. "설명이 필요한 겁니까?"

"예, 필요해요." 요코가 대답했다.

경감은 천장을 쳐다보더니 말 상대가 안 된다는 듯 고개를 흔들며 말했다. "이 짧은 기간에 연이어 살인사건이 일어났고, 게다가 두 사건의 범인은 내부인으로 추정됩니다. 그런데 만약 범인이 각각 다르다면 이치가하라 집안은 살인마 집단이 되는 거죠."

내부 범행을 확신하고 있는 경감은 이미 이치가하라 집안 사람들에게 예의를 갖출 의사가 없는 것 같았다. 아마도 모두가 범인으로 보일 것이다.

"비정상적이긴 하지만 단정할 수는 없지 않나요? 첫 번째 사건이 일어났기 때문에 다른 범인에 의한 제2의 사건이 일어났다고도 생각할 수 있잖아요."

요코가 그렇게 말하자 경감은 입술을 일그러뜨렸다.

"그런 경우란 게 도대체 뭐죠? 설명을 들어보고 싶군요."

"예를 들면…… 그래요, 실은 마호 씨가 유카를 죽인 범인이고 그 원수를 갚은 경우라든가……."

"고모, 무슨 말을 그렇게 해요?" 자기 얘기라는 것을 깨달은 기요미가 자리에서 벌떡 일어났다. "내가 마호 씨를 죽였

291

다고요? 말이 되는 소리를 하세요!"

요코는 기요미를 쳐다보지도 않고 내뱉었다. "예를 들면 그렇다는 거예요."

"지금 그 말투는 뭐죠?"

요코에게 달려들려는 기요미를 뒤에서 나오유키가 붙잡았다.

"형수님, 진정하세요."

"딸이 죽고 이런 소리까지 듣게 됐는데, 지금 진정하게 생겼어요? 아아, 알겠어요. 역시 범인은 고모예요. 틀림없어요."

어깨를 붙들린 기요미는 슬리퍼를 신은 발로 요코를 차려고 했다. 슬리퍼가 날아가 요코의 정강이에 맞았다.

"왜 내가 그런 짓을 했다는 거죠?" 요코도 다시 일어났다.

"돈 때문이지 뭐겠어요? 돈을 위해서라면 뭐든지 하잖아요."

"뭐라고요?"

요코도 손찌검을 하려고 하자 이번에는 소스케가 나서서 말렸다.

"이치가하라 기요미 씨를 방으로 데리고 가서 잘 감시하게." 야자키 경감이 젊은 형사에게 지시했다.

기요미는 알 수 없는 말을 외치며 로비에서 멀어졌다. 로비는 일단 조용해졌다.

"나 원 참!"

292

경감은 화가 난 듯 근처에 있는 테이블을 쾅 내리쳤다. 그러고 나서 다시 우리 쪽을 쳐다보았다.

"고바야시 마호 씨가 첫 번째 사건과 어떤 형태로든 관련이 있는 건 틀림없는 사실입니다. 하지만 범인일 가능성은 희박합니다. 그 이유는 방금 전에도 말씀드린 것처럼 발자국 때문입니다. 종업원 숙소가 있는 본관은 연못을 건너지 않아도 돌아갈 수 있으니까요."

경감은 발자국에 지나치게 집착하는 것 같았다.

"뭐 그렇지만, 두 사건의 범인이 동일인일 거라는 가정은 일단 보류해도 상관없습니다. 어쨌든 유카 씨를 죽인 범인은 기요미 씨를 포함해 네 명으로 좁혀졌다고 할 수 있습니다."

"난 범인이 아니에요!" 요코가 소리를 질렀다.

"나도 범인이 아닙니다!" 소스케도 이어서 말했다.

"혼마 씨는요?" 경감이 나를 보았다. "혹시 하실 말씀 없습니까?"

"우습군요." 나오유키가 옆에서 끼어들었다. "야자키 씨, 당신은 논리적 사고를 좋아하지 않았던가요? 기쿠요 부인이 그 연못을 건너뛰는 건 무리입니다."

이 점에 대해서는 야자키 경감 본인이 했던 말도 있다. 그러나 지금 경감은 그때의 온화한 눈빛이 아니라 과학자 같은 냉철한 눈빛으로 나를 관찰하고 있었다.

"뭐 그건 나오유키 씨 말이 맞겠군요. 상식적으로 생각하면 말이죠."

경감이 내 정체에 대해 의문을 갖고 있다는 것은 이제 의심할 여지가 없었다. 젊은 여자가 노파로 변장하고 있다는 것까지는 간파 못 한 것 같지만 혼마 기쿠요라는 인물에 대해 조사해 볼 필요가 있다고 생각할 것이다.

"제가 한마디 하겠습니다." 소스케가 관자놀이에 핏대를 세우며 말했다. "경감님, 당신이 방금 말한 내용은 어느 것 하나 결정적인 증거라고 할 만한 게 없는 것 같군요. 발자국만 해도 그렇습니다. 범인의 것으로 보인다고 하지만 반드시 그렇다고 확신할 만한 근거는 없지 않습니까? 만약 범인이 남긴 것이라 해도, 그게 꾸민 짓이 아니라고 단언할 수 있습니까? 그래요, 자신이 의심받지 않도록 꾸민 걸 수도 있잖습니까?"

무심코 나온 말인 것 같은데 스스로 그 의견이 썩 괜찮다고 생각했는지 소스케는 혼자서 고개를 끄덕였다.

"꾸민 짓이라……."

그 의미를 파악하듯 되풀이한 뒤 경감은 주위를 왔다 갔다 했다. 그리고 멈춰 서더니 소스케에게 물었다.

"그럼 왜 신발을 신지 않은 발자국이 남았을까요? 꾸민 짓이라면 외부인의 소행처럼 보이게 해야 하지 않을까요?"

"그거야…… 내가 어떻게 알겠습니까?" 소스케는 옆으로 고개를 돌렸다. "범인에게는 범인의 사정이 있었겠죠."

"사정이라……." 경감은 그렇게 말하고 새끼손가락 끝을 입으로 혹 불었다. "좋습니다, 꾸민 것이라고 치죠. 그렇게 되면 가나에 씨, 다케히코 씨, 나오유키 씨, 이 세 사람이 용의자가 되겠군요. 이분들 중에서 나오유키 씨는 알리바이가 확실합니다. 그렇다면……."

"아니에요, 난 아니라고요."

경감이 말을 끝맺기도 전에 가나에가 울면서 자신의 결백을 주장했다.

"난 그런 짓 안 해요."

"나도 그런 짓 안 합니다." 다케히코가 말했다.

경감은 만족스러운 표정을 지었다.

"만약 그 발자국이 꾸민 것이라면 범인이 가나에 씨든 다케히코 씨든 친부모에게 의심이 가는 것을 꺼려하지 않은 셈이 되는군요. 나오유키 씨라 해도 형제들에게 죄를 뒤집어씌운 셈이 되고요. 이것을 어떻게 생각하십니까?"

끽소리도 못한다는 건 바로 이런 상황을 말할 것이다. 소스케는 비지땀을 흘리며 입을 일자로 꾹 다문 채 그저 끙끙거리기만 했다.

"아무튼 이 중에 범인이 있는 건 분명합니다. 이제는 억지이론을 늘어놓아도 소용없습니다. 나는 범인에게 권고합니다. 순순히 자백하시오. 그렇게 하는 게 모두에게 폐를 끼치지 않을 뿐더러 체포된 뒤에도 정상이 참작될 테니."

그의 말에 모두가 쥐 죽은 듯 조용해졌다.

내부 범행설에 반발하면서도 역시 마음 한구석으론 경감의 말에 동의하고 있다는 것을 증명하는 침묵이었다.

수십 초 동안 경감은 기다렸다. 나에게는 길고 긴 시간이었다.

"나는 방금 당신에게 기회를 주었소."

경감이 그렇게 말한 뒤 옆에 있는 의자에 털썩 주저앉았다.

"그러나 당신은 그것을 무시했어. 몇 시간 뒤에는 후회하게 될 거야. 우리 경찰은 마음만 먹으면 뭐든 알 수 있어. 단언하건대 당신의 침묵은 헛수고가 될 거야."

그리고 갑자기 표정을 누그러뜨렸다.

"잠시만 여기서 기다려주십시오. 곧 범인을 잡을 수 있을 겁니다. 그때까지만 참아주시기 바랍니다."

그리고 다시 한번 거칠게 말했다.

"언제라도 자수하기 바란다. 문은 열려 있다."

31

화염 속 검은 그림자

×

 납처럼 무거운 분위기 속에서 우리는 한마디도 하지 않고 거의 움직이지도 않은 채 시간을 보냈다. 만약 모르는 사람이 우리를 봤다면 밀랍인형이라고 생각했을 것이다.

 나를 제외한 나머지 사람들은 요코와 소스케에게 신경을 쓰고 있는 것 같았다. 어느 한쪽이 당장이라도 자신을 범인이라고 밝히지 않을까, 하고. 그리고 당사자들은 서로 상대방을 의심하고 있는 게 분명했다.

 나는 다른 수사관들의 움직임에 신경을 기울였다. 그들은 고바야시 마호의 방을 수색했을 것이다. 그것은 유서가 발견될 수도 있다는 뜻이다. 유서가 발견되면 모든 계획은 엉망이 돼버린다. 복수의 기회가 영원히 사라지는 것이다. 나는 안절부절못했다.

 야자키 경감은 장기라도 두듯이 천천히 우리를 공격해 왔다. 그는 가장 먼저 흉기에 대한 얘기를 꺼냈다.

"유카 씨를 죽인 흉기의 출처가 확인되었습니다."

부하가 보고하러 올 때마다 일기예보라도 전하는 것처럼 야자키 경감은 가벼운 말투로 수사 상황을 설명했다.

"목욕탕 옆에 커다란 창고가 있는데, 그곳에 이치가하라 다카아키 씨가 예전에 사용했던 것으로 보이는 오래된 등산 도구가 있었습니다. 조사해 보니 최근에 누군가가 만진 흔적이 있고 등산용 나이프의 케이스도 하나가 비어 있더군요. 그게 흉기로 쓰인 나이프의 케이스인 것으로 밝혀졌습니다."

"그렇게 오래된 물건들을 지금도 사용할 수 있습니까?" 나오유키가 곧바로 의문을 제기했다.

"물론입니다. 다른 종류의 등산용 나이프도 있었는데 보존 상태가 상당히 좋은 편이었습니다." 경감이 대답했다.

고바야시 마호는 왜 그런 것을 흉기로 택했을까? 유카를 빨리 죽여야 하는데 적절한 흉기가 눈에 띄지 않았을지도 모른다. 주방에 있는 물건을 사용할 수는 없었을 것이다. 다카아키 씨가 사용하던 등산 도구의 존재를 알고 있었던 건 옛 애인이었기 때문일지도 모른다. 아니, 어쩌면 그 물건들을 손질해 온 사람이 마호 본인은 아니었을까? 그렇기 때문에 지금도 전혀 녹이 슬지 않은 상태로 남아 있는지 모른다. 그렇게 생각하자 고바야시 마호 또한 가여운 존재라는 생각이 들었다.

그런데 조금 의외인 것은 경감이 그걸 근거로 내부 범행설을 거듭 강조하지 않았다는 사실이다. 일부러 입 밖으로 낼 필요도 없다는 걸 충분히 알고 있기 때문일 것이다. 내부 범행설에 계속 이의를 제기하던 나오유키조차 이후로는 고개를 숙이고 있었다.

나는 조바심이 났다. 이대로 있다가는 아무것도 하지 못한 채 잡히고 말 것이다. 야자키 경감이 진상을 밝혀내는 데는 시간이 그리 오래 걸릴 것 같지 않았다. 그렇다고 지금 여기에서 복수를 감행할 수도 없다. 그럴 경우 많은 경관들에게 금세 포위될 것은 자명한 일이다.

어떻게 하면 좋을까?

그때 형사 한 명이 걸어왔다. 무슨 서류를 손에 들고 있다. 그가 힐끗 우리를 쳐다보았다.

여기까지다, 라고 나는 직감적으로 느꼈다. 이대로 여기에 앉아 있으면 안 된다. 나는 자리에서 일어났다. 또 다른 젊은 형사가 즉각 내 옆으로 다가왔다.

"죄송합니다. 잠깐 화장실에 다녀와도 될까요?" 나는 애원하는 눈빛으로 말했다.

젊은 형사가 야자키 경감을 보았다.

"제가 이 서류를 읽는 동안 잠시 기다려주시겠습니까?" 야자키가 말했다.

"하지만……."

"화장실 정도는 괜찮지 않습니까?" 나오유키가 나 대신 나서주었다. "우리는 죄수가 아닙니다."

야자키 경감은 부하가 가져온 서류를 손에 들고 아주 잠깐 동안 생각하다 이내 허락했다.

로비를 나왔다. 화장실은 주방 옆에 있었다. 같이 따라온 형사를 남겨두고 먼저 용변을 보았다. 그리고 세면대 거울을 보며 얼굴을 다시 한번 점검했다. 이제는 완전히 익숙해진 노파의 얼굴이 거기에 있었다.

망설이고 있을 때가 아니야. 이젠 정말 물러설 곳이 없어……. 거울 속의 나에게 말했다.

화장실을 나와 형사에게 물을 마시고 싶다고 했다. 형사는 노골적으로 싫은 표정을 지었다.

"약을 먹어야 해서 그래요. 부탁드립니다."

"그럼 빨리 드십시오." 형사는 무뚝뚝하게 말했다.

주방으로 들어가 컵에 물을 담았다. 형사는 입구 근처에 서 있었다. 진통제를 가져오길 잘했다. 먼저 약을 먹었다. 그러면서 찬장 한쪽을 곁눈질했다. 바뀌지 않았다면 그 찬장에는 타이머 스위치가 있을 것이다. 요즘 나오는 가전제품에는 대부분 타이머가 내장되어 있으므로 지금은 거의 사용하지 않을지도 모르지만.

"빨리 하고 나오세요." 형사가 얼굴을 내밀고 한마디 던졌다.

주방을 나온 나는 문을 꼭 닫았다. 얼굴색이 변했다는 걸 스스로 느낄 수 있었다. 하지만 미숙한 형사는 내 변화를 눈치채지 못한 것 같았다.

로비로 돌아오자 모든 사람이 아까와 똑같은 상태로 기다리고 있었다. 야자키 경감은 조금 전 젊은 형사가 갖고 온 서류를 보고 있었는데, 나를 보더니 살짝 미소를 지으며 손으로 어서 앉으라는 제스처를 취했다. 나는 원래 자리에 앉았다. 분위기가 이상한 긴박감으로 가득 차 있었다.

"다름이 아니고⋯⋯." 경감이 작은 목소리로 중얼거리며 모두를 둘러보았다. "머리카락 분석 결과가 나온 것 같습니다."

"머리카락요? 또 그 머리카락 얘긴가요?" 요코가 물었다.

"그렇습니다. 또 머리카락 얘깁니다. 이번에는 고바야시 마호 씨가 살해된 목욕탕에서 채취한 것을 조사했습니다. 그곳에서 발견된 것은 전부 여성의 머리카락이었습니다. 고바야시 씨, 유카 씨의 것을 제외하고 세 종류가 나왔는데, 그 머리카락들의 주인이 누군지도 밝혀졌습니다. 가나에 씨, 후지모리 요코 씨, 이치가하라 기요미 씨, 이렇게 세 명입니다."

"어떻게 제 머리카락이라는 걸 알죠? 제 머리카락을 조사한 적이 없을 텐데요?" 요코가 따지듯이 물었다.

"실은 여기서 기다리시는 동안 각자의 방에서 머리카락을 채취했습니다."

"어떻게……."

프라이버시 침해라는 듯 요코가 가나에와 함께 경감을 노려보았다.

"그럼 따로 조사할 필요가 없는 것 아닙니까? 요컨대 목욕탕에 들어간 사람들의 머리카락이 발견된 것에 지나지 않으니까요." 소스케가 약간 딱딱한 미소를 지으며 말했다.

"과연 그럴까요?"

"그러면 뭔가……."

"그리고……." 경감은 다시 서류로 시선을 던졌다. "목욕탕 주변, 유카 씨의 방 주변, 모두가 식사를 했던 방에서도 머리카락을 채취했는데 그 결과……."

그러곤 등을 꼿꼿이 펴고 선언하듯이 말했다.

"어제 유카 씨의 방에서 나온 수수께끼의 머리카락이 또 발견되었습니다."

그 얘기에 "예엣?" 하고 거의 모든 사람의 입에서 놀라운 탄성이 흘러나왔다.

"그럼 역시 외부인이 침입한 거군요. 우리가 모르는 사이에 료칸 안을 돌아다닌 거라고요." 나오유키가 약간 의기양양하게 말했다.

"뭐야, 왠지 꺼림칙해." 가나에가 얼굴을 찌푸리며 팔뚝을 문질렀다.

"그렇게 단정하는 건 약간 이른 것 같습니다." 야자키는 일부러 느릿한 어조로 말하는 것 같았다. "왜냐하면 그 머리카락은 여러분이 함께 식사를 했던 방에서도 발견되었으니까요."

나는 그가 무슨 말을 하려는 건지 알 수 있었다. 아무래도 각오를 하는 편이 좋을 것 같았다.

곁눈질로 시계를 보았다. 12시 5분 전.

"식사를 한 방이라고요? 무슨 소리를 하시는 겁니까?" 소스케가 큰 소리로 말했다.

"침입자가 그 방에도 들어갔다는 겁니까?"

"그것보다는 여러분 중에 그 머리카락의 주인이 있다고 생각하는 게 이해하기 편할 겁니다."

"우리 중에 있다고요?"

그렇게 말한 다케히코가 이내 깜짝 놀란 듯 나를 쳐다보았다. 가나에, 소스케, 요코도 차례로 나에게 시선을 돌렸다. 나오유키만 경감을 쳐다보고 있다.

"그런 말도 안 되는 소리를…… 기쿠요 부인은 보시는 바와 같이 멋진 백발입니다. 발견한 머리카락은 검은색이고 게다가 젊은 여성의 것이라고 하지 않았습니까?"

"맞습니다. 하지만 말입니다, 실은 조사를 계속하다가 이상한 점을 발견했습니다." 경감은 의자에서 일어났다. "즉, 누군가의 머리카락만은 어디에서도 발견되지 않았다는 겁니다. 정도의 차이는 있지만 다른 사람의 머리카락은 모두 채취했습니다. 그런데 한눈에 봐도 주인을 알 수 있는 백발은 발견되지 않았습니다. 더 이상 빙 둘러서 말하지 않겠습니다. 그분은 바로 혼마 씨입니다."

"그게 뭐요? ……우연 아니겠습니까?" 나오유키가 끈질기게 맞섰다.

나는 시계를 보았다. 앞으로 3분.

"나오유키 씨 말대로 우연일지도 모릅니다. 하지만 혼마 씨가 묵고 있는 방에서 발견된 검은 머리카락에 대해서는 어떻게 설명하면 좋을까요? 게다가 그 머리카락이 문제의 머리카락과 모든 면에서 완전히 일치한다면 말입니다."

"설마……."

나오유키도 반박할 만한 말이 떨어졌는지 입을 다물어버렸다. 경감은 일부러 내 얼굴을 쳐다보지 않고 천천히 걸음을 옮기기 시작했다.

"그리고 감식 결과에 의하면 그 머리카락에 아주 독특한 특징이 있다고 하더군요. 예전에 여러 번 강하게 탈색을 했다는 것과 특수한 색깔로 염색한 적이 있다는 겁니다. 이건 무슨 뜻일까요? 감식반은 이렇게 추론하고 있습니다. 그럴 경우 머리카락은 백발로 변한다……."

경감이 처음으로 내 얼굴을 똑바로 응시했다. 모두가 나를 쳐다보았다.

"그건 진짜 머리카락이 아니죠?" 경감은 내 머리를 손가락으로 가리켰다. "가발이겠죠. 그리고 예전에 머리카락을 백발로 만들려고 한 적이 있을 겁니다. 이해할 수가 없군요. 흰머리를 검게 염색한다면 몰라도 왜 반대로 했을까요?"

"누군가 기쿠요 부인을 함정에 빠뜨리려고 한 건 아닐까요?"

어떤 사명감에서인지 나오유키는 계속 나를 변호했다.

"진짜 범인이 기쿠요 부인에게 죄를 뒤집어씌우려고 하는 게 아닙니까?"

"그건 무의미합니다. 머리카락을 조사하면 밝혀질 테니까."

경감은 나를 쳐다보며 대답했다. 그리고 말을 이었다.

"지금이니까 하는 말입니다만 처음 만났을 때부터 이상한 위화감을 느꼈습니다. 논리적으로는 설명할 수 없는 느낌이라고 할까? 아무튼 노인과 함께 있다는 느낌이 안 들었습니다. 그리고 본인도 알겠지만 혼마 씨는 오모테센케와 우라센케를 잘못 설명하는 아주 큰 실수를 범했습니다. 그리고 한 가지 더, 제가 개인적으로 느낀 의문점을 말씀드리죠. 실은 제 어머니도 마에바시 출신인데 혼마 씨의 말투에는 마에바시의 독특한 사투리가 전혀 섞여 있지 않았습니다. 조금도 느낄 수 없었습니다."

나는 외면하는 척하며 시계를 쳐다보았다. 맞춰놓은 시각이 다가왔다.

"혼마 씨, 아니, 당신……." 야자키 경감이 한 걸음 다가왔다. "당신의 정체는 뭐죠?"

나는 자리에서 일어나 뒷걸음질했다. 그와 동시에 등 뒤로 형사 두 명이 다가왔다.

"당신이 범인이라고 말하는 게 아닙니다. 그러나 어떤 사정이 있는지 묻지 않을 수 없군요. 혼마 기쿠요 부인의 신분으로 이 회랑정에 잠입한 이유를 말입니다."

내가 계속 뒷걸음질하자 뒤에 있던 형사 한 명이 내 팔을 붙잡았다.

야자키 경감이 명령했다. "가발 벗겨!"

또 다른 형사가 내 머리로 팔을 뻗는 순간…….

엄청난 폭발음과 함께 내 몸이 허공에 붕 떴다.

정신을 차리자 주위가 온통 연기에 휩싸여 있었다. 내 몸도 바닥에 내동댕이쳐져 있었다.

작전은 멋지게 성공했다. 주방에 들어갔을 때 나는 한 가지 장치를 해놓았다. 타이머 스위치를 이용해 시간이 되면 누전이 되도록 맞춰놓은 다음 가스 밸브를 열어놓은 것이다.

근처에서 신음 소리가 났다. 소리가 나는 쪽을 쳐다보자 옆에 있던 형사가 천장에서 떨어진 샹들리에 밑에 깔려 있었다. 다른 사람들도 흩어진 의자와 테이블 사이에서 버둥거리고 있었다.

"도대체 뭐가 어떻게 된 거야?"

야자키 경감이 소파 뒤에서 모습을 드러내며 고함쳤다. 그러나 다리를 다친 듯 일어서기도 전에 다시 바닥에 쓰러졌다.

나오유키가 비틀거리며 일어났다. 이마에서 피가 흘렀다.

"어서들 일어나세요! 빨리 도망가지 않으면 화염에 휩싸일 겁니다!"

그러자 쓰러져 있던 사람들이 몸을 일으키기 시작했다. 단한 사람, 소스케만이 축 늘어진 채 움직이지 않았다.

"정신 차리세요, 형님! 형님!"

"여러분, 정원으로 나가세요! 어서요!"

경감이 한쪽 다리를 끌면서 지시했다. 요코도, 다케히코도, 가나에도 얼이 빠진 표정으로 로비를 빠져나가기 시작했다.

그때 갑자기 엄청난 소리가 나더니 벽이 무너졌다. 그 맞은 편에서 화염 덩어리가 춤을 추고 있었다.

나는 반대쪽을 바라보았다. 불길은 이미 복도까지 번졌다. 그날과는 순서가 바뀌었지만 곧이어 객실도 하나씩 불에 탈 것이다.

나는 천천히 일어났다. 가슴에 심한 통증이 느껴졌다. 갈비

뼈가 부러졌는지도 모른다. 하지만 개의치 않고 불길에 휩싸인 복도를 향해 걸음을 옮겼다.

"부인, 그쪽이 아닙니다!" 등 뒤에서 나오유키가 외쳤다.

"거기 서! 도망갈 셈인가?" 야자키 경감의 목소리도 들렸다.

그러나 두 사람 다 쫓아오지는 않았다.

나는 화염 속을 걸어갔다. 무엇을 향해 걷고 있는지 나 자신도 몰랐다.

복도 중간쯤 왔을 때 눈앞에 검은 그림자가 나타났다. 나는 그게 누구인지 짐작할 수 있었다. 너무 기뻤다. 내가 가장 만나고 싶은 인물이었기 때문이다.

"나를 찾고 있었던 거야?" 내가 물었다.

상대방은 아무 대답도 하지 않고 내 쪽으로 다가왔다.

"나를 죽이려고? 내 말이 맞지?"

"응, 그래."

불길 속에서 지로가 대답했다.

32

하얀 어둠

×

몇 초 동안, 우리는 서로를 바라보았다. 나는 천천히 걸음을 내디뎠다.

"보고 싶었어, 지로." 그렇게 말하고 이내 고개를 저었다. "아니, 지로가 아니지. 당신의 진짜 이름은 히로미. 아지사와 히로미가 본명이겠지."

"그리고 당신의 본명은 기리유 에리코." 히로미는 웃고 있는 것 같았다. "이제야 겨우 알아차렸어. 하지만 어쩔 수 없었어. 당신이 그렇게 변장을 했으니 알아볼 수 있어야지. 나나 되니까 알아챈 거라고."

나는 가발을 벗었다.

"당신이 날 알아볼까 봐 얼마나 마음을 졸였는지 몰라. 하지만 들키지 않고 여기까지 와서 다행이야."

"복수하러 말인가?"

"그래." 나는 대답했다.

그는 고개를 끄덕였다.

불기운이 강해진 것 같다. 온몸에서 땀이 났다.

"빨리 마무리를 짓지 않으면 내 목숨도 위험해지겠군. 불을 지른 게 당신이야?"

"맞아."

"덕분에 한시름 덜었어. 그 유서를 못 찾아서 난감했거든. 마호 씨가 도대체 어디다 숨겼는지 알 수가 있어야지. 그런데 그 유서에 정말로 모든 사실이 적혀 있는 거야?"

"내 자살이 거짓이었다는 점만 빼고."

"그렇군." 히로미가 희미하게 웃는 것 같았다. "이런, 나만 질문을 한 것 같군. 나한테 물어볼 말 없어?"

"너무 많아서 무엇부터 물어봐야 할지 모르겠어."

"그렇겠군."

히로미의 웃음이 불길에 비쳤다. 그가 나를 부르듯 손가락 끝을 움직였다.

"이쪽으로 가까이 와. 거긴 곧 무너질 거야."

나는 그의 말대로 움직였다. 순간, 방금 전까지 내가 서 있던 자리에서 불기둥이 치솟았다.

"당신 방으로 가는 게 어때? 거기까지 불길이 번지려면 약간 시간이 있으니까."

그러곤 내 손을 잡고 복도를 뛰어갔다.

아아, 이 손이다. 틀림없이 지로의 손이다.

모든 게 허구라는 걸 깨달은 것은 병원 침대에서 눈을 떴을 때였다.

그 사건이 있던 날 밤, 사실 나는 자고 있지 않았다. 지로—실은 사토나카 지로라고 사칭한 아지사와 히로미—를 기다리고 있었다. 그가 곧 다카아키 씨와 대면한다는 생각을 하자 약간 흥분이 되었다.

1시가 넘어서 그가 왔다. 유리창을 통해 방으로 들어온 그는 긴 키스를 한 뒤 이치가하라 다카아키 씨가 어디에 있는지 물었다. 나는 복도 하나를 지난 곳에 다카아키 씨의 방이 있다고 대답했다.

"지금 만나러 가려고?" 내가 물었다.

그는 고개를 저었다. "조금 있다가. 누가 보면 곤란할 테고, 실은 아직 마음의 준비도 안 돼 있어."

무리도 아니라고 생각했다.

"보고용 자료 좀 보여줄 수 있어?"

"좋아."

나는 가방에서 서류를 꺼내 그에게 건넸다. 언젠가 그가 보는 앞에서 워드프로세서로 작성한 그 자료였다. 그는 보고서를 잠깐 보고 나서 고맙다고 말한 뒤 옆에 내려놓았다.

"긴장돼?" 내가 물었다.

"조금." 그가 대답했다. "불 좀 끄면 안 될까?"

"괜찮아."

불을 끄자마자 그가 나를 꼭 껴안았다. 시로와 나는 이불 위로 쓰러졌고, 나는 그의 입술을 찾았다. 하지만 그는 평소처럼 키스를 해주지 않았다. 내 몸 위에 올라탄 채로 갑자기 상반신을 일으켰다.

"왜 그래?"

그는 대답이 없었다. 어둠 속에서 희미하게 떠오른 그의 얼굴은 가면처럼 무표정했다. 그가 두 손으로 내 목을 감으며 무슨 말인가를 했다. 하지만 내 귀엔 들리지 않았다. 순간 숨이 막히고 이어서 몸이 붕 뜨며 가벼워지는 것 같았다. 꺼져가는 의식 속에서 본 것은 추하게 일그러진 지로의 모습이었다.

그리고 나중에 정신이 들었을 때 나는 불길 속에 있었다. 옆에 사람이 쓰러져 있는 것을 보고 나는 그게 지로가 아닐까 생각했다. 무슨 일이 일어났는지 냉정하게 판단할 수가 없었다. 꿈과 현실이 뒤엉켰다.

실제로 병원에서 눈을 뜬 뒤에도 한동안 멍한 상태로 있었다. 내가 알고 있는 것은 지로가 나와 어떤 남자를 죽이려고 했다는 사실뿐이었다. 하지만 신문기사와 간호사의 얘기를 통해 내 옆에 쓰러져 있던 청년이 진짜 사토나카 지로라는 걸 알았을 때 모든 의문이 풀렸다. 모든 것을 파악할 때까지 누구에게도 그 사실을 발설하지 않아서 다행이었다.

내가 알던 지로는 진짜 사토나카 지로가 아니었다. 어떤 착오가 있었는지 모르지만 그 이름을 사칭한 가짜가 내 앞에 나타났던 것이다. 그리고 그 가짜는 나를 이용해서 자신이 진짜가 되도록 일을 꾸몄다. 그리고 끝으로 진짜 사토나카 지로와 나를 죽이려고 했다.

하지만 일련의 범행을 분석해 보니 그 혼자 꾸민 일이 아닐 거라는 생각이 들었다. 그날 밤 회랑정에 묵었던 사람 중에 공범자가 없다면 그가 도망간 뒤 'A-1'방의 유리창이 잠겨 있을 리 없었다. 그 공범자는 아지사와 히로미와 손을 잡음으로써 자신과는 인연이 없는 다카아키 씨의 재산을 손에 넣으려고 했을 것이다.

그래서 나는 노파로 변장하고서 공범자의 해명을 듣고자 했다. 그걸 명확히 모르고는 완벽한 복수가 불가능하기 때문에. 지로의 정체가 아지사와 히로미이고, 현재 고문 변호사인 후루키의 비서로 일하고 있다는 사실은 다카아키 씨의 장례식 때 알았다.

내가 정말로 복수하고 싶었던 사람은 아지사와 히로미였다. 그의 모습이 떠오를 때마다 나는 공범자의 해명 따윈 포기하고 그만이라도 죽이고 싶은 충동에 사로잡혔다.

그만큼 나는 그를 증오했다. 그는 나의 지로를 죽였다. 내 마음속에 살고 있던 지로를 무참하게 지워버렸다.

'A-1'방에 도착하자 그가 나를 바닥에 쓰러뜨렸다. 그리고 나를 내려다보며 말하기 시작했다.

"나와 지로는 처지가 흡사했어. 버려진 시기와 장소도 비슷했고 고아원에서도 같은 방을 썼지. 당신이 우리 두 사람한테 똑같은 편지를 보낸 것도 무리는 아니야. 만약 나 자신의 신상에 대해 아무것도 몰랐다면 지로처럼 당신을 만나러 갔을 거야. 하지만 나는 알고 있었어. 당신의 편지를 받기 얼마 전에 내 할아버지라는 사람이 나타났거든."

"하지만 당신은 찾아왔어. 사토나카 지로라는 이름을 사칭하고."

내 말에 그가 싱긋 웃었다.

"지로는 그때 자전거로 일본 전역을 여행하고 있었어. 난 그 녀석한테 부재중 전화를 받아달라는 부탁을 받았지. 그런데 당신 편지가 녀석한테도 온 걸 보자 흥미가 생기더군. 처음에는 정말 심심풀이로 그랬어. 장난 삼아 그 녀석 행세를 하고 당신을 만나러 갔던 거야. 그리고 당신이 찾고 있는 사람이 지로가 맞다는 걸 알았지. 그때 당신이 지로 아버지의 이름을 알려줬어. 이치가하라 다카아키라고. 그 순간 나는 결심했어. 이치가하라 집안의 재산을 빼앗기 위해서라면 뭐든지 하겠다고. 하지만 솔직히 말하면 내가 그런 결단을 내린 데에는 또 다른 이유가 있었어. 고바야시 마호, 이곳 지배인이 내 앞에 나타났거든."

"어떻게 마호 씨가?"

"당신이 아들을 찾고 있다는 얘길 다카아키한테 들은 모양이더군. 그래서 당신을 감시하다가 내 존재도 알게 된 거지. 게다가 그 여자는 내가 사토나카 지로가 아니라는 것까지 눈치채고 있었어. 하지만 그걸 비난하진 않더군. 오히려 그 여자는 나에게 계속 아들 행세를 하라고 했어. 대단한 여자야. 내가 다카아키의 재산을 전부 상속받으면 나를 자기 양자로 삼으려고 했거든."

오랫동안 애인으로만 만족했던 마호가 결국 막판에 다카아키 씨를 배반한 건가?

"계속 사토나카 지로 행세를 할 작정은 아니었겠지. 다카아키 씨의 아들은 아지사와 히로미라는 식으로 사실을 왜곡하려 했던 거 아냐?"

히로미는 고개를 끄덕였다. "그거야 마음만 먹으면 간단한 일이지. 당신이 작성한 보고서에서 사토나카 지로라는 이름을 아지사와 히로미로 바꾸기만 하면 되니까."

"그리고 마지막에 나와 진짜 사토나카 지로를 죽인다?"

"한 사람 더 있어." 히로미는 웃으며 대답했다. "내 출생의 진실을 알고 있는 사람이 이 세상에 살아 있으면 안 되니까."

"출생의 진실? 그렇다면 그날 밤 사토나카 지로가 차로 친 노인이……."

"내 할아버지야." 그는 태연한 얼굴로 계속 말을 이었다. "그날 밤에 있었던 일을 얘기해 주지. 나는 지로에게 연락해서 이 근처에서 만나기로 약속했어. 지로는 여기까지 자전거로 왔고 난 녀석의 차를 타고 왔지. 물론 그전에 내 할아버지라는 사람을 치어 죽였고."

"그리고 지로를 죽였겠지……."

"그날 밤 이 료칸에 녀석이 좋아하는 작가가 온다고 속였어. 그 작가가 묵고 있는 방을 찾아가는 게 우리의 계획이었거든. 녀석은 청산가리가 들어 있는 커피를 마시기 전까지 그 작가에게 뭐라고 인사를 해야 좋을지 생각하더군."

나는 고개를 절레절레 흔들었다. "그리고 내 목을 졸랐지. 그 뒤엔 사토나카 지로의 시체를 내 방에다 옮겨놓고 도망갔던 거고. 문단속을 하고 방에 불을 지르는 뒷마무리는 고바야시 마호의 몫이었을 테니까. 그로써 방해자가 모두 없어졌지."

"괜찮은 작전이었어. 일석이조가 뭐야, 일석삼조, 사조였어."

"그러고 나서 당신은 어디에 있었어?"

"내 집에. 다카아키가 당신 방에서 아들과 관련된 자료를 발견하면 나를 찾아오는 건 시간문제라고 생각했으니까."

"그래서, 다카아키 씨가 당신을 찾아왔어?"

"응. 혼자서 직접 아파트를 찾아왔더군."

"무슨 얘기를 했어?"

"이런저런 얘기. 고아원 얘기 같은."

다카아키 씨의 심정을 생각하자 가슴이 미어졌다. 상대방이 자신의 친아들을 죽인 범인이라고는 꿈에도 생각하지 못했을 것이다.

"나한테 일정한 직업이 없다는 걸 알고 나를 후루키 변호사에게 부탁하더군. 아무래도 자신이 얼마 살지 못한다는 걸 알았던 모양이야."

"다카아키 씨가 죽었을 땐 기뻤겠네."

"당연한 거 아냐? 모든 재산이 내 것이 되는데. 지금까지 좋은 일이라곤 하나도 없었으니 그 정도의 행운은 있어도 되는 거 아닌가? 내가 이번 유언장 공개를 얼마나 학수고대했는데. 이곳에 와서 유카를 죽였다는 고바야시 마호의 얘기를 들었을 땐 정말 미칠 것 같더군. 자칫하면 계획이 엉망이 될 수도 있고, 지배인 아줌마는 유카에게서 뺏은 유서를 어딘가에 숨겨놨으니 말이야."

아마도 마호는 히로미를 협박하기 위해 유서를 숨겼을 것이다.

317

"신경이 쓰였던 건 유카를 죽이려고 했던 사람이 한 명 더 있다는 거였어. 그래서 어떻게든 그 사람에게 모든 죄를 뒤집어씌우려고 했는데, 그게 설마……." 그가 한숨을 쉬었다. "당신일 줄이야."

"내가 경찰에 붙잡히면 곤란할 거야."

나는 그렇게 말하며 가방 쪽으로 몸을 움직였다. 그리고 들키지 않게 손을 뒤로 뻗어 가방을 뒤졌다. 휴대용 술병이 손에 잡혔다.

"내 계획은 완벽했어. 단 한 가지 실수가 있다면, 그날 밤……." 히로미는 뚫어지게 내 얼굴을 쳐다보았다. "독극물을 사용하지 않고 목을 졸라서 당신을 죽이려고 했던 거야. 설마 당신이 살아나리라고는 꿈에도 생각하지 못했거든."

"왜 독극물을 사용하지 않았지?"

"글쎄, 이유야 많지만……."

가나에가 '예쁘다'고까지 표현했던 얼굴을 일그러뜨리며 그가 말했다.

"가장 큰 이유는 당신을 볼 때마다 항상 목을 조르고 싶었거든."

"항상?"

"당신을 안을 때. 야망을 위해 꾹 참고 당신을 안았지만 솔직히 끔찍하게 싫었거든. 이대로 목을 조르면 얼마나 좋을까,

318

하고 침대 속에서 한두 번 생각한 게 아냐."

순간, 머릿속이 멍해졌다. 그에게 나를 생각하는 마음이 조금이라도 있지 않을까…… 그런 환상을 품고 있던 나 자신이 수치스러웠다.

지로는 죽었다. 나의 지로는 완전히 사라져버렸다.

"이런, 곧 위험해지겠는걸."

히로미가 주위를 둘러보았다. 불길이 이 방으로도 옮겨 붙기 시작했다. 그가 한 걸음 앞으로 다가왔다. 손에는 어느 틈에 꺼냈는지 나이프가 쥐어져 있었다.

"그것으로 찌르면 불에 타죽은 것처럼 보이지 않을 텐데."

"상관없어. 자살했다고 생각하겠지."

나는 등 뒤에서 휴대용 술병을 꼭 쥐었다. 무슨 운명인지, 내가 꾸민 건 아니지만 바라던 대로 상황이 진행되고 있었다.

"그럴 수도 있겠네."

나는 그를 향해 가슴을 내밀며 허리 뒤에서 휴대용 술병의 뚜껑을 열었다.

"찔러. 어서 날 죽여."

히로미의 얼굴이 굳어지더니 다음 순간 내 쪽으로 몸을 기울였다. 그가 찌른 곳은 내 오른쪽 가슴이었다. 묵직한 충격. 고통은 느껴지지 않았지만 전신이 마비되는 것 같았다.

하지만 나는 쓰러지지 않았다. 오른손으로 그를 붙잡고 왼손으로는 휴대용 술병에 들어 있는 것을 나와 그의 몸에 뿌렸다.

강한 가솔린 냄새가 코를 찔렀다.

히로미의 얼굴이 공포에 질렸다.

"뭐 하는 거야?"

"같이 죽어."

나는 두 팔로 힘껏 히로미의 몸을 껴안았다. 그는 필사적으로 버둥거렸다. 그러나 나는 두 손을 놓지 않았다. 이 순간을 위해 지금까지 죽지 않았으니까.

"놔, 놔! 놓으란 말이야!"

지로가 고함을 쳤다. 울부짖듯이 소리를 질렀다.

아아, 가만히 있어요. 지로, 나의 지로.

의식이 멀어져 갔다. 불길이 바로 옆까지 번져왔다.

누군가가 소리를 질렀다. 그 목소리도 멀리서 들려오는 것 같았다. 순간 눈앞이 붉어지더니 하얀 어둠이 우리를 감쌌다.

回廊亭殺人事件

회랑정 살인사건

1판 1쇄 발행 2008년 4월 7일
2판 1쇄 발행 2016년 10월 18일
3판 1쇄 발행 2020년 9월 19일
3판 2쇄 발행 2020년 12월 23일

지은이 히가시노 게이고
옮긴이 임경화

발행인 양원석
편집장 김건희
책임편집 주리아
디자인 오필민디자인
영업마케팅 조아라, 신예은

펴낸 곳 ㈜알에이치코리아
주소 서울시 금천구 가산디지털2로 53, 20층(가산동, 한라시그마밸리)
편집문의 02-6443-8904   **도서문의** 02-6443-8800
홈페이지 http://rhk.co.kr
등록 2004년 1월 15일 제2-3726호

ISBN 978-89-255-9277-0 (03830)